Nicole Peters
Letzte Ausfahrt Auerberg

Nicole Peters (* 1968) hat in Bonn Geografie studiert, entschied sich anschließend jedoch dazu, im Lektorat eines Verlages zu arbeiten. Sie ist eine der *Mörderischen Schwestern* und Mitglied der Literaturwerkstatt Hennef, ihrer Heimatstadt. *Land im Nebel*, ein historischer Roman, erschien 2018. *Letzte Ausfahrt Auerberg* ist Nicole Peters' erster Kriminalroman.

Nicole Peters

Letzte Ausfahrt Auerberg

KBV

Originalausgabe

www.kbv-verlag.de
E-Mail: info@kbv-verlag.de
Telefon: 0 65 93 - 998 96-0
Fax: 0 65 93 - 998 96-20

Umschlaggestaltung: Ralf Kramp unter Verwendung von

Die im Buch zitierten Songtext-Passagen sind Liedern der
US-amerikanischen Band *Linkin Park* entnommen:
S. 15: *In the End;* S. 96: *Breaking the Habit;* S. 120: *What I've Done;*
S. 127: *Somewhere I Belong;* S. 235: *Leave out all the Rest*

Lektorat: Volker Maria Neumann, Köln
Druck: CPI books, Ebner & Spiegel GmbH, Ulm
Printed in Germany
ISBN 978-3-95441-476-5

1. Kapitel

»Die Polizei bittet um Ihre Mithilfe.« Schon wieder prangte das Foto der unbekannten Toten im *General-Anzeiger*. Es schien Helen zu verfolgen, war das Erste gewesen, das ihr an diesem Montagmorgen ins Gesicht sprang, als sie die Zeitung aufschlug. Welches Geheimnis verbarg sich hinter dem Leben der Frau, welches hinter ihrem Tod? Helen konnte nicht erklären, warum die Tote sie so sehr beschäftigte. Sie war etwa in Helens Alter. »Geschätzte fünfunddreißig Jahre alt, mitteleuropäischer Abstammung«, hieß es im zugehörigen Artikel. Auf dem Foto hatte die Tote die Augen geschlossen. Ihre Haut war weiß, fast durchscheinend, aber ansonsten makellos. Die Totenflecken wohl überschminkt. Ob sich darunter, tief im Gewebe eingraviert, Wunden verbargen? So wie die Furchen, von denen auch das menschliche Gehirn durchzogen war? Furchen, die das Leben geprägt hatten und die einen zu dem machten, der man war?

Rechtsanwältin Helen Freitag war beim morgendlichen Zeitunglesen in ihrem Büro auf dieser einen Seite hängen geblieben, was vor allem daran lag, dass stetes Telefonklingeln sie immer wieder unterbrach. Typisch für Montage. Alles, was den Mandanten der Kanzlei

Freitag & Vettweiss am Wochenende widerfahren war, was Furchen in deren Leben geschlagen hatte, ließen sie am Montag ihre Anwälte wissen. Friederike Vettweiss blockte die Anrufe so gut es ging ab. Aber seit ein paar Wochen waren sie völlig unterbesetzt. Friederikes Mann Matthias, der gleichzeitig Helens Partner war, befand sich für ein halbes Jahr in Australien, wo er eine Dozentenstelle an der Universität in Sydney angeboten bekommen hatte. Und Helen selbst fehlte eine Auszubildende, nachdem sie die letzte vorzeitig verabschiedet hatte. Wieder klingelte ihr Telefon. Helen gab es auf, legte die Zeitung beiseite und nahm ab.

»Helen, ich habe hier ein Ehepaar Schrader stehen. Sie wollen mit dir sprechen.«

»Lass sie einen Termin machen. In einer halben Stunde habe ich den Verkehrsunfall Bauers hier, und ich muss mir das Gutachten noch durchlesen.«

»Sie sagen, es sei dringend.« Helen hörte Friederike mit den Leuten sprechen, verstand aber nicht, was gesagt wurde. Dann meldete Friederike sich wieder. »Es geht um dieses Foto der Toten aus der Zeitung.«

Helen hielt inne. Seit ihr das Foto in der Samstagsausgabe des *General-Anzeigers* zum ersten Mal entgegengesprungen war, ließ sie das Gefühl nicht los, dass sie in diesen Fall involviert werden würde. Die rationale juristische Seite in ihr hatte es mit beruflichem Interesse zu erklären versucht. Helen hatte sich in einem zwei Jahre zurückliegenden Fall einen Namen als Opferanwältin gemacht. Ihre irische Seite, die sie nur zu gern vor sich selbst verleugnen wollte, wie alles, was ihren Vater betraf, hatte aber laut »Vorsehung« gerufen. Die Juristin gewann auch jetzt schnell wieder die Oberhand. Erst einmal die Fakten anschauen. »Schick sie rein, Friederike. Und versuche, Herrn Bauers anzurufen, ob er eine Stunde später kommen kann. Das hier könnte länger dauern.«

Helen ging den potenziellen neuen Mandanten entgegen. Die Kanzleiräume Freitag & Vettweiss, die in der Bonner Altstadt in einem der alten Stadthäuser in erster Etage lagen, waren nicht sehr weitläufig. Vom Eingangsflur aus lagen sich Toiletten und eine kleine Küche gegenüber. Der Flur verbreiterte sich zu einem Sekretariatsbereich, in dem Friederike herrschte. Von dort aus gingen noch zwei weitere Türen ab, Helens Büro und das derzeit verwaiste von Friederikes Mann. Kurz nachdem Helen den Telefonhörer aufgelegt hatte, klopfte es schon an ihrer Tür und Friederike öffnete, um das Ehepaar Schrader zu ihr hereinzulassen. Mit einem »Guten Morgen« begrüßte Helen die beiden.

Der Mann, schütteres Haar und leichter Bauchansatz, ging voran und reichte ihr die Hand. »Erich Schrader, und das ist meine Frau Nadeschda.«

Erich Schrader sprach mit einem deutlichen Akzent. Russisch, vermutete Helen. »Helen Freitag«, stellte sie sich vor, während sie auch Frau Schrader die Hand reichte. Eine kleine Frau. Neben der kompakten Statur ihres Manns wirkte sie nahezu zerbrechlich. Helen selbst war nur wenige Zentimeter größer. Und das auch nur, weil sie heute Morgen ihre hochhackigen Pumps angezogen hatte.

»Nehmen Sie doch Platz.« Helen deutete auf den Besprechungstisch. Bevor sie sich ebenfalls setzte, bat sie Friederike, Kaffee zu bringen.

»Also, was kann ich für Sie tun?«

Erich Schrader übernahm die Gesprächsführung für sich und seine Frau. »Wir kommen wegen des Fotos in der Zeitung. Von der unbekannten Frau.«

»Kennen Sie sie?«

»Ja.« Der Mann legte eine Hand auf die seiner Ehefrau. Die beiden nickten einander kurz zu. Erst dann sprach er weiter. »Das ist unsere Tochter!«

Helen schluckte. Die Stimme des Mannes klang nicht zweifelnd, sondern bestimmt, in den Augen der Frau sah sie Trauer. Die beiden hatten keinen Zweifel daran, dass die Tote ihre Tochter war. Dennoch fragte Helen nach: »Sind Sie sich sicher? Das Foto ist nicht besonders gut.« Die Frauenleiche war laut Zeitungsberichten vor einer Woche auf einem Parkplatz in der Nähe der A565 gefunden worden, nachdem sie vermutlich schon mehrere Tage dort tot gelegen hatte. Mehr aber, als dass die Frau eines gewaltsamen Todes gestorben war, war dem Artikel nicht zu entnehmen. Und obwohl die Leiche für das Foto vermutlich hergerichtet worden war, stierte der Tod dumpf daraus hervor. Fahle Haut, geschlossene Augen, die dunkelblonden Haare matt und streng zurückgekämmt. Viel Ähnlichkeit hatten solche Fotos von Toten nicht mehr mit dem lebenden Menschen. Helen wusste das nur zu gut. Der Schauer einer Erinnerung lief ihr über den Rücken.

»Das ist Natalie. Wir sind sicher. Auch wenn wir unsere Tochter seit fast zwanzig Jahren nicht mehr gesehen haben.« Die letzten Worte von Erich Schrader waren nicht mehr als ein Flüstern.

»Zwanzig Jahre?« Wieso hatten sie ihre Tochter so lange nicht gesehen? Helen versuchte dem Mann in die Augen zu blicken, doch sein Blick wanderte wieder zu seiner Frau. Er hielt noch immer ihre Hand.

»Das ist eine lange Zeit, wie alt war Ihre Tochter da?«

»Sechzehn.« Schrader schluckte. »Sie war sechzehn.«

»Aber Sie sind sich sicher, dass die Frau aus der Zeitung Ihre Tochter ist? In zwanzig Jahren kann sich das Aussehen eines Menschen sehr verändern.«

Statt ihres Mannes ergriff nun Nadeschda Schrader zum ersten Mal das Wort. »Das ist Natalie. Sie hat diese Narbe oberhalb der Lippe. Von einer Glasscherbe, die ihr auf das Gesicht gefallen ist.« Frau Schrader deutete auf ihre eigene Oberlippe. »Aus einer Tür. Als sie zehn war. Genau wie auf dem Foto.«

Der Akzent der Frau war deutlich weniger ausgeprägt als der ihres Mannes. Helen registrierte unbewusst, dass trotzdem der Mann tonangebend in der Beziehung war. Dies hier war ein Vater, der seiner Familie beistand. Aber warum dann die lange Zeit der Trennung von der Tochter?

»Können Sie mir das auf dem Zeitungsfoto zeigen? Ich habe die Zeitung hier.« Helen ging zum Schreibtisch, um den soeben beiseitegelegten *General-Anzeiger* zu holen.

Erich Schrader nickte und zeigte Helen die Stelle auf dem Foto, vermied aber jeden weiteren Blick auf das Bild. Über der Oberlippe der Toten zeigte sich eine dünne, erst beim zweiten Hinsehen sichtbare weiße Linie, die vermutliche Narbe.

»Hätten Sie vielleicht noch ein altes Foto von Ihrer Tochter?«

Nadeschda Schrader knipste ihre Handtasche auf. Sie hatte eine dieser Kippverschlüsse aus Metall. Es schien eine echte alte Handtasche zu sein, keine im modischen Retrostyle. Lachsfarben mit zwei ledernen Tragegriffen. Sie verlieh der Frau eine dezente Eleganz. Frau Schrader reichte Helen ein vergilbtes Foto. Es zeigte einen Teenager mit langem, dunkelblondem, zu einem Zopf geflochtenen Haar, Jeans und Mickey-Mouse-T-Shirt vor einer Schrebergartenhütte. Sie lächelte in die Kamera. Um aber Vergleiche mit der Frau auf dem Zeitungsfoto ziehen zu können, bräuchte man schon ein Porträtfoto. Helen reichte das Foto zurück. »Ein hübsches Mädchen.«

»Da war sie fünfzehn.«

Helen nickte. »Wir bräuchten noch ein größeres Foto nur von ihrem Gesicht. Jetzt reichen mir Ihre Angaben erst einmal. Haben Sie schon mit der Polizei gesprochen? Bei der angegebenen Telefonnummer angerufen?«, fragte sie.

»Polizei? Nein!«, entgegnete Erich Schrader barsch. Er blickte Helen aus zusammengekniffenen Augen an. »Wir wollen, dass Sie das machen. Die Polizei«, er unterbrach sich und schien nach den richtigen Worten zu suchen, »die Polizei nimmt uns nicht ernst. Schon damals nicht. Als Natalie verschwunden ist.«

»Sie ist verschwunden? Haben Sie sie damals als vermisst gemeldet?«

Wieder nickte Erich Schrader. »Die Polizei hat nicht gesucht. Sie haben gesagt, dass sie zu viel zu tun haben, um weggelaufene Teenager zu suchen.«

Nadeschda Schrader meldete sich wieder zu Wort. »Sie ist nicht weggelaufen. Jemand hat sie entführt.

Sie wäre niemals weggelaufen. Sie war eine gute Tochter.«

Eine gute Tochter. Die Worte hallten in Helen nach. Sie selbst hatte sich oft die Frage gestellt, ob sie eine gute Tochter gewesen war. Oder ob sie es gewesen war, die den Vater vertrieben hatte. Sie wischte den Gedanken fort. Es ging hier nicht um sie, und auf die Bonner Polizei war Helen ebenfalls nicht gut zu sprechen. Auch bei dem Fall Dombach, der sie vor zwei Jahren in die Schlagzeilen gebracht hatte, hatten sich Polizei und Staatsanwaltschaft nicht mit Ruhm bekleckert. Der Fall war nach mehreren Zeitungsberichten wieder aufgerollt worden. Und erst unter dem Druck durch die Presse hatte der Ehemann gestanden, seine Frau getötet zu haben.

»Werden Sie uns vertreten? Gegenüber der Polizei? Werden Sie der Polizei sagen, dass es unsere Tochter ist? Wir wollen wissen, was mit unserer Tochter passiert ist. Wer das getan hat«, sagte Erich Schrader.

Helen nickte. »Ja. Ich werde Sie vertreten. Wir müssen aber ganz vorne anfangen. Erzählen Sie mir zuerst, was damals passiert ist.«

2. Kapitel

Marie Glücklich mochte von allen Orten auf der Welt ihr Zimmer am liebsten. Der große Schreibtisch unter dem Dachfenster, wo es immer hell genug war zum Zeichnen. Das gemütliche große Bett vor einer Fototapete, die einen von Sonnenstrahlen durchschienenen Wald zeigte. Die übrigen Wände behängt mit ihren eigenen Bildern. Meist malte sie Wildtiere. Großkatzen, Bären und Greifvögel. Sie waren all das, was Marie nicht war. Mutig und frei, ohne Angst, bewegten sie sich in der Welt. Sie dagegen blieb lieber im Haus, obwohl sie oft wünschte, mit den Tieren durch die Natur streifen zu können und die Welt zu erkunden. Das aber wagte sie nur in ihrer Fantasie, zusammen mit den *Warrior Cats* oder an der Seite von Sherlock Holmes als zweiter Watson oder als erste Watsine. Bücher, von denen ihre Eltern nicht viel hielten. Ja, natürlich war sie für die *Warrior Cats* eigentlich schon zu alt, aber sie liebte die Bücher einfach, und für Sherlock Holmes wurde man nie zu alt. Und sie war bestimmt nicht die Einzige, die so etwas mochte. Sie würde mit ihrer Mutter jede Wette eingehen, dass diese Geschichten von mehr Leuten gelesen wurden als alle Jane Austens, Thomas Manns und Dostojewskis zusammen. Wenn sie die Energie aufbringen würde, mit ihrer Mutter eine solche Diskussion überhaupt zu führen.

Das Haus verließ Marie nicht gerne. Sie war froh, die Schule endlich hinter sich gelassen zu haben. Mit einem Abschluss immerhin. Wenn es auch nur ein Realschulabschluss war. »Nur« in den Augen ihrer Eltern. Es war gar nicht die Schule an sich gewesen, die sie nicht mochte. Es waren vor allem die anderen Schüler. Marie spürte immer noch, wie sie mit den Fingern auf sie zeigten und hinter vorgehaltener Hand miteinander tuschelten, wenn sie wieder einmal im selbst gestrickten Rock daherkam, unter dem ihre dicken Beine wie Baumstämme hervorlugten. Oder wenn sie ihre Brotdose mit dem Vollkornbrot und Bioapfelspalten auspackte, während die anderen in der Pause zum Bäcker oder gar in die Pommesbude pilgerten. Ihre Eltern hatten ihr nie Geld für so etwas mitgegeben. Nicht, weil sie arm waren. Im Gegenteil. Ihr Vater verdiente bei einer Softwarefirma so viel, dass ihre Mutter eigentlich gar nicht arbeiten müsste. Doch sie jobbte nur zum Spaß nebenbei in einer Bücher-Teestube, in der es auch Kuchen und kleine Speisen gab, alles rein biologisch selbstverständlich. Das *BBT-Häuschen* oder *Bücher und Bio-Teehäuschen*. Marie nannte es gerne das »DDT«, nach dem gleichnamigen Insektizid. Ihre Eltern waren so dermaßen öko, dass sie sich manchmal fragte, auf wen in der Familie sie eigentlich kam. Sie hasste Selbstgestricktes und Kräutertees, Yoga und Leinsamen-Dinkel-Brote. Und ihren Nachnamen. Glücklich. Sosehr ihre Mutter sich das Glücklich-Gen nach ihrer Heirat einverleibt zu haben schien, Marie suchte danach bei sich vergebens.

Es klopfte an ihrer Zimmertür. »Schatz, stehst du gleich auf? Ich habe dir dein Müsli schon hingestellt und die Zeitung. Wirf doch mal einen Blick in den Anzeigenteil. Ich bin dann zur Arbeit. Tschüssi.«

Marie drehte sich um und zog die Decke über den Kopf.

Manchmal wurde es ihr selbst in ihrem Zimmer zu eng. Wenn sie den Druck ihrer Eltern durch die geschlossene Tür fühlte. Subtil, nie direkt, aber so offensichtlich. Die aufgeschlagene Zeitung auf dem Küchentisch, ein scheinbar achtlos auf dem Sofa liegen gebliebenes »gutes« Buch. Bei Marie bewirkte das nur das Gegenteil, sie zog sich noch weiter zurück, verkroch sich in ihrem Zimmer, drehte die Musik auf und blieb so lange im Bett, bis sie sich frei und unbeobachtet durch das Haus bewegen konnte.

Sie hörte die Haustür zuschlagen und kurz darauf das Auto ihrer Mutter wegfahren. Die Autos waren das Einzige, was ihre Eltern sich an Luxus leisteten. Denn selbst sie mussten eingestehen, dass es ansonsten aus Ruppichteroth kein Wegkommen gab. Weder würde ihr Vater jeden Morgen pünktlich zur Arbeit nach Köln kommen noch konnte ihre Mutter die Einkäufe mit dem Fahrrad erledigen oder zu ihrem »DDT« kommen. Das Landleben hatte eben auch seine Nachteile.

Erst ein Magengrummeln gab den Ausschlag, dass Marie aufstand. Ein Blick auf die leuchtenden Ziffern ihres Radioweckers bestätigte ihr Hungergefühl. Es war beinahe schon Mittag. Sie zog die Jalousie vom Dachfenster, und die Sonne blendete sie. Aus ihrem Notrationsschrank kramte sie das Glas mit löslichem Kaffee hervor. Sie brauchte dringend Koffein, und in der Küche ihrer Eltern gab es zwar alle möglichen Sorten von Tee, aber keine Kaffeemaschine, nicht einmal löslichen Kaffee, den sie sich aufbrühen konnte. Ihr eigenes Kaffeeglas war fast leer, aber für einen guten Pott würde es noch reichen.

Im Nachthemd schob Marie sich gähnend die Treppe hinunter. Bog direkt in die Küche ein, wo tatsächlich schon die gefüllte Müslischale und die Glasflasche Milch bereitstanden. Daneben lag der *General-Anzeiger*, wie zufällig aufgeschlagen bei den Stellenanzeigen. Sie stellte Wasserkocher und Radio an und goss sich Milch über das Müsli. Biomüsli mit Nüssen und Leinsamen, ohne Zucker. Aber sie mochte es doch ganz gerne. Vor allem stillte es den Hunger. Im Radio trällerte Thees Ullmann von Lachsen, die die Flüsse zum Laichen und Sterben hinaufziehen. Wie konnte man derart fröhlich über so etwas Trauriges singen? Marie mochte härtere und dunklere Töne. Nirvana oder Linkin Park. Manchmal, wenn sie allein im Haus war, schloss sie ihren Player an die Anlage ihrer Eltern im Wohnzimmer und ließ sich von der Traurigkeit der Musik durch die Räume tragen, die Arme ausgebreitet, als wären sie die Schwingen eines Adlers.

I tried so hard and got so far.
But in the end, it doesn't even matter
I had to fall to lose it all
But in the end, it doesn't even matter.

Heute aber war sie selbst dazu zu müde. Sie schob den Anzeigenteil der Zeitung fort und fing lustlos an, von hinten nach vorne durch die Zeitung zu blättern, während sie einen Löffel nach dem anderen in den Mund schob. Bis sie auf das Foto stieß. Den vollen Löffel in der Luft haltend, starrte sie für einige Minuten bewegungslos auf das Gesicht der Frau. Diese kam ihr seltsam vertraut vor. Mit dem Zeigefinger zeichnete sie die Konturen des Gesichts nach. Marie wünschte, sie könnte die Augen der Frau sehen, doch die waren geschlossen. Sie ließ den Löffel in die Schale sinken, nahm die Zeitung und stand auf. Das Foto an die Brust gepresst, stieg sie die Treppen hoch und erreichte ihr Zimmer. Hier, unter dem hellen Dachfenster, nahm sie das Foto noch einmal genau in Augenschein. Sie kannte die Frau. Doch woher, konnte sie nicht sagen. Sie konnte keinen Namen mit ihr verbinden, keinen Ort. Es war nur ein Gefühl.

Marie las den Artikel. Die Polizei bat um die Mithilfe der Bevölkerung. Die Frau war eine Unbekannte – und sie war tot. Warum machte Marie das so traurig? Wieder fuhr sie mit dem Finger über die Gesichtszüge der Frau. Ganz vorsichtig, so als ob sie wirklich dort vor ihr liegen würde und nur schliefe.

Ein Zittern durchfuhr Marie. Ihr war kalt. Sie wusste nicht, wie lange sie dort an ihrem Schreibtisch gesessen und auf das Foto gestarrt hatte. Die Sonne schien nicht mehr durchs Fenster hinein, war weitergezogen, und Marie saß noch immer in ihrem dünnen Nachthemd und bloßen Füßen da. Kein Wunder, dass ihr kalt geworden war. Mühsam stand sie auf, die Knochen ganz steif. Im Badezimmer drehte sie die Dusche voll auf, ließ ihr Nachthemd auf den Boden gleiten und stellte sich unter das Wasser. Es tat weh, so heiß war es. Aber sie war froh, etwas zu spüren. Diese Frau spürte nichts mehr. Der Gedanke machte sie unendlich traurig. Unter das prasselnde Wasser mischten sich ihre stillen Tränen.

3. Kapitel

Friederike brachte Kaffee. Als sie Helens Büro wieder verlassen hatte, begann Erich Schrader zu erzählen.

»Am 31.10.1996 beim Mittagessen haben wir Natalie zum letzten Mal gesehen. Sie wollte am Abend zu einer Feier.«

»Eine Halloween-Party?«, fragte Helen.

»Ja und nein. Eher eine Geburtstagsfeier von einem Mitschüler. Irgendwann nach dem Mittagessen hat sie das Haus verlassen, und wir haben sie seitdem nie wieder gesehen. Sie ist niemals bei der Feier angekommen.«

»Wir konnten uns nicht einmal verabschieden.« Nadeschda Schrader wischte sich über die Augen.

»Gab es Streit?«

»Das hat die Polizei damals auch gefragt.« Schraders Stimme überschlug sich.

Nun war es Nadeschda Schrader, die ihre Hand besänftigend auf die ihres Mannes legte. »Es gab eine Meinungsverschiedenheit. Mein Mann war vielleicht zu streng. Wir wollten nicht, dass sie zu dieser Feier geht.«

»Sie haben es ihr verboten, und sie ist trotzdem gegangen?«, fragte Helen.

Erich Schrader nickte. »Sie muss aus dem Haus geschlichen sein. Wir haben es nicht gehört. Sie war nach dem Streit auf ihr Zimmer gegangen, und als meine Frau sie zum Abendessen rufen wollte, war sie nicht mehr da.«

»Was haben Sie gemacht?«

»Erst nichts. Wir dachten ja, sie sei zur Feier gegangen. Sie wollte dort auch übernachten. Sie hatte ihren Rucksack mitgenommen und Übernachtungssachen. Die Feier des Mitschülers fand im Haus einer ihrer Freundinnen statt.«

»Aber am nächsten Tag ist sie nicht zurückgekommen?«

»Ja. Dann erst haben wir dort angerufen. Ihre Freundin sagte, Natalie wäre überhaupt nicht dort gewesen.«

»Und dann sind Sie sofort zur Polizei gegangen?«

Erich Schrader nickte. »Es war aber ein Feiertag. Sie haben die Vermisstenanzeige nur aufgenommen und gesagt, dass sie schon wiederkommt. In dem Alter würden die Kinder schon mal weglaufen. Das waren die Worte.«

»Aber sie kam nicht wieder.«

»Nein. Wir sind immer wieder zur Polizei. Aber die haben gar nichts gemacht.«

Frau Schrader zog ein Blatt Papier aus ihrer Handtasche. Legte es auf den Tisch. »Wir haben dann selbst Suchanzeigen gemacht, wie diese hier. Ausgehängt und in der Zeitung. Aber niemand hat sich gemeldet.«

»Kann ich das an mich nehmen?«, fragte Helen. Das Foto auf der Suchanzeige war zwar nur eine Kopie, aber es zeigte das Mädchen im Porträt. Damit war vielleicht schon ein erster Gesichtsvergleich mit dem Foto der Toten möglich.

»Nehmen Sie nur, wir haben noch mehr davon.« Frau Schrader schob das Blatt zu Helen herüber.

»Haben Sie denn nie mehr etwas von ihr gehört? Sie hat sich nie bei Ihnen gemeldet? In zwanzig Jahren kein einziges Mal?« Helen musste das fragen. Auch wenn es hart klang. Die Schraders mussten völlig offen mit ihr sein, wenn sie ihnen helfen sollte.

Nadeschda Schrader öffnete ein weiteres Mal ihre Handtasche und holte eine Postkarte hervor, reichte sie Helen mit zitternder Hand. »Wir haben etwa ein Jahr nach ihrem Verschwinden diese Karte bekommen.«

Helen nahm sie entgegen. Auf der Vorderseite war das Manneken Pis zu sehen. Brüssel. Sie drehte die Karte um. Auch der Poststempel und die Briefmarke waren aus Belgien. Der Text in einer für eine Teenagerin noch recht kindlichen Handschrift lautete:

»Liebe Mama, lieber Papa. Mir geht es gut. Seid mir bitte nicht mehr böse. Es ist alles anders gekommen. Ich wollte das so nicht. Aber es ist gut so, wie es ist. Macht euch bitte keine Sorgen. Natalie.«

Das schien so, als wäre das Mädchen doch nicht ganz unfreiwillig von zu Hause fortgeblieben. »Haben Sie der Polizei von dieser Postkarte erzählt?«

»Nein.« Nadeschda Schrader schüttelte den Kopf. »Die Polizei hat sich ja auch nie bei uns gemeldet.«

Eine verständliche Reaktion. Helen erfuhr noch, dass dies die einzige Nachricht von Natalie Schrader geblieben war und sie sich auch bei ihren Freunden nie gemeldet hatte. Offenbar war die junge Frau nicht in Belgien geblieben, denn ihre Leiche war ja jetzt hier in Bonn gefunden worden. Wo aber war sie die vergangenen zwanzig Jahre gewesen? Und wenn sie tatsächlich damals entführt oder verschleppt worden war, warum machte sich jemand die Mühe, eine Postkarte zu schreiben, wenn es nicht das Mädchen selbst gewesen war? Und warum hatte sie jetzt nach zwanzig Jahren einen gewaltsamen Tod gefunden? Was immer auch passiert war, ihre Eltern hatten ein Recht darauf, es zu erfahren. Mit der Ungewissheit zu leben, war schlimmer als alles andere, mochte die Wahrheit auch noch so schmerzhaft sein. Auch das konnte Helen aus eigener Erfahrung bestätigen. »Ich danke Ihnen für Ihre Offenheit. Jetzt werde ich tun, was nötig ist.«

»Sie werden der Polizei sagen, dass das Natalie ist?«

»Ja. Es kann allerdings sein, dass der Hinweis auf die Narbe nicht ausreichend sein wird. Wären Sie bereit, einen DNA-Abgleich durchführen zu lassen?«

»Ja, natürlich.«

»Ich werde die Polizei informieren und ihnen für die Ermittlungen anraten, die Vermisstenakten von 1996 hinzuzuziehen. Vielleicht haben sich damals schon irgendwelche Spuren ergeben, über die Sie nur nicht informiert worden sind.«

»Aber warum das? Das macht doch keinen Sinn.«

»Ich weiß nicht, ob es so war. Ich werde mich zuerst bemühen, sowohl in die alten Akten als auch in die jetzige Ermittlungsakte Einsicht zu erhalten. Dann sehen wir weiter. Sobald ich etwas in Erfahrung gebracht habe, melde ich mich.«

Helen begleitete die Eheleute Schrader zur Tür, dann stand bereits ihr nächster Termin im Sekretariat. Der

Verkehrsunfall. Und sie hatte das Gutachten noch nicht gelesen.

»Guten Tag, Herr Bauers. Kommen Sie doch direkt mit durch und setzen Sie sich. Ich bin sofort bei Ihnen.«

Ihre Notizen zum Gespräch mit den Eheleuten Schrader gab Helen ins Vorzimmer zu Friederike Vettweiss. »Kannst du bitte die Akte schon einmal anlegen?«

»Ja klar.« Friederike blickte sie mit einer Frage in den Augen an. »Und? Kennen sie die Tote?«

Helen nickte. »Wir sprechen gleich.«

Der Mandant mit dem Verkehrsunfall war fort, und Helen nahm die neu angelegte Akte Schrader in die Hand. Sie ließ sich das Gespräch mit den Schraders noch einmal durch den Kopf gehen. Ihre Aufgabe war es, der Polizei nunmehr die Informationen zukommen zu lassen, damit man dort die Ermittlungen, was die Tote anging, in die richtige Richtung lenken konnte. Friederike hatte als zuständige Behörde das Präsidium in Ramersdorf aufgenommen, die Geschäftsstelle für alle Kriminalkommissariate, also sowohl für Vermisstenfälle als auch für Tötungsdelikte. Aber Helen kannte das Aktenzeichen noch nicht, also würde sie die Telefonnummer, die in der Zeitung angegeben war, wählen, um sich mit dem ermittelnden Kommissar verbinden zu lassen.

Sie griff zum Telefonhörer. Ein Kribbeln lief durch ihre Hände bis hoch in die Arme, als würden tausend Ameisen auf ihrer Haut ein Tänzchen aufführen. Die Aufregung, die sie immer am Beginn eines neuen bedeutenden Falls erfasste.

»Polizeipräsidium Bonn«, meldete sich eine Frauenstimme.

»Rechtsanwältin Helen Freitag. Ich habe Informationen zu der toten Frau aus dem *General-Anzeiger*. Können Sie mich mit dem zuständigen Kriminalkommissariat verbinden?«

»Das wäre das Elfte. Ich verbinde.«

»Pauli«, meldete sich nunmehr eine männliche Stimme.

Helen wiederholte ihr Anliegen.

»Ich bin ganz Ohr.«

»Gut, ich habe gesicherte Informationen zur Identität der Toten. Meine Mandanten haben mich gebeten, mich mit Ihnen in Verbindung zu setzen. Sie haben auf dem veröffentlichten Foto ihre Tochter erkannt.«

»Verstehe. Das hört sich ja vielversprechend an.«

»Wie man es nimmt. Für meine Mandanten sicher nicht.«

»Ja, natürlich. Entschuldigung, so war das nicht gemeint.«

»Schon gut. Sagen Sie mir nur das Aktenzeichen, und dann wäre es schön, wenn Sie mich an den ermittelnden Kommissar durchstellen könnten.«

»Tut mir leid. Kriminalhauptkommissar Sandhofen ist heute nicht mehr im Präsidium. Kommen Sie doch morgen früh vorbei. Zimmer 1.15. In der ersten Etage. Und bringen Sie eine Bevollmächtigung mit.«

Helen blätterte im Kalender. Sie hatte morgen früh einen Termin im Landgericht. Danach war sie frei. »In Ordnung. Das mache ich. Vielen Dank.«

»Nichts zu danken. Wir sind froh über jede Information.«

Sandhofen. Helen haute den Hörer zurück auf die Station. Das Telefon war die erste Adresse, um aufgestaute – negative – Energie zu entladen. Sie fuhr sich durch die Haare. Gerade Sandhofen musste der ermittelnde Kommissar sein. Dieser Kriminalhauptkommissar hatte auch die Leitung der Ermittlungen im Dombach-Fall vor zwei Jahren innegehabt. Wenn man es nett ausdrückte, hatte es nicht an seiner Mitwirkung gelegen, dass der Fall damals aufgeklärt wurde. Helen hatte ihn lediglich bei seiner Zeugenaussage vor Gericht erlebt. Da war es aufgrund des Geständnisses des Angeklagten nicht mehr auf Sandhofens Aussage angekommen. Aber selbst da hatte er sich noch durch Widersprüche und Ahnungslosigkeit bezüglich seiner eigenen Ermittlungen ausgezeichnet. Die Staatsanwältin hatte sich Helen im Verlaufe des Verfahrens einmal anvertraut, wie wenig sie von seiner Arbeit begeistert gewesen war. Natürlich nur hinter vorgehaltener Hand. In der Öffentlichkeit musste sie sich schützend vor ihre Leute stellen.

Helen war deshalb mit einigen Vorbehalten diesem Kommissar gegenüber behaftet. Aber vielleicht war es auch ein gutes Zeichen. Denn der Dombach-Fall war günstig für ihre Mandanten verlaufen. Und sie selbst hatte sich einen Namen als Opferanwältin machen können.

Sie atmete wieder durch. Dieses Mal war sie viel früher in den Fall eingebunden, konnte dem Sandhofen schon bei der Ermittlungsarbeit auf die Finger schauen. Und vielleicht würde er sie ja eines Besseren belehren. Sie hoffte es. Sie hoffte es vor allem für ihre Mandanten, um ihnen Gewissheit über das zu verschaffen, was ihrer Tochter widerfahren war.

Das Telefon klingelte erneut. Es war inzwischen fast Mittag. Sie brauchte einen Kaffee und einen kleinen Bissen zwischen die Zähne. Das eine Telefonat noch, dann würde sie erst einmal runter zum Bäcker gehen. Meist hatte nämlich so ein Magengrummeln gar nichts mit irgendwelchen Vorahnungen zu tun, sondern war einfach nur dem Hunger geschuldet.

4. Kapitel

Natalie sprang vom Küchentisch auf. »Ihr seid so nicht von dieser Welt.«

»Setz dich sofort wieder hin.« Ihr Vater deutete mit der Kaffeetasse auf ihren Stuhl, wobei die heiße Flüssigkeit überschwappte und ihm über die Hand lief. »блин«, rief er.

»Nicht mal deutsch fluchen kannst du! Sag doch einfach ›scheiße‹. Warum seid ihr nicht in Russland geblieben, wenn hier alles so furchtbar ist?«

»Ich hab gesagt, setz dich wieder hin!« Erich Schrader hielt die Hand seiner Frau fest, die mit einem Küchenhandtuch an ihm herumwischte. »Und entschuldige dich bei deiner Mutter.«

Natalie schob das Kinn nach vorne, machte aber keine Anstalten, sich wieder an den Küchentisch zu setzen, auf dem ein Berg voller Blinis aufgetürmt war. Sie hielt die Lehne des Stuhls wie einen Schild zwischen sich und ihre Eltern. Zu jedem Wochenende wurden im Hause Schrader üppige russische Speisen aufgefahren, die sie zu dritt niemals bewältigen konnten. Natalie war das alles zuwider. Sie fragte sich wirklich, warum ihre Eltern nach Deutschland gekommen waren, wenn sie so sehr an den alten russischen Traditionen hingen und hier zu leben versuchten, als wären sie noch dort.

»Wofür soll ich mich entschuldigen? Ich mag die fetten Blinis nicht, und ihr könnt mich nicht zwingen, sie runterzuwürgen.«

»Deine Mutter hat viel Arbeit da reingesteckt. Jetzt sag doch auch mal was, Nadja.«

Nadeschda Schrader blickte hilflos zwischen ihrem Mann und der Tochter hin und her. Sie hielt immer noch das Küchentuch in der Hand, mit dem sie sich nun über die Stirn fuhr.

Natalie rollte mit den Augen. »Lass es, Mama. Ich esse keines von den Dingern. Ich pass sonst nicht in meine Jeans, und die will ich heute Abend anziehen.«

»Nata! Bitte sei jetzt nicht böse. Aber …« Sie blickte zu ihrem Mann. Als der nicht reagierte, sprach Nadeschda Schrader weiter. »Dein Vater, also, wir meinen … Du bist noch nicht alt genug, um allein zu dieser …«

»Das könnt ihr nicht tun! Mama? Das ist die Fete des Jahres heute Abend. Alle meine Freunde sind da. Und du hast es mir doch erlaubt!« Natalie schluckte, versuchte, die Tränen zurückzuhalten, die ihr in die Augen stiegen.

»Kind. Wir kennen diese Leute doch gar nicht richtig.«

»Aber das ist doch Christina. Meine beste Freundin seit ewig!« Natalie konnte ein Schluchzen nicht mehr unterdrücken. »Außerdem bin ich sechzehn, und ihr könnt mir gar nichts mehr verbieten.«

Erich Schrader schlug mit der flachen Hand auf den Tisch. »Solange du deine Füße unter unseren Tisch setzt, können wir das.«

»Könnt ihr nicht.« Sie schob die Stuhllehne von sich fort und stürzte aus dem Zimmer. Das war nicht gerecht. Sie wusste genau, was ihren Eltern plötzlich an der Familie ihrer Freundin nicht mehr passte.

»Natalie, bleib hier«, rief ihr Vater, und sie hörte, wie er seinen Stuhl vom Tisch schob. Doch ihre Mutter beschwichtigte. »Lass sie.«

Keiner folgte ihr, als sie die Treppe hoch zu ihrem Zimmer rannte. Familie Fischer war in den Augen ihrer Eltern jetzt nicht mehr so eine russlanddeutsche Vorzeigefamilie. Christinas Mutter hatte sich nämlich von ihrem Mann getrennt. Wahrscheinlich hatte sie keine Lust mehr, ständig Blinis zu machen, und hatte einen neuen Mann, einen Deutschen. Den Vater eines Mitschülers. Natalie musste zwischen den Tränen, die ihr jetzt ungehindert die Wangen hinabliefen, schmunzeln. Sie fand Christinas Eltern viel cooler und lockerer als ihre eigenen. Und Jens aus ihrer Klasse war ja jetzt irgendwie Christinas Bruder, was ihre Freundin gar nicht so toll fand. Zuerst hatte Christina gekichert wie der Star-Trek-Doc Dr. Bashir auf Koks, als sie Natalie davon berichtete, dass Jens jetzt bei ihnen einzog. »Stell dir vor, uns trennt nachts nur eine Wand voneinander.« Mittlerweile blickte sie wie ein mürrischer Klingone, wenn die Sprache auf ihren neuen »Bruder« kam. Der hielt nämlich gar nichts davon, dass sich ihre Familien noch inniger verflochten und auch die nächste Generation einschlossen. Aber ansonsten war Jens immer noch der Alte. Seine Geburtstagsfete fand das erste Mal im gemeinsamen Haus statt, und Natalie als beste Freundin seiner neuen Schwester war bei der Planung beteiligt gewesen. Die Idee für das Motto nach dem Horrorschocker »Scream« war sogar von ihr gewesen. Das passte doch perfekt, wenn man an Halloween Geburtstag hatte. Beim Gedanken an die Feier erstarb ihr Schmunzeln. Und jetzt sollte sie nicht hindürfen? Das war so ungerecht. Natalie warf sich auf ihr Bett und verbarg das Gesicht im Kopfkissen.

Eine Weile lag sie so da, ihre Gedanken rasten. Sie würde hingehen, sie würde sich einfach aus dem Haus schleichen. Am besten jetzt gleich, jetzt rechneten ihre Eltern noch nicht damit. Die rechneten sowieso nicht damit. Sie war ja immer viel zu lieb. Aber das würde sich jetzt ändern. Sie war kein Kind mehr. Obwohl sie sich immer noch so behandeln ließ. Damit war jetzt Schluss.

Natalie wusch sich durchs Gesicht, zog ihre Partyklamotten an. Vor dem Spiegel in ihrem Zimmer löste sie den Zopf, den sie sich nach dem Haarewaschen geflochten hatte, und bürstete ihre dunkelblonde Mähne durch. Wie gewünscht, fielen die Haare wellig und voluminös über ihre Schultern. Danach schminkte sie sich. Den blutigen Schnitt quer über die Wange würde sie sich erst bei Christina aufschminken. Sie wäre ja früh genug da. Christina hätte sicher nichts dagegen, dass sie schon so früh kam. Anrufen konnte sie schlecht. Das Telefon stand im Flur. Ihre Eltern würden es mithören. Vielleicht würde sie sich unterwegs eine Telefonzelle suchen, um sich anzukündigen. Zuletzt packte sie ihren Rucksack mit den Übernachtungssachen, denn sie würde ja nach der Fete bei Christina übernachten. Wand an Wand mit Jens.

Natalie schlich an der Küche vorbei aus dem Haus. Die Tür war angelehnt. Sie hörte das Besteck in der Spüle klimpern. Ihre Mutter spülte, und ihr Vater saß bestimmt noch mit der Zeitung am Tisch. Es war leicht, an ihnen vorbeizukommen. Bei aller Strenge, sie vertrauten ihr. Doch Natalie wischte das aufkommende schlechte Gewissen mit einer Handbewegung wieder fort. Sie würde ja morgen wieder da sein.

Ihre Armbanduhr zeigte halb vier. Der Bus käme in einer Viertelstunde. Die Haltestelle aber war vom Küchenfenster aus einzusehen. Natalie blickte in die entgegengesetzte Richtung. Nicht weit entfernt war die Autobahnauffahrt. Christina und Jens wohnten in der Nordstadt. Nur ein paar Autobahnausfahrten weiter. Sie könnte per Anhalter fahren. Sie nickte sich zu. Sie würde gar nicht erst am Küchenfenster vorbeimüssen.

Natalie schwang sich den Rucksack auf den Rücken und machte sich auf den fünfminütigen Fußweg zur Tanke vor der Autobahnauffahrt. Dort parkten immer viele Brummifahrer und machten Kaffeepause.

Wie erhofft, standen mehrere Lastwagen auf dem Parkplatz. Bei einem leuchtend roten Lkw stieg soeben ein Fahrer auf den Tritt seiner Zugmaschine. Fragen kostete ja nichts. »Entschuldigen Sie, fahren Sie auf die Autobahn?«

Der Mann drehte sich um. Er sah noch jung aus, sportlich. Nicht so, wie sich Natalie Brummifahrer vorstellte. Als er sie sah, zog er die Augenbrauen in die Höhe und zeigte mit dem Finger auf sich. »Meinst du mich?«

Natalie musste lachen und nickte.

»Wohin soll es denn gehen?«

»Ich muss eigentlich nur bis Bonn-Nord. Wenn Sie mich einfach an der Ausfahrt Auerberg absetzen könnten?« Natalie strich sich die Haare hinters Ohr und blickte ihn von unten an. Er stand immer noch mit einem Fuß auf dem Tritt seines Fahrzeugs, den Türgriff in der Hand. Natalie kam nicht umhin, seine muskulösen Oberarme zu bemerken. Trotz der kühlen Luft trug er nur ein T-Shirt.

»Muss aber erst am Endenicher Ei noch runter, was aufladen.«

»Kein Problem, ich hab Zeit.«

»Dann komm, steig ein. Ich hab nämlich keine.« Er drehte sich um, zog die Fahrertür auf und stieg ein.

Natalie lief zur Beifahrertür, die sich schon von innen her öffnete. Er reichte ihr die Hand, um ihr hereinzuhelfen.

5. Kapitel

Helen war spät dran heute Morgen. Schon nach neun, und sie stand noch im Stau vor der Nordbrücke. Normalerweise hatte der sich um diese Zeit bereits aufgelöst, aber durch die Bauarbeiten war nur noch eine Spur befahrbar. Klar, dass das einen Verkehrskollaps auslöste. Offensichtlich litten die Bonner Straßenbauunternehmen unter derselben Vergesslichkeit wie die Hennefer. Denn auch die Siegtalstraße wurde in regelmäßigen Abständen aufgerissen. Mit ihrer Mutter scherzte Helen immer, dass die Straßenbauer wohl wieder einmal eine Rohrzange im gerade neu asphaltierten Straßenabschnitt vergessen hatten und sie jetzt wieder ausgraben mussten.

Helen biss von ihrem Brötchen ab, das sie sich eigentlich als Mittagessen eingepackt hatte. Die Krümel gesellten sich zu den zahlreichen anderen in ihrem Auto. Sie musste ihren Mini dringend einer Grundreinigung unterziehen. Sofort bekam sie ein schlechtes Gewissen. Ihr Mini Cooper war ein altes Schätzchen. Baujahr 76. Dunkelgrün mit zwei weißen Streifen auf der Motorhaube und im Innenraum holzverkleidet. Sie liebte den altmodischen Geruch und die Art, wie sich das Licht auf dem dunklen glatten Holz spiegelte, wenn das nicht gerade von einer Staubschicht belagert war.

Nach dem Brötchen griff sie zum Handy und wählte die Nummer der Kanzlei. Sie war gerade einmal fünfhundert Meter vorwärtsgekommen.

»Helen, wo steckst du?«, meldete sich Friederike Vettweiss.

»Im Stau auf der Nordbrücke. Es kann noch etwas dauern.«

»Das Telefon steht nicht still. Sieh zu, dass du deinen Frosch hierher bewegst.« Friederike machte sich einen Spaß daraus, Helens Mini als Frosch zu betiteln. Heute konnte Helen darüber nicht schmunzeln.

»Friederike, kannst du mir einen Akteneinsichtsantrag fertig machen in der Schrader-Sache? Ich habe um zehn den Gerichtstermin und werde wohl besser direkt zum Gericht fahren. Danach komm ich kurz ins Büro und hol den Antrag ab. Ich will dem KHK Sandhofen sofort etwas Schriftliches in die Hand drücken, wenn ich da nachher vorbeischaue. Dann kann er nicht meckern.«

Friederike stöhnte. »Mach ich natürlich auch noch. Aber gewöhn dich nicht dran. Du musst dir dringend eine neue Azubine suchen. Ich dreh sonst bald durch.«

»Nicht jetzt, Friederike. Lass uns heute Nachmittag in Ruhe drüber reden.«

Friederike Vettweiss war die gute Seele des Büros. Aber manchmal wurde es selbst ihr zu viel. Und Helen musste ihr recht geben. Klar konnte Friederike das ganze

Sekretariat nicht allein meistern. Eigentlich war sie schon normalerweise voll mit der Organisation und der Schreibarbeit ausgelastet. Die Kanzlei Freitag & Vettweiss war darauf ausgerichtet, neben den beiden Anwälten auch zwei Schreibkräfte zu haben. Jetzt, während der Auszeit von Matthias, übernahm Friederike auch noch mehr als die reinen Schreibarbeiten. Aber gute Azubis fielen nun mal leider nicht vom Himmel. Die letzte Azubine jedenfalls war eine Katastrophe gewesen.

Helen wollte sich gar nicht vorstellen, wie stressig Friederikes Leben gerade war. Nicht nur in der Kanzlei, auch privat saß sie jetzt alleine mit den beiden Kindern da, die gerade die unterschiedlichsten pubertären Phasen durchliefen. Dagegen schien Helens Single-Dasein die reinste Erholung.

Endlich erreichte sie die Ausfahrt Bonn-Auerberg und fuhr direkt zum Landgericht weiter. Seit das gemeinsame Gebäude des Amts- und Landgerichts Bonn modernisiert worden war, kam sie sich hier immer vor wie im Flughafen. Direkt hinter dem Eingang lag eine Schleuse mit Sicherheitsbeamten sowie Körper- und Taschenscanner. Dahinter öffnete sich eine großzügige Eingangshalle mit Informationsdesk. Im runden Treppenhaus begrüßte den Besucher eine Anzeigetafel, auf der die anstehenden Gerichtstermine wie Abflugzeiten von Flugzeugen aufgeführt waren. Das Bild wiederholte sich auf jeder Etage auf Monitoren. Rund um das Treppenhaus reihten sich die einzelnen Gerichtssäle. Innen war das Gebäude durch die aus Glas bestehende Deckenkonstruktion lichtdurchflutet und modern gestaltet, außen jedoch zeigte sich noch die alte neugotische Fassade. Jedes Mal, wenn Helen die Treppen zum säulenbestandenen Eingang hochstieg, umfing sie ein wenig von der Ehrfurcht vor dem Gericht, die sie so manches Mal glaubte verloren zu haben, wenn sie die ein oder andere Entscheidung eines Einzelrichters oder einer Kammer nicht nachvollziehen konnte.

Heute bestand die Gefahr nicht. Der gegnerische Kollege in der Zivilsache, die verhandelt werden sollte, hatte sie noch gestern Nachmittag angerufen und mitgeteilt, dass er nicht auftreten werde. Sie würde sich also ein schnelles Versäumnisurteil abholen. Keine Überraschung zu erwarten.

»Ein Glück, dass du da bist. Deine Mandanten haben gerade schon zum dritten Mal heute Morgen angerufen.« Friederike knallte den Telefonhörer auf die Gabel. Begrüßung Fehlanzeige.

»Du bist aber heute Morgen mit dem falschen Fuß aufgestanden. Ich mach mir einen Kaffee, soll ich dir auch einen bringen? Du siehst so aus, als könntest du ihn brauchen.« Helen legte Friederike die Gerichtsakte auf den Schreibtisch.

Ohne eine Antwort abzuwarten, flog Helen in die Küche und bereitete zwei große Tassen Milchkaffee. Sie hatten sich vor ein paar Monaten den exquisiten Kaffeevollautomaten gegönnt. Friederike und Helen waren beide Kaffeejunkies, und dass Helen den Automaten jetzt erst noch anstellen musste, sagte alles. Friederike hatte wieder einen besonders stressigen Tag erwischt.

»Hier, Frieda.« Helen stellte ihr die Kaffeetasse auf den Schreibtisch. »Hast du den Akteneinsichtsantrag fertig? Ich muss gleich wieder weg.«

Ohne die Diktat-Kopfhörer abzusetzen, deutete Friederike mit einer Bewegung der Augen zu Helens Bürotür. »Liegt auf deinem Schreibtisch.«

»Du bist ein Schatz.«

Friederike verdrehte die Augen. »Tu mir nur einen Gefallen und ruf die Eheleute Schrader an. Die machen mich sonst verrückt.«

»Was wollen sie denn? Seit gestern gibt es leider noch nichts Neues. So schnell geht das nicht.«

»Hab ich ihnen auch gesagt. Sie sagten etwas von einem besseren Foto, das sie dir mitgeben wollen. Für die Polizei.«

»Ach das. Das reicht auch später noch.«

»Sag du ihnen das bitte. Ich weiß nicht mehr, wie ich es noch deutlicher formulieren soll. Von mir wollen sie offenbar nichts annehmen.«

»Hast du immer noch Stress mit Theo?«

Friederike legte die Kopfhörer beiseite und nahm sich den Kaffee. »Ist das so offensichtlich?«

»Na ja, du bist sonst die Ruhe in Person. Ich bin hier eigentlich die Aufgekratzte.«

Das brachte ein Lächeln auf Friederikes Gesicht. »Er war heute Morgen wieder mal nicht aus dem Bett zu bekommen. Ich weiß nicht mehr, was ich machen soll. Ich musste ihn zur Schule fahren. Das habe ich seit fünf Jahren nicht mehr gemacht.«

»Immer noch der Liebeskummer?«

Friederike zuckte mit den Schultern. »Kann mich nicht erinnern, dass wir früher so waren. Und dann noch als Junge? Und gerade jetzt hat sich mein Mann entschieden, für ein halbes Jahr ans andere Ende der Welt abzutauchen.«

»Australien ist schon eine einmalige Chance für ihn, das weißt du doch, Frieda. Sei nicht ungerecht. So ein Angebot wäre nie wieder gekommen.«

»Ja, ich weiß. Trotzdem. Irgendwie kommt immer alles zusammen.

»Matthias hat mir so viel ermöglicht damals, als ich ganz neu anfangen musste. Jetzt kann ich es ihm ein wenig zurückgeben. Wir beiden schaukeln das schon, bis er wieder da ist, okay?«

»Womit wir wieder beim Thema wären. So ganz allein schaffen wir es eben nicht.« Friederike klang ernst, aber ein kleines Grinsen schlich sich doch auf ihre Lippen. »Muss ich erst eine offizielle Beschwerde einreichen, bevor du was unternimmst?«

»Ich weiß, Friederike. Lass gut sein. Ich kümmere mich drum.«

»Ernsthaft, Helen. Die Kinder brauchen auch meine Aufmerksamkeit, Teenager hin oder her. Und Sanne ist ja auch erst zwölf. Ich habe Angst, dass ich ihr zu viel zumute, wenn ich sie jeden Nachmittag allein lasse. Gerade jetzt, wo Theo nur noch mit sich selbst beschäftigt ist.«

»Ich hab doch gesagt, ich kümmere mich drum.«

»Das sagst du jetzt schon seit drei Monaten! Mittlerweile sind alle guten Bewerber schon irgendwo untergekommen. Die Schule fängt ja schon bald an. Wir sind wieder viel zu spät dran.« Friederike warf Helen einen durchdringenden Blick zu.

»Ich habe es verstanden. Ich fahr jetzt zum Polizeipräsidium –«

»Nachdem du die Eheleute Schrader angerufen hast«, warf Friederike ein.

Helen hob die Augenbrauen. »Nachdem ich die Schraders angerufen habe. Und dann schalte ich noch heute Nachmittag eine Anzeige, okay?«

Friederike nickte und leerte ihre Kaffeetasse. »Ich verlass mich drauf.« Dann setzte sie die Kopfhörer wieder auf und wandte sich ihrem Computer zu.

Friederike und Matthias waren wirklich ein Glücksfall für Helen gewesen. Sie kannte Matthias Vettweiss schon seit dem gemeinsamen Studium, nur hatte er nicht ein Sabbatjahr eingelegt wie Helen, und da damals schon das erste Kind bei ihm und Friederike unterwegs gewesen war, hatte er sich umso mehr beeilt, seinen Abschluss zu machen. Gleich darauf die Kanzleigründung. Als Helen nach ihrer Auszeit in Irland zurück nach Bonn kam und nur noch alles hinschmeißen wollte, war Matthias Vettweiss es gewesen, der ihr eine neue Perspektive aufgezeigt hatte. »Dann mach deinen Abschluss und werde meine Teilhaberin. Ich gebe dir freie Hand. Kannst dich ganz auf die Opfer von Gewaltverbrechen, von staatlicher Gewalt oder für Verkehrsopfer einsetzen. Indem du ihnen hilfst, hilfst du auch dir. Und ich kann eine Partnerin gebrauchen. Ich war nie ein Einzelkämpfer.«

»Aber du hast doch deine Frau«, hatte sie ihm damals geantwortet.

»Ja, aber sie ist keine Juristin. Sie schmeißt das Büro und die Kinder, mehr kann ich nicht verlangen. Ich brauche jemanden, mit dem ich mich juristisch austauschen kann. Und du brauchst jemanden, der dich unter die Fittiche nimmt und dir das ermöglicht, worin du gut bist. Anderen zu helfen.«

»Das hat ja fantastisch geklappt in Irland. Wenn ich schon bei meinem eigenen Freund nichts merke, wie soll ich da Fremden beiseitestehen?«

»Vertrau mir. Ich habe dich schon ein-, zweimal vor Gericht beobachten können. Damals, als wir die gemeinsame Referendarzeit bei der Staatsanwaltschaft in Siegen hatten.«

Tja, Matthias hatte sie überzeugt. Sie hatte ihren Abschluss gemacht, sogar noch einen Doktor, und zudem hatte sie sich psychologisch fortgebildet. Wenn Danes Tod für irgendetwas gut gewesen war, dann dass sie dadurch andere vor dem gleichen Schicksal bewahren konnte. Sie würde niemals wieder einen Menschen an diese Krankheit namens Depression verlieren. Niemals. Das hatte sie sich geschworen.

Auf ihrem Schreibtisch lag der Akteneinsichtsantrag für die Ermittlungsakten in der Schrader-Sache. Sie telefonierte mit den Mandanten, informierte sie über den neuesten Stand, wobei es ja nichts Neues zu berichten gab. Also vertröstete sie sie auf den nächsten Tag und machte sich auf den Weg zur Polizei nach Ramersdorf.

6. Kapitel

Sie können jetzt zu ihm.« Die junge Polizistin schien genervt über den Botendienst, den sie für den zuständigen Kriminalhauptkommissar im Fall der unbekannten Toten erledigen musste. Er gebärdete sich aber auch wie der Polizeipräsident höchstpersönlich. Ließ sich die Besucher, die im Gang vor seinem Büro darauf warteten, zu ihm vorgelassen zu werden und zu denen auch Helen gehörte, von einer »Vorzimmerdame« bringen. Die Polizistin deutete auf eine Tür und bog dann schnell um eine Ecke den Gang hinunter, womöglich um nicht noch einmal für so einen Dienst herangezogen zu werden.

Helen klopfte.

»Kommen Sie herein«, schallte es von der anderen Seite.

Helen stieß die Tür auf.

»Nehmen Sie Platz.« KHK Sandhofen saß hinter seinem Schreibtisch, anscheinend in eine Akte vertieft. Er blickte nicht hoch, sondern deutete mit einer Hand auf einen Stuhl, der seinem Schreibtisch gegenüberstand. Helen setzte sich auf den Rand der Sitzfläche und streckte ihren Rücken durch, um sich zu ihrer vollen Größe hochzuschrauben, die vor allem im Sitzen nicht sehr beachtlich war. Sie räusperte sich. »Schön, dass

Sie Zeit für mich finden konnten.« Helen legte so viel Schmalz in ihre Stimme, wie es ihr möglich war.

Es brachte ihn immerhin dazu, endlich aufzublicken. »Was führt Sie zu mir?«

Seine Lippen waren fleischig, die Oberlippe gerade und an den Enden leicht nach oben gewölbt. Zusammen mit den Augen, die durch Tränensäcke zu Schlitzen verengt waren, brachte dies einen Ausdruck auf sein Gesicht, als sei er konstant von etwas angewidert.

»Wie ich Ihrem Kollegen gestern am Telefon schon sagte, handelt es sich um die unbekannte Tote.«

»Wenn ich mich recht entsinne, gibt es da eine spezielle Telefonnummer, die wir an die Presse gegeben haben.« Seine Stimme passte nicht zum säuerlichen Gesichtsausdruck. Sie war angenehm warm. Fast einlullend. Das dämpfte ein wenig die beißenden Worte.

»Die hatte ich bereits gewählt. Ihr Kollege Pauli bat mich, vorbeizukommen und Sie direkt aufzusuchen. Gestern Mittag. Helen Freitag, die Anwältin«, versuchte sie ihn zu erinnern.

»Ah, die Anwältin. Richtig.« Er schob die Akte beiseite. Darunter kamen mehrere gelbe Post-it-Zettel zum Vorschein, über die er nun seinen Finger gleiten ließ. Als er zur entsprechenden Notiz kam, riss er sie vom Pult ab. »Ihre Mandanten behaupten also, ihre Tochter in der Toten wiedererkannt zu haben?«

»Ja, und ich habe keinen Grund, an ihren Angaben zu zweifeln. Der Name der Toten ist aller Wahrscheinlichkeit nach Natalie Schrader, geboren am 16. Januar 1980.«

Sandhofen notierte sich den Namen und das Geburtsdatum auf dem gelben Zettel. Helen kam das zwar recht unorthodox vor, denn auf dem Schreibtisch stand auch ein PC-Monitor. Doch der schien nicht in Betrieb zu sein. Aber nun gut, jeder hatte seine eigene Arbeitsweise. Also fuhr sie fort: »Meine Mandanten, die Eheleute Schrader, haben ihre Tochter seit fast zwanzig Jahren nicht gesehen …«

»Moment«, er hob die Hand, um ihr Einhalt zu gebieten, »sagten Sie eben zwanzig Jahre?«

»Ja, ihre Tochter war vermisst. Sie hatten sie auch vermisst gemeldet. Es müsste noch einen Vorgang geben. Ich kann Ihnen das Aktenzeichen des damaligen Vermisstenfalls geben. Es ist für die weiteren Ermittlungen wahrscheinlich von Bedeutung, die alten Akten hinzuzuziehen.«

»Das überlassen Sie mal mir.«

»Bitte?«

»Wie ich meine Ermittlungen führe. Das überlassen Sie mal mir.«

Helen blickte ihn mit offen stehendem Mund an. Ihr hatte es die Sprache verschlagen. Sie schüttelte sich kurz. Sie hatte schon mit etwas mehr Begeisterung gerechnet. Immerhin hatte die Polizei ja um Mithilfe gebeten. Das taten sie nur, wenn sie absolut keine Spur hatten.

»Also, was wollen Sie nun von mir?«, fragte Sandhofen in die vorübergehende Stille hinein.

»Ja. Also … Ich wollte Ihnen diese Informationen zukommen lassen, natürlich. Und dann würde ich gerne Einsicht in die Ermittlungsakten nehmen. Wie Sie sich vorstellen können, liegt meinen Mandanten daran zu erfahren, was ihrer Tochter widerfahren ist.«

»Was ja nun noch nicht feststeht.«

»Bitte?«

»Dass die Tote die Tochter Ihrer Mandanten ist.«

»Ja, deshalb rate ich an, dass Sie vielleicht einen DNA-Abgleich machen. Meine Mandanten stehen dafür zur Verfügung.«

»Nicht so schnell.«

»Bitte?« Sie kam sich vor wie ein Papagei, der ständig das gleiche Wort wiederholte. Aber ihr fiel einfach angesichts von Sandhofens Reaktion nichts anderes ein.

»Wenn wir von jedem, der uns seit Veröffentlichung des Fotos Informationen gegeben hat, die DNA überprüfen, können wir den Laden hier bald dichtmachen. Ich muss Ihnen wohl kaum sagen, dass so eine Analyse recht teuer ist.«

»Es soll ja nur ein einfacher Abgleich sein, nicht gleich eine vollständige Analyse.«

»Dennoch, kommt auf das Gleiche heraus. Zu teuer.«

»Aber meine Informationen sind recht spezifisch. Ich kann Ihnen vorher auch ein Foto zum Gesichtsabgleich –«

»Genauso teuer.«

»Aber …«

»Ich glaube, wir sollten das hier beenden. Ich habe mir den Namen notiert. Wir werden dem nachgehen. Wissen Sie, ich ziehe mir sogar diese Vermisstenakte hinzu. Zufrieden?«

»Es geht hier doch nicht darum, mich zufriedenzustellen, sondern darum, ein Verbrechen aufzuklären. Das sollte Sie doch genauso interessieren.«

Er winkte ab. »Ich weiß Ihr Temperament zu schätzen. Wahrscheinlich können Sie nicht anders, bei den Haaren. Und der Größe.« Er verzog seinen Mund. »Ein kleiner weiblicher Napoleon, hm? Aber ich muss Sie enttäuschen, das wirkt bei mir nicht.«

Sollte das etwa ein Scherz sein? Helen war angewidert. Jetzt kam er noch mit billigen Bemerkungen wegen ihrer roten Haare und ihrer Größe daher. Steckte voller Klischees, dieser Mann. Der war ja noch schlimmer, als sie gedacht hatte.

»Also, wenn Sie Einsicht in die Akten haben wollen, machen Sie das schriftlich. Sie kennen die Prozedur.«

Helen holte den Akteneinsichtsantrag aus ihrer Tasche und reichte ihn wortlos zu Sandhofen herüber. Sie musste hier raus, bevor sie sich vergaß.

Der Kommissar warf einen Blick auf das Schreiben und nickte. »Gut. Wäre es das dann?«

Helen fiel nichts mehr dazu ein. »Ja, das war es dann wohl. Fürs Erste. Auf Wiedersehen, Herr Kriminalhauptkommissar.« Seinen Titel betonte sie bewusst und ausgedehnt.

Friederike Vettweiss blickte von ihrer Arbeit hoch, als Helen in die Kanzlei hereingeplatzt kam.

»Du kannst dir nicht vorstellen, was für ein dämliches Ar... dieser Sandhofen ist.« Helen berichtete von der unerfreulichen Unterredung mit dem leitenden Ermittler.

»Idioten gibt es überall«, versuchte Friederike sie zu beschwichtigen.

»Ja, aber gerade bei so einer Sache muss man doch mehr Fingerspitzengefühl zeigen. Ich weiß nicht, was ich den Eheleuten Schrader jetzt erzählen soll. Das macht die fertig. Erst lässt die Polizei sie vor zwanzig Jahren im Stich, als ihre Tochter verschwindet, und jetzt wird höchstwahrscheinlich ihre Leiche gefunden, und die gehen den heißen Spuren wieder nicht nach. Und niemand sagt den Eltern, was mit ihrer Tochter geschehen ist. Wie sie umgekommen ist. Ich möchte nicht wissen, wie lange es dauert, bis ich die Ermittlungsakten bekomme.« Helen ließ sich auf den freien Stuhl am Schreibtisch gegenüber dem von Friederike fallen. Dort, wo normalerweise ihre eigene Schreibkraft oder Azubine sitzen müsste.

»Du musst der Polizei im Nacken sitzen, sie ständig nerven«, wandte Friederike ein.

»Sandhofen ist schmerzfrei. Der lässt sich auch ohne Probleme verleugnen.«

»Und was ist, wenn du die Presse einschaltest? Diesen Voss. Der hat doch schon den Begleitartikel zu dem Fahndungsfoto geschrieben.«

Helen blickte auf. Ein Hoffnungsschimmer breitete sich auf ihrem Gesicht aus. »Der Voss hat doch damals auch mit seinen Artikeln den Dombach-Fall wieder ins Gespräch gebracht. Das wäre eine Möglichkeit.«

»Ruf doch einfach mal beim *General-Anzeiger* an. Die sind dankbar für solche Hinweise. Und es kann auch nicht schaden, wenn der Name der Kanzlei in der Zeitung auftaucht. Am besten gleich mit einem kleinen Hinweis auf einen freien Ausbildungsplatz.« Friederike grinste schief zu ihr herüber.

»Mensch, Frieda. Darum geht es doch grad nicht.«

»Ich sag ja nur, dass es nicht schadet.«

Helen schüttelte den Kopf, konnte sich aber ein Schmunzeln nicht verkneifen. »Du bist wirklich unmöglich. Aber die Idee mit der Presse ist gut.« Sie stand auf. »Ich ruf da jetzt sofort mal an.«

7. Kapitel

»Marie!«

Sie wollte sich die Ohren zuhalten, wollte das Rufen nicht hören. Klammerte sich an die warmen vertrauten Beine, die sich fest wie ein Baumstamm in die Erde krallten und dem Wind trotzten. Wenn sie sich nur fest genug hielt, konnte sie niemand von hier fortbringen. Mama würde das nicht zulassen.

»Marie!«

Nein, sie wollte nicht hören. Aber wenn sie sich die Ohren zuhielt, würde sie die Umklammerung lösen müssen, und dann würde sie fortgezogen werden. Schon griff jemand nach ihren Armen, zerrte daran. Sie klammerte sich noch fester, fester. Sie krallte sich mit den Fingernägeln in die nackte Haut, nur um nicht fortgerissen zu werden. Tief, immer tiefer. Es tat weh. Es tat an ihren eigenen Beinen weh.

»Marie, was ist denn? Du machst mir Angst!«

Jemand schüttelte sie nun. Und sie spürte, wie das Blut warm unter ihren Fingerkuppen hervortrat. Es tat weh. Sie wollte ihr nicht wehtun. Nein, das wollte sie nicht. Sie ließ los.

»Marie! Ja, so ist es besser. Schau mich an. Marie. Mama ist ja hier.«

Sie fühlte warme Hände auf ihren nackten kalten Armen. »Mama?«

Sie öffnete die Augen, die sie fast so stark zusammengepresst hatte wie zuvor die Arme. Sie saß auf dem Boden. In ihrem Zimmer. Im Nachthemd. Hielt ihre eigenen Beine umklammert. Blut lief an ihnen herunter. Sie löste ihre Arme, ihre Hände. Unter ihren Fingernägeln war Blut. Sie hatte sich selbst gekratzt. Was war geschehen? Was war mit ihr los?

»Marie. Schau mich an. Es ist alles gut. Ich bin ja hier.«

Sie schaute hoch. Schaute, wem die Hände gehörten, die sie nicht losließen. Da war Gretchen. Ihre Mutter. Sie nannte ihre Mutter nie Mama. Immer nur Gretchen. Sie mochte den Namen ihrer Mutter. Gretchen Glücklich. Er passte zu ihr wie das Strickkleid, das sie trug. Aber nicht zu Marie. »Was machst du hier? Lass mich. Ich will nicht, dass du in mein Zimmer kommst.«

»Du hast geschrien, Marie. Du hast mir Angst gemacht. Das war fast wie so ein epileptischer Anfall, Kind. Komm, zieh dir erst einmal etwas Warmes an.« Gretchen stand auf und öffnete Maries Kleiderschrank. Zog einen der von ihr selbst gestrickten Pullover heraus und hielt ihn Marie hin.

»Gretchen, es ist Sommer.« Langsam wurde sie sich wieder bewusst, wo sie war, wer sie war. Sie atmete tief durch. Ihr war wirklich kalt. Aber sie nahm den Pullover, den ihre Mutter ihr hinhielt, nicht entgegen.

»Komm schon. Du bist ganz kalt. Tu mir den Gefallen und zieh ihn über und auch noch warme Socken, und dann komm runter in die Küche. Ich mach einen Ginseng-Tee. Das wird dir guttun.«

Natürlich. Gretchen hatte einen Tee für jede Lebenslage. Aber Marie gab nach, und wenn es nur dazu diente, dass ihre Mutter das Zimmer verließ. Sie musste nachdenken. Nachdenken, ohne die besorgten Augen ihrer Mutter auf sich zu spüren. Sobald sie den Pullover und die Socken übergezogen hatte, verließ ihre Mutter das Zimmer. Marie hörte sie die Treppen hinunterlaufen. Beschwingt. Als sei alles in bester Ordnung. Aber das war es nicht. Alles war stumpf. Es kam ihr vor, als ob sie sich immer noch in einer Blase befand. Eine Blase gefüllt mit einem Gas, das sie atmen konnte, ohne das sie gar nicht in der normalen Welt existieren konnte, in der normalen Welt, mit der normalen Atemluft. Wie ein Alien oder wie in einer Taucherglocke in der Tiefsee, während das Wasser von außen unendlichen Druck auf die Glocke ausübte und sie immer weiter einengte.

Marie setzte sich auf das Bett, schloss die Augen und drückte ihre Schläfen mit beiden Händen. Fest. Als ob sie einen Gegendruck aufbauen musste, um sich zu schützen. Sie versuchte sich zu erinnern. An ihren Traum. War es ein Traum gewesen? Konnte man im Sitzen auf dem Boden schlafen und träumen? Es war alles so unwirklich. Aber gerade noch hatte es etwas Wirkliches gegeben. Die Berührung der anderen Person hatte sie beruhigt, dort hatte sie sich sicher gefühlt. Es war eine sehr große Person gewesen oder war sie selbst in diesem Traum so klein gewesen? Winzig.

»Marie. Kommst du runter? Der Tee ist fertig«, rief Gretchen von unten.

Nicht schon wieder. Sie versuchte sich doch gerade zu erinnern. Erinnern? Wurde sie verrückt? Sie versuchte sich an etwas zu erinnern, das sie nicht wirklich erlebt hatte. Sie hatte nur auf dem Boden gesessen, war nirgendwo anders gewesen. War niemandem begegnet, niemand hatte sie beschützt. Da war nur Gretchen gewesen. Gretchen. Ihre Mutter. Hatte sie sich an Gretchen geklammert? Vielleicht sollte sie sie fragen. Vielleicht sollte sie hinuntergehen und mit ihr Tee trinken. Aber sie war so müde. Müde. Sie würde sich hinlegen. Nur kurz ausruhen. Der Tee war sowieso noch zu heiß, um ihn sofort zu trinken.

»Marie, kommst du?«

Gleich, wollte sie rufen. Ich komme gleich. Ich muss nur kurz ausruhen. Vielleicht würde sie noch einmal träumen. Und dann könnte sie sich auch wieder erinnern. Sie schloss die Augen – sog scharf die Luft ein, riss die Augen wieder auf. Wen hatte sie da gesehen mit geschlossenen Augen? Es war diese Frau von dem Foto gewesen! Marie, du wirst verrückt!

Ihr Atem ging schneller, ihr Herz klopfte wild. Trotzdem wagte sie es noch einmal. Sie schloss die Augen – und riss sie wieder auf. Wieder diese Frau. Ganz nah. Aber etwas war anders auf dem Foto. Sie hatte ihre Augen geöffnet. Grün. Olivgrüne Augen. Nein! Nicht möglich. Woher sollte sie wissen, welche Augenfarbe diese Frau hatte?

Ihr Blick fiel auf ihr Bücherregal. Warum gab es Sherlock Holmes nicht wirklich? Das wäre ein Fall nach seinem Geschmack. Er könnte ihr helfen. Er würde eine logische Erklärung finden. Ihr sagen: Nein, Fräulein Marie. Ganz sicher kein Fall von Geisteskrankheit. Was haben Sie getrunken, bevor Sie diese Erscheinungen hatten? Tee? Einen Ginseng-Tee. Ah, das erklärt alles. Eine wenig bekannte, aber natürlich durch mich erforschte Nebenwirkung von Ginseng sind Halluzinationen. Da möchte Sie jemand glauben machen, dass Sie verrückt werden, Fräulein Marie. Aber lassen Sie mich nur machen. Ich werde Sie retten. Ich werde denjenigen finden, der Ihnen das antut.

»Marie, soll ich dir den Tee hochbringen?«

Sie hatte aber noch gar keinen Tee getrunken. Oder? Sherlock, etwas stimmt nicht mit Ihren Deduktionen. Etwas stimmt nicht.

Sie presste wieder beide Hände gegen die Schläfen. Sie musste diesen Druck loswerden. Sie konnte sich nicht erinnern. Nicht mehr erinnern.

»Marie!«

8. Kapitel

Der Beifahrersitz war voll bequem und total riesig. Fast wie ein Sofa. Natalie fühlte sich wie im Cockpit eines Flugzeugs. So hoch war sie noch nie über eine Straße gedüst. Sie blickte sich um, hinter den Sitzen war ein Vorhang. Dunkelblau und samtig. »Schlafen Sie da?«, fragte sie den Brummifahrer.

»Sag doch Miro zu mir.« Er lächelte sie an. Wieder fand Natalie, dass er so gar nicht wie ein Lkw-Fahrer aussah. Eher wie ein Pilot. Gut, er trug natürlich keinen Anzug oder so. Aber glatt rasiert war er, und auf dem Kopf hatte er Stoppelhaare. Dazu das weiße T-Shirt, seine starken Arme und Hände, die das überdimensionierte Lenkrad umfassten und die Regelungen am Armaturenbrett bedienten. Oder wie ein Schiffskapitän.

»Na gut, Miro.« War komisch, ihn zu duzen. Sie kannte ihn ja gar nicht. Und außerdem war er bestimmt schon über dreißig. »Was ist denn nun hinter dem Vorhang?«

»Erst musst du mir aber noch deinen Namen sagen.«

»Natalie.«

»Schöner Name.« Er lächelte zu ihr rüber. »Du hast ganz richtig vermutet. Hinter dem Vorhang, da schlafe ich, wenn ich längere Touren habe.«

»Haben Sie jetzt eine lange Tour?« Das Du kam ihr doch nicht über die Lippen.

»Ja, ganz richtig. Erst geht es nach Belgien, dann Frankreich, und zurück fahre ich über Österreich.«

»Ich war noch nie in einem anderen Land außer in Russland.« Natalie verzog das Gesicht und schaute aus dem Frontfenster hinaus. Die Abfahrt Endenich kam in Sicht. Der Fahrer setzte den Blinker. Klick klack. Das tönte wie eine alte Standuhr. Ihre Oma hatte so eine gehabt. Ihre Oma in Russland.

»Bist du russisch?«, fragte der Fahrer.

»Ja, meine Eltern sind nach Deutschland gekommen, als ich ein Jahr alt war. Als meine Großeltern noch lebten, sind wir ein paarmal dort gewesen in den Sommerferien. Und Sie? Miro steht doch bestimmt für Miroslav?«

Er nickte, als er die Ausfahrt runterfuhr. »Ja, richtig. Bin Pole.« Natalie wurde langsam warm, und sie begann zu verstehen, warum Miroslav nur ein T-Shirt trug. Sie zog den Reißverschluss ihrer Jacke runter.

»Ist dir warm? Magst du etwas zu trinken?«, fragte der Pole.

Der Lkw fuhr auf die Auffahrt zur Verpoorten-Fabrik, die genau am Potsdamer Platz oder dem großen Verteiler, wie die Autobahnausfahrt hier im Volksmund genannt wurde, lag. Ein riesiger Kreisverkehr. Aber von hier oben aus hatte man echt den Überblick. »Laden Sie etwa Eierlikör?«

»Ja, heute schon. Der muss nach Belgien.«

»Cool. Können Sie auch manchmal etwas davon … äh, naschen?«

Miroslav lachte auf. »Nein. Da wäre ich ganz schnell meinen Job los. Die Ladung ist tabu.«

»Schade. Wäre echt der Knaller, wenn ich ein paar Flaschen mit zur Party bringen würde.«

»Du willst zu einer Party?«

Natalie nickte. »Ja, eine Geburtstags-Halloween-Party.«

»Klingt ja spannend.« Er bremste den Lkw vor einer Halle ab und rangierte ihn rückwärts vor das Tor. Bevor er ausstieg, langte er nach hinten, hinter den Vorhang. Holte eine Flasche Coke nach vorne. »Hier, gegen den Durst. Bleibst du kurz drin? Ich muss nur noch ein paar Paletten zuladen. Geht schnell.«

Kurz darauf waren sie schon wieder auf der Autobahn. Natalie hatte die Flasche Cola fast in einem Zug weggezischt, obwohl nicht mehr viel Kohlensäure darin gewesen war. Ihr war immer noch warm.

»Ist aber früh für eine Party.«

»Ja, eigentlich geht sie erst in ein paar Stunden los. Aber ich musste mich von zu Hause rausschleichen. Meine Eltern wollten mich nicht dahin lassen.«

»Ist nicht dein Ernst. So streng, deine Eltern?«

»Ach, eigentlich nicht. Nur altmodisch.« Natalie zuckte mit den Schultern.

»Die nächste Ausfahrt ist Bonn-Auerberg. Da wolltest du doch hin?«

»Oh, schon. Ja.«

»Oder willst du noch ein Stück mitfahren? In Köln muss ich noch etwas zuladen. Du könntest mit dem Zug zurück. Ich lad dich am Bahnhof ab.«

»Ich weiß nicht.«

»Ach, komm. Es gefällt mir, Gesellschaft zu haben. Ich hab noch eine lange, einsame Fahrt vor mir.«

»Hm. Und Sie würden mich dann echt am Bahnhof absetzen?«

»Ja klar, kein Problem. Liegt fast auf dem Weg.«

»Ist ja wirklich noch ein bisschen früh. Und in Köln könnte ich mir noch etwas für die Party kaufen. Ich hab nämlich eigentlich noch kein richtiges Kostüm.«

»Also, abgemacht?«

Natalie überlegte nicht lange. Nachdem sie sich erstmals den Eltern widersetzt hatte, fühlte sie sich wie beflügelt. Sie war ja auch schon fast erwachsen. »Ich bin dabei.«

»Toll. Ich freu mich.« Er trat noch etwas mehr auf das Gaspedal, und Natalie sah, wie rechts die Ausfahrt Auerberg an ihr vorbeiflog. Etwas mulmig wurde ihr schon. Aber was war schon schlimm daran? Sie war wirklich noch viel zu früh für die Party. Und mit dem Schülerticket konnte sie später die S-Bahn zurücknehmen und dann mit dem Bus bis zu den Fischers fahren. Am besten mit einem coolen neuen Lippenstift im Gepäck. Sie blickte rüber zu dem Brummifahrer. Und sofort war auch das mulmige Gefühl fort. Sie hatte Glück gehabt, auf diesen Miro zu treffen.

»Zieh dir doch die Jacke aus. Bis Köln ist es noch ein Stück bei dem Verkehr.«

Natalie schälte sich aus ihrem Parka und hängte ihn hinter sich auf den Rücksitz. Sie musste gähnen.

»Jetzt schon müde? Dann wirst du es auf der Party ja nicht lange aushalten.« Er lachte und zwinkerte ihr mit einem Auge zu. Natalie wollte protestieren. Sie würde lange aushalten. Bis zum Schluss. Es würde ein langer Tag werden. Sie könnte ja mal kurz die Augen schließen. Es war gemütlich warm, die schaukelnden Fahrbewegungen taten ihr Übriges. Neben Miro fühlte sie sich sicher. Die Augen fielen ihr zu.

Ihr Kopf dröhnte, als sie langsam wach wurde. Kurz wähnte sie sich zu Hause in ihrem Bett. Dann fiel es ihr wieder ein. Sie saß in einem Lkw auf dem Weg zur Party von Jens. Sie musste Christina gleich um eine Kopfschmerztablette bitten. Sonst würde der Abend kein Spaß werden. Langsam öffnete sie die Augen, damit die Sonne sie nicht blendete. Doch es war bereits dunkel. Verschwommen sah sie rote Autolichter vor sich auf der Autobahn. Plötzlich war sie hellwach. Warum war es schon dunkel? Sie blickte neben sich zum Fahrersitz. Miro saß dort. Das beruhigte sie wieder ein wenig. Aber dann flog ein Autobahnschild an ihnen vorbei. Hatte sie richtig gelesen? Darauf stand Brüssel!

9. Kapitel

Helen betrat das *Pendel.* Sie war ewig nicht mehr hier gewesen und hatte sich gewundert, dass Ralf-Peter Voss diesen Treffpunkt vorgeschlagen hatte. Eine ehemalige Studentenkneipe. Immer noch junges Publikum. Aber es war ihr im Grunde egal. Sie war verzweifelt genug, jeden Vorschlag des Journalisten anzunehmen, nur um an Informationen heranzukommen. Und das schon am zweiten Tag ihrer Mandatierung in diesem Fall!

Im Vergleich zum grellen Sonnenschein draußen war das Licht im Lokal merklich gedämpfter. Dunkles Holz an der Theke, nur die unzähligen Flaschen in den Regalen dahinter erleuchtet. Voss hatte gesagt, dass er in der oberen Etage am Fenster sitzen würde. Helen hatte ihn einmal zuvor gesehen, im Gerichtssaal bei der Urteilsverkündung im Dombach-Prozess. Aber sie war sich nicht sicher, ob sie ihn erkennen würde. Am Telefon hatte er ihr gesagt, er wäre der Mann ohne Blume im Knopfloch. Scherzbold. Sie hoffte, die Informationen und der Artikel, den er über die unbekannte Tote lancieren würde, wären es die Mühe wert. Ihr war nicht nach Scherzen zumute. Und mit männlichen Scherzbolden, die sich für unwiderstehlich hielten, konnte sie aber auch gar nichts anfangen.

In der oberen Etage reihten sich einfache Holztische und bequeme Ledersessel aneinander. Holzdielenfußboden und hohe Decken mit Stuck. Es erinnerte sie an die gemütlichen Kneipen in Irland, was auch nicht gerade ihre Laune hob. Die Tische waren spärlich besetzt, die meisten Gäste saßen bei dem schönen Wetter noch draußen.

Ihre Sorge war umsonst gewesen. Sie erkannte ihn sofort. Voss war eindeutig der älteste Gast. Nicht dass er so alt wirkte. Er mochte um die vierzig sein. Aber alle anderen Gäste waren dem Alter nach Studenten. Er saß hinten vor der Fensterfront auf einer Eckbank. Winkte. Helen schritt auf ihn zu, ihre Absätze klackerten über die Holzdielen. Sie trug ihr schwarzes Kostüm und eine weiße Bluse, da sie heute den ganzen Tag über beim Gericht gewesen war. Erst beim Landgericht, dann zwei Termine beim Amtsgericht. Aber für dieses Lokal war sie völlig unangemessen gekleidet. Voss blickte sie unverhohlen an, als sie auf ihn zukam.

»Frau Freitag, schön, Sie zu sehen.« Der Journalist war aufgestanden. Er war sehr groß und drahtig. Helen streckte ihren Rücken durch, um nicht wie ein Schulmädchen neben ihm zu wirken. Im Gegensatz zu ihr war er der Lokalität angemessen gekleidet. Schwarze Jeans, schwarzes T-Shirt. Seine Haare ebenfalls dunkel, leicht zerzaust, aber nicht ungepflegt.

Mit einem spöttischen Lächeln, so empfand es Helen zumindest, deutete er auf die Bank neben sich. »Setzen Sie sich doch zu mir.«

»Danke. Aber ich nehme den Sessel.«

Er umrundete den Tisch und zog den Sessel für sie zurück. »Die sind ziemlich schwer«, sagte er fast entschuldigend.

Mit dieser fürsorglichen Geste hätte Helen nicht gerechnet. Sie setzte sich auf den Rand des Sessels, um zu vermeiden, dass sie zu tief einsank, und schlug die Beine übereinander. Jetzt reiß dich zusammen, du willst schließlich etwas von ihm. Sie zwang sich zu einem Lächeln. »Danke. Und danke, dass Sie Zeit für mich haben.«

»Ihre Geschichte hört sich interessant an. Ich denke, wir können uns gegenseitig behilflich sein.« Er hatte wieder auf der Bank Platz genommen und winkte dem herannahenden Kellner zu.

»Was kann ich euch bringen?«

Voss flüsterte ihr zu, aber nicht leise genug, sodass es auch der Kellner mitzubekommen schien, denn der verzog seinen Mund zu einem schiefen Grinsen. »Sehen Sie, deshalb komme ich so gerne hierhin. Hier wird jeder geduzt. Da fühlt man sich gleich zwanzig Jahre jünger.«

Helen tat es dem Kellner gleich und verzog den Mund. Bitte nicht noch so einen Scherz, sonst wäre der angenehme Eindruck, den Voss ihr gerade zu vermitteln begann, schnell wieder verflogen.

»Ich nehme noch so einen.« Voss deutete auf das leere Glas auf dem Tisch. Offensichtlich saß er schon eine Weile hier. »Kann ich Ihnen auch einen Whisky bestellen?«

»Nein, ich muss noch fahren.« Helen warf einen schnellen Blick auf die Karte und bestellte sich einen Earl-Grey-Tee.

»Deshalb bin ich meistens mit dem Fahrrad unterwegs. Der Whisky bringt mich nach Redaktionsschluss hervorragend runter.« Er wirkte plötzlich müde.

Helen hatte auf der Karte gelesen, dass das *Pendel* auch irischen Whisky anbot. »Welche Sorte trinken Sie denn?«

»Ballantines. Ein schottischer. Aber jetzt sagen Sie nicht, dass Sie eine Whisky-Kennerin sind.«

»Ab und zu trinke ich auch gerne einen. Aber nur irischen.«

»Gute Wahl. Sehr mild, aber trotzdem vollmundig. Wir sollten uns bald noch einmal treffen, wenn Sie nicht mit dem Auto da sind. Meist bin ich nämlich allein mit meiner Begeisterung für den edlen Saft. Dabei wissen die meisten nicht, was ihnen entgeht.«

Die ganze Zeit über ließ er sie nicht aus den Augen. Nahm jede ihrer Regungen wahr. Journalisten mussten gute Beobachter sein, aber irgendwie schaffte er es, den Eindruck zu vermitteln, als wäre man die wichtigste Person im Raum. Er ließ sich vollständig auf sein Gegenüber ein. Helen schüttelte leicht mit dem Kopf, um den Eindruck abzuschütteln. »Herr Voss. Ich möchte nicht unhöflich sein, aber vielleicht können wir auf unseren Fall zu sprechen kommen. Ich hatte einen langen Tag, Sie ja sicherlich auch.«

»Natürlich. Entschuldigen Sie. Sie klangen am Telefon recht geheimnisvoll. Sie wissen also, wer die Tote ist. Worum geht es Ihnen nun genau? Und vor allem, wie kann ich helfen?«

»Wie ich schon erzählte, haben meine Mandanten die Tote als ihre vor zwanzig Jahren verschwundene Tochter erkannt.«

»Zwanzig Jahre ist eine lange Zeit. Wie alt war sie denn, als sie verschwand? Die Tote soll ja laut Polizeiangaben um die fünfunddreißig Jahre sein.«

»Natalie Schrader war sechzehn, als sie verschwand.«

»Hm. Das Alter würde also passen.«

»Richtig. Und es gibt weitere Merkmale.« Helen berichtete von der Narbe und zeigte ihm das Foto.«

Voss sah es sich an. »Ja, könnte schon sein. Man müsste ein Gesichtsvergleichsgutachten machen lassen.«

»Das war auch mein Vorschlag. Wenn schon kein DNA-Abgleich, dann wenigstens das.«

»Lassen Sie mich raten: Kommissar Sandhofen war nicht begeistert. Zu teuer. Richtig? Er hat Sie abblitzen lassen.«

»Sie kennen Sandhofen?«

»Lassen Sie mich es so sagen: Ich habe auch schon meine Erfahrungen mit ihm gemacht.«

»Liegen Ihnen denn noch mehr Informationen vor, was den Tod der Frau angeht? Im Artikel hieß es nur, es sei ein gewaltsamer Tod gewesen.«

»Ein wenig mehr weiß ich schon. Aber nicht von Sandhofen. Der hätte ja nicht einmal das Foto an die Presse gegeben.«

»Wer dann?« Helen lehnte sich nach vorne. Voss war wirklich ein Glücksgriff. Und ohne Friederike wäre sie nicht einmal darauf gekommen, die Presse einzuschalten. Sie war begierig, mehr zu erfahren. Aber erst einmal wartete Voss ab, da der Kellner die Getränke brachte.

»Also?«, fragte Helen, als sie wieder allein waren.

»Eine Kollegin von Sandhofen im Elften. Es gibt auch fähige Kommissare im Präsidium. Und ich habe einen ganz guten Draht zu ihr.« Er prostete Helen mit seinem Whiskyglas zu. Helen kam sich mit ihrem Earl Grey nun doch etwas komisch vor.

»Also, Frau Freitag, wie kann ich Ihnen in dieser Sache nun helfen?«

Sie biss in den beigelegten Keks und merkte erst jetzt, welchen Hunger sie hatte. Das Mittagessen war ausgefallen. Ihr Magen begann zu knurren. Hoffentlich hatte Voss das nicht gehört. Schnell begann sie zu erzählen, ein neues Rumoren kündigte sich bereits an. »Nun, Sie haben sich einen Namen gemacht, was vergessene Verbrechen in Bonn angeht. Allein der Dombach-Fall. Der wäre wohl immer noch nicht aufgeklärt, wenn nicht Ihre Berichte die Ermittlungen wieder in Gang gebracht hätten. Ich denke, ein wenig öffentlicher Druck könnte in dieser Sache auch nicht schaden.«

»Sie möchten, dass ich darüber berichte?«

Helen nickte.

»Sind Sie bereit, alle Informationen mir gegenüber offenzulegen? Sind Ihre Mandanten dazu bereit?«

»Da gehe ich von aus.«

»Darüber muss vorher Klarheit bestehen. Wenn, dann ziehen wir das hier richtig auf. Der Name Schrader wird rauf und runter durch die Presse gehen. Das müssen Sie Ihren Mandanten von Anfang an deutlich machen.«

Das war Helen schon bewusst. Sie glaubte, dass Familie Schrader dazu bereit wäre, da sie kein Vertrauen in die Polizei setzten. Zu Recht, wie sich ja jetzt schon herausgestellt hatte. »Meine Mandanten wollen wissen, was mit ihrer Tochter passiert ist. Sie wollen endlich Gewissheit über ihr Schicksal. Sie haben zwanzig Jahre nichts von ihrer Tochter gesehen oder gehört, und jetzt ist sie tot. Hätte die Polizei sie vor zwanzig Jahren ernst genommen, dann wäre Natalie vielleicht noch am Leben.«

Voss schwenkte sein Whiskyglas und atmete den Duft ein. Über seiner Nase hatte sich eine Falte gebildet. Vielleicht war er schon dabei, eine treffende Headline zu suchen. Helens Magen entschied sich genau in diesem Moment, einen extra lauten Ton in die Stille hinein zu schicken. Sie lief rot an.

»Die haben hier auch ganz gutes Essen.«

Helen musste lachen. Warum verschloss sie sich auch immer so? Er musste sie für völlig verklemmt halten. Voss war auf ihrer Seite, und er schien wirklich sympathisch. Entspann dich!

»Sie haben ein sehr hübsches Lachen.« Er schaute ihr direkt in die Augen.

Helen zuckte zusammen und blickte schnell zu Boden. »Also, wie wollen wir vorgehen?« Er sollte sich gefälligst auf die Sache konzentrieren und sie bloß in Ruhe lassen.

Er hob beschwichtigend die Hand, lehnte sich lässig zurück und leerte sein Glas in einem Zug. »Wollte Ihnen nicht zu nahe treten.«

Zum Glück kam in diesem Moment der Kellner. »Kann ich euch noch etwas bringen?«

Helen, froh, über diese Situation hinweggehen zu können, griff nach der Karte und bestellte einen Salat und ein Glas Rotwein. Eines würde sie sich genehmigen. Das würde sie vielleicht etwas beruhigen. Sie benahm sich wirklich unmöglich. Auch Voss bestellte sich etwas zu essen.

Den ganzen restlichen Abend verlief ihr Gespräch rein sachbezogen. Helen war erleichtert, aber ganz tief in ihr bedauerte sie es auch. Sie wünschte einfach manchmal, sie wäre nicht so völlig verkorkst. Voss zumindest schien nicht sonderlich enttäuscht. Und so wurde es ein sehr konstruktives Gespräch. Helen übermittelte dem Journalisten alle notwendigen Informationen, damit er einen entsprechenden Artikel vorbereiten konnte. Sie würde das Okay bei den Eheleuten Schrader einholen und ihm am nächsten Tag telefonisch Bescheid geben, ob der Pressesturm losgetreten werden konnte. Auch ein besseres Foto von Natalie würde sie ihm noch zukommen lassen, sobald sie es von den Mandanten erhalten hatte. So konnte Voss die Fotos der Toten und der jungen Natalie gegenüberstellen, sollte sich darauf die erwartete Ähnlichkeit der Gesichtsform zeigen.

Voss seinerseits erzählte Helen, was er über die Pressemitteilung hinaus über die Tote erfahren hatte. Allerdings musste sie ihm zuerst zusichern, diese Informationen außer an die Mandanten an niemand anderen weiterzugeben, um seine Quelle bei der Polizei nicht in die Bredouille zu bringen. So erfuhr Helen, dass die Todesursache eindeutig gewaltsam war: eine Stichverletzung direkt ins Herz, und zwar von unten nach oben, fast so, als sei sie in das Messer gestürzt. Dazu gab es einige Abwehrverletzungen an den Armen, Druckstellen und auch Schnittverletzungen. Der Fundort der Leiche, ein Parkplatz in der Nähe der A565, war auch der Tatort. Die Leiche war nach der Tat wohl nur in ein Gebüsch gezogen worden.

»Und die Frau war schwanger. Im dritten Monat«, beendete Voss seinen Bericht.

»Vielleicht eine Beziehungstat?«, stellte Helen in den Raum.

»Das sind Morde meistens.«

Wie würden die Eheleute Schrader diese Information aufnehmen? Wie viel davon sollte sie ihnen erzählen? Immerhin war es ja noch nicht absolut sicher, dass die Tote wirklich Natalie Schrader war. Auch wenn vieles darauf hindeutete.

»Ich hätte einen Vorschlag, wie Sie Dampf in die Angelegenheit bekommen und noch dazu Informationen aus der Bevölkerung frei Haus geliefert bekommen. Ohne Umweg über die Polizei.«

»Wie das?«

»Ich könnte Ihnen ein Interview bei der *Aktuellen Stunde* im WDR vermitteln.«

»Lassen Sie diesmal mich raten: Sie kennen da jemanden.«

Er grinste und zog entschuldigend die Schultern in die Höhe.

»Schon gut. Ist ja nur gut für mich und meine Mandanten. Ich wünschte, ich hätte so viele Beziehungen.« Sie verschluckte sich. »So war das nicht gemeint.«

»So habe ich das auch nicht verstanden.« Zu ihrer Erleichterung lachte er nicht über die Doppeldeutigkeit. »Sie müssen sich aber darüber im Klaren sein, dass Sie wahrscheinlich mit Anrufen überschüttet werden.«

»Das ist mir bewusst. Aber bisher bin ich leider auf alle Möglichkeiten angewiesen, an Informationen zu kommen. Die offiziellen Wege sind einfach zu langsam.«

Es war spät geworden. Bis auf sie beide war nur noch ein Tisch besetzt. Voss winkte den Kellner heran.

»Ich würde Sie gerne einladen«, sagte Helen. Sie glaubte, sich revanchieren zu müssen für alles, was er für sie, für ihre Mandanten tat.

»Kommt nicht infrage. Wie ich schon zu Beginn sagte, für mich ist dieser Austausch genauso hilfreich wie für Sie. Ich bin auf solche Hinweise angewiesen. Auch beim Dombach-Fall damals sind die Angehörigen auf mich zugekommen.«

Helen nickte.

»Sie rufen mich dann also morgen an.«

»Sobald ich das Okay meiner Mandanten habe.«

»Gut.« Er stand auf. Plötzlich schien er es sehr eilig zu haben. »Ich muss los. Muss noch mit dem Hund raus.«

Helen blickte erstaunt. Das hätte sie nun gar nicht von ihm gedacht. Das arme Tier war ja den ganzen Tag allein. Es sei denn natürlich … ja, sicher … Er hatte bestimmt Familie.

»Nur ein Scherz«, rief er ihr zu. »Ich habe noch einen Artikel zu schreiben und muss meine Bekannte in der WDR-Redaktion anrufen.«

Schon war er verschwunden. Helen ging nachdenklich zu ihrem Mini, den sie in der Marktgarage geparkt hatte. Schalt sich dafür, dass sie über seine letzte Bemerkung erleichtert war. Es konnte ihr doch ganz egal sein, ob er einen Hund oder eine Familie hatte. Sie hatte ihm außerdem allzu deutlich gemacht, dass sie einen rein geschäftlichen Kontakt zu ihm suchte.

10. Kapitel

Marie schlug die Augen auf. In ihrem Dachfenster spiegelte sich rosarot die Abendsonne. Sie reckte sich genüsslich und merkte gleich, dass es ihr besser ging. Diese Blase um ihren Kopf war verschwunden. Das Schlafen hatte ihr gutgetan. Und sie hatte Hunger.

Gretchen hatte ihr in den letzten Tagen Tee ans Bett gebracht und Essen, Obst und Suppe. Sogar Papa hatte ein paarmal seine Nase in ihr Zimmer gesteckt und nach ihr gesehen. Hatte sich neben sie ans Bett gesetzt und ihr Geschichten vorgelesen. So wie früher. Sie glaubte, dass ihr das mehr geholfen hatte als der Tee, aber auch ihre Mutter hatte sie gut umsorgt. Und sie war wohl nicht sehr nett zu ihr gewesen.

Noch einmal reckte sich Marie, schob das schlechte Gewissen fort und schwang sich aus dem Bett. Eine Dusche brauchte sie. Frisch geduscht und angezogen, ihr Nachthemd, in dem noch der Mief der letzten Tage steckte, direkt in den Wäschebeutel gesteckt, lief sie die Treppe runter. Im Wohnzimmer hörte sie den Fernseher laufen. Bestimmt die Nachrichten. Ihre Eltern guckten nur Nachrichtensendungen und vielleicht einmal einen seriösen Film auf einem der öffentlich-rechtlichen

Sender. Marie öffnete die Wohnzimmertür und sah ihre Mutter auf dem Sofa sitzen und stricken. Im Fernsehen lief die *Aktuelle Stunde.*

»Hallo, meine Kleine.« Gretchen stand auf und nahm sie kurz in den Arm, hielt sie dann etwas von sich weg und begutachtete ihr Gesicht. »Geht's besser?«

Marie nickte.

»Ja, das sieht auch so aus. Da hat der Ginseng seine Wirkung getan.«

Marie verzog ihren Mund, und ihre Mutter reagierte anders als gewohnt. »Schon gut, ich hör schon auf vom Ginseng. Was hältst du von einem kräftigen schwarzen Tee zur Abwechslung? Der weckt die Lebensgeister.«

Marie musste sich gar nicht zwingen, als Antwort zu lächeln. Ihre Mutter bemühte sich wirklich um sie. »Gerne.«

»Hervorragend. Ich brühe uns einen auf. Setz dich doch aufs Sofa. Wir können es uns heute gemütlich machen. Einen Film gucken. Was hältst du davon?«

»Ist Papa nicht da?«

»Der hat heute Abend eine Veranstaltung von der Firma. Kommt erst spät.«

Gretchen verschwand in der Küche. Marie schob das Strickzeug etwas beiseite und warf sich aufs Sofa. Seit ihr Vater bei der Software-Firma in Köln arbeitete, war er eigentlich immer abends zu Hause. Oder ihre Eltern waren zusammen fort. Einen Fernsehabend nur mit ihrer Mutter – das hatte es schon ewig nicht gegeben. Da war es ihr fast egal, wenn es einer dieser romantischen Frauenfilme wurde, die Gretchen so sehr mochte.

»Stolz und Vorurteil« oder »Gefährliche Liebschaften«. Alles Literaturverfilmungen, versteht sich.

Ihr Lächeln erstarb, als hinter der Moderatorin auf dem Fernsehbildschirm das Foto der Toten eingeblendet wurde. Marie griff nach der Fernbedienung, die sie irgendwo unter dem Strickzeug gesehen hatte. Sie zerrte an dem Wollknäuel, und es dauerte ewig, bis sie die Bedienung endlich in der Hand hielt. Mit zitternden Fingern stellte sie lauter.

»... mit Carsten Schwanke kommen, haben wir noch einen letzten Beitrag, bei dem wieder Ihre Mithilfe gefragt ist. Schon am Montag hatten wir die Fahndungsmitteilung der Bonner Polizei gesendet, bei der es um die unbekannte Frauenleiche ging, die letzte Woche auf einem Parkplatz in der Nähe der Bundesautobahn 565 gefunden wurde. Nun gibt es neue Erkenntnisse. Wir schalten live zu unserem Reporter Sebastian Tautenstark.« Das Bild wechselte. Ein Reporter der *Aktuellen Stunde* stand mit einem flauschigen Mikro in der Hand vor einem Gerichtsgebäude. Neben ihm eine kleinere Frau, die alle Hände voll zu tun hatte, ihre rötlichen Haare zu bändigen, die ihr der böige Wind immer wieder ins Gesicht blies.

»Danke, Sybille. Ich stehe hier vor dem Bonner Landgericht und neben mir Frau Dr. Helen Freitag, die Anwältin der Eltern der Toten. Erzählen Sie uns doch, worum es Ihnen genau geht, Frau Dr. Freitag.« Der Reporter hielt ihr das Mikrofon vors Gesicht.

»Ja, danke, Herr Tautenstark. Erst einmal möchte ich klarstellen, dass die Tote noch nicht mit hundertprozentiger Sicherheit identifiziert ist. Es gibt aber Anhaltspunkte, die darauf hindeuten, dass es sich bei der Toten um die vor zwanzig Jahren als vermisst gemeldete Natalie Schrader handelt, die zum Zeitpunkt ihres Verschwindens sechzehn Jahre alt war.«

Der Reporter zog das Mikro wieder vor seinen Mund, eine Windböe ließ es schlackern, sodass es wie ein widerspenstiges Tier wirkte, das er zu bändigen versuchte. »Wir werden nach diesem Beitrag ein Foto von Natalie Schrader einblenden, wie sie damals mit sechzehn ausgesehen hat. Und auf vielfachen Wunsch auch noch einmal das Polizeifoto der Toten.«

Marie starrte gebannt auf den Bildschirm und stellte noch ein wenig lauter, um auch alles genau zu verstehen. Die Anwältin sprach wieder. »Ich möchte die Zuschauer nun um Mithilfe bei der Aufklärung des Verbrechens bitten. Mir beziehungsweise meinen Mandanten geht es um zwei Dinge. Zum einen, wer hat Natalie Schrader nach dem 31.10.1996 gesehen oder etwas von ihr gehört? Zum zweiten, wurde in den letzten Wochen etwas beobachtet im Umfeld oder sogar auf einem der Parkplätze rund um die A565? Es geht hier insbesondere um die Tage vor dem 15. August dieses Jahres.«

»Am 15. August wurde die Leiche gefunden?«, fragte der Reporter.

»Ja, genau. Mir geht es allerdings vor allem um die Zeit vor zwanzig Jahren. Irgendwelche Beobachtungen zum Tatzeitpunkt sind wohl eher an die Polizei unter der bekannten Telefonnummer mitzuteilen.«

»Wie kommt es dazu, dass Sie sich so unmittelbar an die Bevölkerung wenden?«

»Nun, die Polizei geht, wie schon erwähnt, noch nicht davon aus, dass es sich bei der Toten um Natalie Schrader handelt. Meinen Mandanten aber erscheint es notwendig, erneut die Geschehnisse zum Zeitpunkt ihres Verschwindens aufzuarbeiten.«

»Verstehe. Wohin können sich die Zuschauer wenden?«

»Sie können sich direkt an mich wenden, über die Kanzlei Freitag & Vettweiss in Bonn.«

»Danke schön, Frau Dr. Freitag. Ein Hinweis noch: Die Telefonnummern werden wir nachfolgend noch einblenden ebenso wie die genannten Fotos. Alle Informationen und Telefonnummern finden Sie auch auf unserer Homepage. Und damit gebe ich zurück ins Studio.«

Marie sprang auf, um sich die Nummern zu notieren. Auch wenn sie noch nicht wusste, wie ihre Hirngespinste helfen konnten. Vielleicht würde ihr ja doch noch etwas Konkretes einfallen. Das Gefühl, die Frau zu kennen, war nämlich immer noch da. In der Küche hörte sie, wie Gretchen den Tee aufgoss.

Mit Stift und Zettel bewaffnet, kniete Marie vor dem Wohnzimmertisch, um die Nummern aufzuschreiben, als ihre Mutter ein gefülltes Tablett ins Wohnzimmer balancierte und abstellte. »Was schreibst du dir denn auf, Marie?«

Die Fotos wurden eingeblendet und darunter der Name der Kanzlei mit der Telefonnummer und E-Mail-Adresse.

Marie schrieb mit.

»Ach, geht es um diese unbekannte Tote?«, fragte Gretchen. »Schrecklich. Hm. Freitag & Vettweiss. Das habe ich kürzlich doch irgendwo gelesen.« Sie schenkte den Tee ein. Marie faltete den Zettel und steckte sich ihn in die Hosentasche. Ja, ihre Mutter hatte recht. Marie hatte über diese Kanzlei auch noch etwas anderes in der Zeitung gelesen. Da war eine Stellenanzeige im *General-Anzeiger* gewesen. Die suchten noch eine Auszubildende!

11. Kapitel

Seit ihrem Auftritt in der *Aktuellen Stunde* stand das Telefon nicht mehr still. Bereits gestern nach der Sendung waren zahlreiche Anrufe eingegangen, die den Anrufbeantworter beinahe gesprengt hatten. Friederike hatte ihr eine Liste auf den Schreibtisch gelegt, die Helen nun abarbeitete.

Die meisten Nachrichten schienen allerdings von Wichtigtuern zu stammen. Langsam konnte sie den Widerwillen der Polizei, jedem Hinweis nachgehen zu müssen, ein wenig verstehen. Einen Anrufer, der eine vielversprechende Nachricht hinterlassen hatte, in der es um eine Beobachtung an der Fundstelle der Leiche ging, hatte Helen sofort zurückgerufen. Ein Herr Müller, der Vorname war leider unverständlich. Dazu eine Bonner Rückrufnummer. Es stellte sich allerdings heraus, dass die Nummer nicht existierte, und als Helen den Namen Müller im Telefonbuch suchte, gab es eine Liste von 551 Treffern. Sie war nicht bereit, diese alle abzutelefonieren. Vermutlich hatte sich jemand nur einen Scherz erlaubt und dabei mit Absicht einen der häufigsten Namen in Bonn angegeben. Noch so ein Scherzbold. Und wenn es doch ein ernsthafter Anruf gewesen war, würde er sich bestimmt noch einmal melden.

Aber es gab auch interessante Hinweise. Eine Frau hatte sich gemeldet, eine Christina Stendel, geborene Fischer. Sie hatte sich als die Freundin von Natalie Schrader herausgestellt, bei deren Feier diese niemals angekommen war. Auch Frau Stendel hatte Helen sofort zurückgerufen, und was sie erzählte, war ein wichtiger Hinweis, der Helens Vermutung bestätigte, dass Natalie damals nicht ganz unfreiwillig verschwunden war. Christina Stendel hatte erzählt, dass Natalie sich circa ein Jahr nach ihrem Verschwinden telefonisch bei ihrer Freundin gemeldet hatte. Diese hatte es damals zuerst für einen Scherzanruf gehalten. Denn sie hatte nicht mehr damit gerechnet, je wieder etwas von ihrer Freundin zu hören. Es sah ihr nicht ähnlich, ohne ein Wort wegzulaufen. Und sie hatte sich auf die Party gefreut. Deshalb hatte Christina geglaubt, dass Natalie etwas Furchtbares zugestoßen sein musste. Jedenfalls hatte Natalie dann plötzlich angerufen. Erzählte so, als wäre nichts gewesen. Sie hätte einen Freund. Mit ihm wäre sie auch damals weggegangen. Und sie hatte sich nicht früher melden können, weil ihr Freund schon so alt war, dass man ihn dafür bestrafen konnte, mit einer Minderjährigen etwas angefangen zu haben. Sie riefe an, um sich bei ihr zu entschuldigen. Christina Stendel hatte ihrer Freundin Vorwürfe gemacht und ihr gesagt, sie solle sich besser einmal bei ihren Eltern melden. Die würden sich Sorgen machen. Sie selbst wäre einfach nur sauer. Sie habe ihr vorgeworfen, dass sie gedacht habe, Natalie sei tot, und dabei wäre sie bloß abgehauen. Ohne ein Wort. Das hätte sie ihr übel genommen. »Ich war nicht sehr nett zu ihr. Danach hat sie sich nie mehr gemeldet.« Den Eltern von Natalie hatte sie auch nichts von dem Telefonat erzählt. »Natalie wollte ihnen selbst Bescheid geben.« Das hatte sie auch, versicherte ihr Helen. Denn der Anruf musste etwa um dieselbe Zeit gewesen sein, als die Eltern auch die Postkarte von ihrer Tochter bekommen hatten. »Und das war das Letzte, was ich je von ihr gehört habe«, schloss Christina Stendel mit ihrem Bericht. »Und nun ist sie wirklich tot?« Das schlechte Gewissen kam durch. Deshalb hatte sie sich gemeldet.

Immerhin. Eine erste wirkliche Spur. Ein älterer Mann als Freund. Das würde erklären, warum Natalie sich nicht mehr gemeldet hatte. Aber es erklärte noch nicht, ob ihr damaliges Verschwinden nun auch mit ihrem Tod zusammenhing.

»Machst du noch lang, Helen?« Friederike stand in der Tür. Sie sah müde aus.

Helen unterdrückte ein Gähnen und blickte auf die Uhr an der Computeranzeige. Es war schon kurz vor fünf. »Nein, so lange nicht mehr. Ich diktiere noch ein Schreiben. Muss den Eheleuten Schrader noch Bericht erstatten, und dann mach ich auch Schluss.«

»War eine harte Woche, was?«

»Kannst du wohl sagen. Aber so haben wir uns das doch immer vorgestellt, oder nicht?«

Friederike schmunzelte. »Du und mein Mann vielleicht. Ich hab auch noch andere Interessen.«

»Ach, kannst mir nicht erzählen, dass dir das nicht auch gefällt, wenn es so richtig brummt. Da läufst du doch erst zur Höchstform auf.«

»Danke für das Kompliment. Tut gut, das mal zu hören. Und gebe ich auch gern zurück. Du hast eine gute Figur gemacht im Fernsehen. Da schlummern ja wohl bei dir auch noch andere Talente.«

»Ich weiß nicht. Mir sind ständig die Haare ins Gesicht geflogen, und dieser Reporter war mir einen Tick zu groß. Ich glaube, ich habe schon Nackenschmerzen, weil ich meinen Kopf immer so hochrecken musste, um an das Mikro heranzulangen.« Helen massierte sich demonstrativ den Nacken.

Friederike lachte. »Das mit dem Wind ist mir auch gleich aufgefallen. Da bin ich wieder mal froh über meine Kurzhaarfrisur.«

»Siehst du, wir Frauen wissen, worauf es ankommt. Wen interessiert schon, was wir zu sagen haben, Hauptsache, unsere Frisur sitzt, und wir machen eine gute Figur.«

Friederike wechselte das Thema. »Und, am Wochenende schon etwas vor? Das Wetter soll ja ganz passabel werden. Vielleicht wird es ja noch etwas mit dem Sommer dieses Jahr.«

»Vielleicht geh ich auf den Golfplatz, würde meinem Nacken guttun. Wenn ich dazu komme. Die Liste hier muss ich auf jeden Fall noch abarbeiten. Jetzt, wo wir den Ball ins Rollen gebracht haben, muss ich da durch.«

»Und was ist mit deiner neuen Bekanntschaft? Wollte dich dieser Voss nicht zum Whisky einladen?«

»Unsinn. Das ist rein geschäftlich. Danke übrigens noch einmal für deinen Tipp mit der Presse. Der war wirklich Gold wert.«

»Du hast etwas daraus gemacht. Darauf kommt es an. Der Artikel von Voss ist auch wirklich gut geworden.

Leichte Vorwürfe und Andeutungen in Richtung Polizeiarbeit, aber noch nicht zu scharf. Der versteht sein Handwerk.«

»Ja, finde ich auch. Und der zweite Teil kommt in der Wochenendausgabe. Wenn das nächste Woche keine Wirkung bei KHK ImSandverlaufen zeigt, hänge ich meine Lehrtätigkeit an den Nagel. Dann habe ich keine Ahnung von Psychologie.« Helen war aufgestanden, um sich die Beine zu vertreten. Sie warf einen Blick nach draußen. Das Fenster stand auf Kipp, und der Straßenlärm von der Oxfordstraße fand seinen Weg über die Dächer bis in ihr Büro. Die Freitagnachmittags-Rushhour. Helen schloss das Fenster.

»Komm doch am Samstag zu uns. Ich will mit den Kindern mal wieder grillen. Seit Matthias auf seinem Aussteiger-Trip ist, haben wir das nicht mehr gemacht. Er ist doch sonst Herr und Meister des Grills. Und ich glaube, nicht nur ich könnte etwas Gesellschaft gebrauchen. Würde dir auch mal wieder guttun.«

»Ach, Frieda. Lieb von dir. Aber auf dem Golfplatz sind auch andere Menschen, weißt du? Und du brauchst wohl auch mal ein bisschen Familienzeit nur mit den Kindern. Mit Theo vor allem.«

»Der würde sich bestimmt freuen, dich mal wieder zu sehen.«

»Lass gut sein, Frieda. Ich weiß dein Angebot zu schätzen. Aber ich bleib dabei. Liste abarbeiten, dabei meiner Mutter aus dem Weg gehen, und wenn sie zu aufdringlich wird, verzieh ich mich auf den Golfplatz.«

Das Telefon klingelte.

Friederike verabschiedete sich. »Mach nicht mehr so lang.«

Helen winkte sie raus und nahm den Hörer ab. »Freitag.«

Stille auf der anderen Seite. Hatte es dem Anrufer die Sprache verschlagen, weil sie sich an einem Freitag mit Freitag meldete?

»Helen Freitag hier«, wiederholte sie ihren Gruß, diesmal mit ihrem vollen Namen, »wer ist denn am Apparat?«

»Spreche ich mit der Anwaltskanzlei?« Die Stimme der Anruferin klang recht jung.

»Ja, Sie sprechen mit Rechtsanwältin Helen Freitag. Rufen Sie wegen des Aufrufs in der *Aktuellen Stunde* an?«

»Ja. Äh, nein. Eigentlich nicht direkt.«

»Nun. Wie kann ich Ihnen sonst behilflich sein?«

»Haben Sie nicht eine Stellenanzeige wegen einer Auszubildenden geschaltet? Ist die noch frei?«

Helen wurde hellhörig. Bisher hatte sich noch niemand auf die Anzeige gemeldet. »Ja, das ist richtig. Und die Stelle ist auch noch frei. Sind Sie interessiert?«

»Ja. Mein Name ist Marie Glücklich. Ich suche noch eine Ausbildungsstelle. Ich weiß, ich bin etwas spät.«

»Das macht nichts. Sie haben Glück, wenn ich mir den kleinen Scherz erlauben darf. Wir können die Stelle ab sofort vergeben. Dann könnten Sie noch mit ins Ausbildungsjahr rutschen. Die Schule beginnt erst nächste Woche.«

»Soll ich Ihnen die Bewerbungsunterlagen dann schicken?«

Helen überlegte. Bisher gab es ja noch nicht viel Resonanz. Das Mädchen hörte sich doch ganz sympathisch an. »Welchen Abschluss haben Sie denn? Und wie alt sind Sie, wenn ich fragen darf?«

»Einen Realschulabschluss. Und ich bin siebzehn.«

»Eine Ehrenrunde gedreht?«

»Nein. Nicht ganz. Ich war erst auf dem Gymnasium, hatte dann ein paar gesundheitliche Probleme. Danach bin ich auf die Realschule gewechselt. Da ging es mir dann besser. Aber dadurch habe ich ein Jahr verloren.«

»Was halten Sie davon, wenn Sie am Montag Ihre Bewerbungsunterlagen unter den Arm klemmen und einfach gleich zu einem Vorstellungsgespräch vorbeikommen?«

Pause.

»Klingt gut.«

»Sie haben unsere Adresse?«

»Ja. Wie in der Annonce.«

»Genau. Also Montag. Sagen wir um zehn Uhr?«

»Gerne.«

Helen legte auf. Na bitte. Sie hatte ein gutes Gefühl bei der jungen Frau. Und das lag nicht nur an dem freundlichen Namen. Mal sehen, ob sich das bestätigen würde. Friederike würde es freuen.

Helen diktierte noch das Schreiben an die Eheleute Schrader, um sie auf den neuesten Stand zu bringen. Wenn diese Marie Glücklich einen guten Eindruck machte, könnte sie am Montag ja direkt mal einen Probearbeitstag an das Bewerbungsgespräch anhängen und das Diktat schreiben. Danach druckte Helen sich noch die E-Mails aus, die sie zu ihrem Fernsehauftritt bekommen hatte. Zusammen mit der überarbeiteten Liste der Anrufe packte sie alles in ihre Aktentasche. Sie massierte ihren Nacken und dachte noch einmal über Friederikes Bemerkung nach. Vielleicht sollte sie doch Voss anrufen. Sicherlich wäre er auch noch in der Redaktion, um den Artikel für die Samstagsausgabe zu schreiben. Er hatte ja gesagt, dass er nach Redaktionsschluss gerne einen Whisky trank. Ach nein. Lieber so schnell wie möglich nach Hause. Die Woche war anstrengend gewesen und noch nicht zu Ende. Sie würde sich auf dem Weg nach Hause noch etwas bei der Fast-Food-Kette mit dem großen M mitnehmen. Denn wie sie ihre Mutter kannte, köchelte diese schon einen Braten für das Wochenende. Helen wohnte zwar in der oberen Etage in einer abgeschlossenen Wohnung, doch was auch immer ihre Mutter in diesen Braten packte, der Duft war stark genug, um unter ihrer Wohnungstür hindurchzuziehen. Dann wäre sie froh, zumindest irgendetwas Herzhaftes zwischen die Zähne zu bekommen, außer einem Käsebrot. Sie könnte natürlich auch zu ihrer Mutter reinschauen. Aber für schnippische Bemerkungen über ihr Single-Dasein hatte sie heute wirklich nicht mehr die Nerven.

12. Kapitel

Unter der Dusche ließ sich Helen das warme Wasser über den verspannten Rücken laufen. Sie hatte an diesem Samstagmorgen länger geschlafen, nachdem sie am Abend die gesamte Telefonliste im Schrader-Fall durchgegangen war. Der Burger, den sie dabei verdrückt hatte, lag ihr immer noch schwer im Magen.

Immerhin hatte sie außer der damaligen Freundin noch zwei weitere interessante Personen in der Liste entdeckt. Ein Herr Markus Zellner hatte sich gemeldet, der Natalie am Tag ihres Verschwindens an Halloween im Jahr 1996 gesehen haben wollte. Der Eintrag war ihr schon in der Kanzlei bei der ersten Durchsicht aufgefallen, obwohl er zuletzt in der Liste stand. Friederike, die immer strukturiert arbeitete, hatte die Liste alphabetisch angelegt. Herr Zellner hatte eine Mobilfunknummer angegeben. Gestern Abend war es zu spät gewesen, aber sie würde ihn heute noch anrufen. Das hörte sich nach der bisher heißesten Spur an. Und eine Frau namens Bullischek wollte etwas Auffälliges auf dem Parkplatz beobachtet haben, an dem die Leiche gefunden worden war. Sie hatte keine Rufnummer hinterlassen, sondern wollte sich noch einmal melden. Da konnte man also nur warten.

Die nassen Haare mit einem Handtuch umwickelt, durchforstete Helen den Kühlschrank nach etwas Frühstückstauglichem. Sie war letzte Woche nicht zum Einkaufen gekommen. Ein Schütteln an der Milch fühlte sich an, als ob feste Teilchen gegen den Verpackungsrand stießen. Sie versuchte erst gar keinen Geruchstest, sondern warf sie sofort in den Müll. Auch in die Brottüte wagte sie keinen Blick zu werfen. Bei Schimmelsporen reagierte Helen äußerst empfindlich. Schon beim Gedanken daran rümpfte sie die Nase.

Es dauerte nicht lange, und Helens Füße setzten sich in Richtung Treppe in Bewegung. Sie öffnete die Haustür, schnappte sich den *General-Anzeiger* aus dem Zeitungsrohr und war gespannt, wie Voss' Artikel platziert war. Dann schellte sie bei ihrer Mutter.

Die Eingangstür der unteren Wohnung öffnete sich ohne Verzögerung. »Du hast doch einen Schlüssel, Leni. Warum klingelst du denn immer?« Aus der Wohnung kam köstlicher Kaffeeduft.

»Guten Morgen, Mama.« Sie gab ihrer Mutter einen Kuss auf die Wange. »Weil ich eben deine Privatsphäre respektiere.«

»Komm schon rein.« Ihre Mutter ging kopfschüttelnd voraus. »Privatsphäre. Glaub nicht, dass ich schon so verkalkt bin, dass ich nicht genau weiß, wie du das meinst.«

»Du siehst aber heute früh schon sehr stylish aus, Mama. Musst du weg?« Ruth Freitag hatte ihre dunklen Haare, in denen kein Silberschimmer zu erkennen war, zu einem eleganten Dutt hochgesteckt und trug ihren farbenfrohen karierten Wollrock, dazu einen dunkelblauen Blazer. Helen war immer wieder erstaunt über den irischen Einschlag der Kleidung ihrer Mutter. Man konnte wirklich auf den Gedanken kommen, Helen hätte ihr irisches Aussehen – die roten Haare, die helle Haut – von ihrer Mutter geerbt. Sie verdrängte den dabei aufkommenden Gedanken an ihren Vater schnell wieder. Ihre Mutter ging völlig offen damit um, dass der irische Soldat sie verlassen und mit einer vierjährigen Tochter in Deutschland sitzen gelassen hatte. Helen hatte damit immer viel mehr zu kämpfen gehabt als ihre Mutter. Ihr Vater hatte ja nicht nur seine Frau verlassen, nein, auch und vor allem seine Tochter. So empfand es Helen jedenfalls immer noch, nach all den Jahren und obwohl sie sich vor einiger Zeit sogar mit dem Vater ausgesprochen hatte.

»Jetzt sag nicht, du hast das vergessen, Leni. Heute ist doch unser Sommerfest im Betrieb.« Ruth blickte auf ihre Armbanduhr. »Um zwölf geht es schon los. Du hast mir versprochen, dieses Jahr mitzukommen. Familientag. Und du bist nun einmal die einzige Familie, die ich noch habe.«

Helen hatte es vergessen. Ihre Mutter arbeitete bei Wankenheim, einem alteingesessenen mittelständischen Unternehmen in Hennef. Als Chefsekretärin. So nannte sie sich tatsächlich noch. Politisch korrekt hieß das wohl persönliche Assistentin des Seniorchefs Karl Wankenheim, der allerdings schon so sehr ein Senior war, dass er nicht mehr selbst die Geschäfte führte, sondern diese an seinen Sohn übergeben hatte. Das Sommerfest aber war immer eine große Sache, und sie hatte ihrer Mutter wirklich versprochen, dieses Jahr mitzukommen.

»Mama, ich kann nicht. Ich muss arbeiten.«

Ruth hatte sich von ihr abgewandt und holte diverse Lebensmittel aus dem Kühlschrank, platzierte sie auf einem Tablett. Aber sie antwortete nicht. Helen verzog den Mund und schlug die Zeitung auf. Es war immer dasselbe mit ihrer Mutter. Jedes Mal kam Helen in die Verlegenheit, sich für irgendetwas entschuldigen zu müssen.

»Mama, es tut mir leid. Ich hab es echt vergessen. Die Woche war furchtbar stressig. Ich habe ein neues Mandat übernommen. Du glaubst es nicht, aber es sind die Eltern der Toten aus der Zeitung.« Helen tippte auf Voss' neuen Artikel. Er zog sich über die volle erste Seite des Bonner Teils des *General-Anzeigers*. Ihre Mutter ging nicht darauf ein. Ihre Stimme klang wenig enthusiastisch, und sie hatte ihr immer noch den Rücken zugekehrt. »Ich nehme an, du bist hier, weil du nichts zum Frühstücken im Haus hast.«

»Mama, bitte, setz dich doch zu mir. Es tut mir wirklich leid. Vielleicht kann ich ja später noch vorbeikommen. Aber ich muss erst noch arbeiten.«

Ruth drehte sich mit der vollen Kaffeekanne in der Hand um und füllte die beiden Becher, die bereits auf dem Tisch gestanden hatten, als Helen gekommen war. Ihr Lächeln wirkte zwar leicht gezwungen, aber wenigstens war es wieder da. »Das wäre wirklich schön, Leni.« Sie stellte den Kaffee fort und holte das Tablett, welches sie mit frischen Brötchen, Käse, Wurst, Marmeladen und einem Obstsalat bestückt hatte. Sie war unglaublich. Die perfekte Frau, dachte Helen manchmal, denn neben ihrer Berufstätigkeit war sie Hausfrau, kochte, backte, war alleinerziehende Mutter gewesen. Helen hatte immer alles gehabt, Geborgenheit, Liebe, Fürsorge. Nur keinen Vater. Als Helen ein Kind war, gab es auch noch Ruths Eltern. Aber es war nie so gewesen, dass Ruth ihre Tochter bei den Großeltern geparkt hatte. Vielleicht war das ihre Art gewesen, Helen den Vater zu ersetzen.

»Weißt du, Leni, ich habe dir doch erzählt, dass der Sohn vom alten Wankenheim sich von seiner Frau getrennt hat.« Hatte sie das? Immer wenn ihre Mutter mit ihren Verkupplungsversuchen begann, hörte Helen weg. »Und das Sommerfest wäre doch genau richtig, um ihn in ungezwungener Runde einmal besser kennenzulernen.«

»Mama, bitte hör auf damit. Ich such mir meine Freunde lieber selbst.«

»Auf dem Gebiet bist du aber nicht so erfolgreich. Sonst würden mir doch längst ein paar Enkel um die Beine schwirren. Und die könnten dann gleich mitkommen. Die Firma gibt sich immer so viel Mühe mit dem Programm für die Kinder.«

Helen verdrehte die Augen. »Aber du bist natürlich umso erfolgreicher.«

»Dass du immer mit den alten Geschichten kommen musst, Helen. Das ist nicht fein.«

»Entschuldige, aber alte Geschichten? Du weißt, dass mir mein Vater immer gefehlt hat. Wir waren nie eine richtige Familie. Das hat mich geprägt. Ob du es hören willst oder nicht.«

»Ach, Kind. Sei doch mal etwas selbstbewusster als Frau. Du bist so klug und so hübsch. Wir Frauen können alles in der Welt schaffen. Nimm dir ein Beispiel an mir. Ich bin ganz gut zurechtgekommen ohne deinen Vater. Ich hatte ja dich, das hat mir gereicht zum Glücklichsein.«

»Ja, aber ich bin nicht wie du, Mutter.«

»Und deshalb solltest du dir auch endlich mal wieder einen Freund zulegen. Ich versuche ja nur ein bisschen zu helfen.«

Das hatte sie wohl verdient, sich das jetzt anzuhören. Helen biss kräftig in ihr Käsebrötchen und versuchte, die aufkommende Übelkeit mit hinunterzuschlucken.

»Michael Wankenheim spielt sogar Golf, wie du. Da habt ihr doch schon etwas gemeinsam. Also, ich würde mich wirklich freuen, wenn du nachher noch vorbeikommst. Es wird übrigens auch gegrillt. Richtig gute Sachen. Ich habe beim Metzger aus Geistingen bestellt. Nur das beste Fleisch. Sogar ein Spanferkel gibt es. So wie du das Brötchen verschlingst, bis du ja anscheinend völlig ausgehungert – oder warte: Bist du etwa schwanger?«

»Mama!« Helen hatte sich an einem Brötchenkrümel verschluckt, musste husten und trank erst einmal einen Schluck Kaffee nach. »Wirklich. Es reicht. Ich bin weder schwanger noch auf der Suche nach einem Mann. Ich bin lediglich nicht dazu gekommen einzukaufen.«

»War ja nur so ein Gedanke.« Ruth zuckte mit den Schultern und begann den Tisch abzuräumen.

Helen schmierte sich noch ein Brötchen und stand auf. »Danke für das Frühstück.«

»Gern geschehen. Wie immer, Leni.«

Helen setzte sich an ihren Schreibtisch und vergrub ihr Gesicht in den Händen. Ihre Mutter brachte sie noch einmal um den Verstand. Nach solchen Bemerkungen zu einem fehlenden Partner und ihrem Wunsch nach Enkelkindern rang Helen immer um Fassung. Jedes Mal ein bisschen mehr, wie es schien. Vielleicht war es ein Fehler gewesen, sie damals so auszuschließen, als Helen um Dane getrauert hatte. Nicht nur ihre Mutter, sie hatte alle ausgeschlossen. Matthias Vettweiss war der Einzige, der ahnte, wie sehr sie das, was passiert war, in ihren Grundfesten erschüttert hatte. Aber Helen hatte es vorgezogen, sich in die Arbeit zu stürzen, etwas Gutes aus der Trauer und Wut wachsen zu lassen. Und sie war wütend gewesen. Auf Dane, der sie nicht ins Vertrauen gezogen hatte, der lieber den Tod gewählt hatte. Wütend auf sich selbst, weil sie es nicht hatte kommen sehen.

Und was war daraus erwachsen? Hatte es dazu geführt, dass sie anderen in einer ähnlichen Lage nun helfen konnte? Im Fall Dombach hatte sie die Schwester des Mordopfers vertreten. Bei aller Trauer und Wut auf den Mörder, Sarah Dombach war vom Tod der Schwester nicht traumatisiert gewesen. Sie brauchte Helens Hilfe als Anwältin, um ihre und die Interessen der Toten zu wahren, damit der Mörder nicht ungeschoren davonkam.

Schlussendlich war es die Lehrtätigkeit, die Helen in dieser Beziehung am meisten bedeutete. Einmal in der Woche, Mittwochvormittags während der Semesterzeit, gab sie die Dozentin für Recht und Psychologie am Campus Hennef der Hochschule Bonn-Rhein-Sieg. Dort wurden im Studiengang Sozialversicherung mit Schwerpunkt Unfallversicherung die künftigen Entscheider der Versicherungen ausgebildet. Entscheider über das Schicksal von Unfallopfern oder bei Berufskrankheiten. Sie versuchte dabei, den Studierenden Verständnis für die Opfer zu vermitteln. Im Mittelpunkt sollten die Geschädigten sowie die Frage, ob oder wie umfassend die Versicherung eintrittspflichtig wäre, stehen, nicht wirtschaftliche Interessen. Für das in zwei Monaten beginnende Wintersemester arbeitete sie eine neue Vorlesung mit dem Titel »Depressionen als Folge von Traumata« aus. Sie hatte den Dekan überzeugt, dieses Thema aufzunehmen. Es bedeutete zusätzliche Arbeit für sie, aber es war ihr wichtig. Ihre reguläre Vorlesung: »Die Kapitalisierung posttraumatischer Störungen im Regressrecht« klang ihr allzu mathematisch und nur auf die finanziellen Aspekte der Ausbildung begrenzt.

Nun, jetzt saß sie also am Schreibtisch und hatte sich eigentlich vorgenommen, ihre Erläuterungen für das Einstiegsmodul der Erstsemester zu verfassen, das heißt, es war sogar dringend notwendig. Am ersten September sollten die Erstis es in Händen halten. Aber gerade eben brachte sie gar nichts Sinnvolles aufs Papier. Stattdessen checkte sie die Posteingänge in ihrem E-Mail-Fach. Aber sie fand nur Werbemails und Spam … Antischnarchpillen? Bitte! Sie schnarchte nicht, hatte keinen Partner, den sie schnarchend nervte, ergo hatte sie auch nicht nach solchen Mittelchen gegoogelt. So durchsichtig konnte sie im Netz also nicht sein? Vielleicht hatte irgendein Algorithmus versagt. Oder war es ihre Mutter, die über Helens Account im Netz gesurft hatte? Auszuschließen war nichts. Nicht nur sie hatte einen Schlüssel zur Wohnung ihrer Mutter, auch umgekehrt. Und ihre Mutter hielt es mit der Privatsphäre bekanntlich nicht so streng.

Kopfschüttelnd klappte Helen den Laptop zu. Sie sollte sich besser um schon vorhandene Spuren im Schrader-Fall kümmern. Erst einmal zog sie aber die Zeitung zu sich und studierte den Artikel. »Mysteriöse Tote identifiziert?« und »Polizei tappt noch im Dunkeln«. So lautete die Überschrift. Darunter noch einmal das Foto der Toten. Gleich daneben das Porträtfoto der jungen Natalie Schrader. Helen betrachtete beide Bilder im Original. Die Narbe an der Oberlippe war auf beiden Fotos an derselben Stelle. So einen Zufall konnte es nicht geben. Auch Voss thematisierte das in seinem Artikel. Und warf der Polizei schlechte Ermittlungsarbeit vor, nein, Untätigkeit, weil sie der Spur der vor zwanzig Jahren vermisst gemeldeten Natalie nicht nachgingen und keine Verbindung der beiden Fälle untersuchten. Helen war auf die Reaktionen gespannt, die der Artikel am Montag bringen würde. Auch die Telefonnummer ihrer Kanzlei war wieder angegeben. Gut möglich, dass die Telefone erneut heiß laufen würden.

Aber ein interessanter Zeuge hatte sich ja bereits gemeldet. Helen suchte die Telefonnummer aus ihrer Liste und wählte. Schon nach einem Klingeln war er am Apparat. »Zellner.«

»Guten Tag, Herr Zellner, Rechtsanwältin Freitag hier. Sie hatten sich bei uns gemeldet.«

»Ja, danke, dass Sie zurückrufen.«

»Ich habe zu danken, dass Sie sich gemeldet haben.«

»Ich weiß aber nicht, ob ich Ihnen großartig weiterhelfen kann.«

Helen warf einen Blick auf die Telefonliste. »Sie sagten, dass Sie Natalie Schrader am Tag ihres Verschwindens noch gesehen haben.«

»Ja, das ist richtig. Ich habe damals an der Shell-Tankstelle gearbeitet. Studienjob. An diesem Tag war es relativ ruhig. Ich habe dieses Mädchen gesehen, wie es dort in einen Lkw gestiegen ist. Lungerte erst ein paar Minuten draußen rum und hat dann einen der Fahrer angesprochen.«

»Sie kannten Natalie?«

»Nicht mit Namen, nein. Aber die Jugendlichen kamen ab und zu nach der Schule in der Tankstelle vorbei und kauften etwas im Shop. Natalie war auch häufig dabei. Ich wusste, dass sie in der Nähe wohnen musste.«

»Und Sie haben gesehen, dass das Mädchen zu einem Lkw-Fahrer zugestiegen ist? Kannten Sie den Fahrer? Kam der auch öfter zur Tankstelle?«

»Nein, kann ich nicht sagen. Aber es war ein leuchtend roter Lkw.«

»Irgendein Schriftzug? Oder vielleicht das Kennzeichen?«

»Nein, tut mir leid. Daran kann ich mich nicht erinnern. Aber der war komplett rot, also kein andersfarbiger Auflieger oder so etwas. Sonst kann ich mich an nichts erinnern. Ich habe mir ja zu dem Zeitpunkt auch nichts dabei gedacht.«

»Dennoch, Sie haben ein gutes Gedächtnis, dass Sie sich nach zwanzig Jahren erinnern. Aber warum haben

Sie sich damals nicht schon gemeldet? Natalie wurde doch gesucht.«

»Das habe ich ja. An der Tankstelle wurde ein Vermisstenfoto aufgehängt. Ich habe mich bei der Telefonnummer gemeldet und von meiner Beobachtung erzählt.«

Die Eheleute Schrader hatten doch gesagt, es hätte sich niemand auf ihre Suchanzeigen hin gemeldet? »Wo haben Sie angerufen?«

»Na, bei der Polizei. Das war so eine Suchmeldung der Polizei. Mit denen habe ich gesprochen.«

Helen musste unbedingt Einsicht in diese Vermisstenakte von damals bekommen. Wer weiß, wer sich noch alles bei der Polizei gemeldet hatte. Den Spuren musste nachgegangen werden. Vielleicht konnte man so aufrollen, was damals passiert war und wo sich Natalie die ganzen Jahre über aufgehalten hatte.

»Hat die Polizei sich denn bei Ihnen noch einmal gemeldet? Sich den Lkw beschreiben lassen? Wissen Sie, ob dieser Spur nachgegangen worden ist?«

»Nein, keine Ahnung. Bei mir hat sich nie wieder jemand gemeldet. Erst als ich Sie Donnerstag im Fernsehen gesehen habe, ist mir die Sache von damals wieder eingefallen.«

»Aber Sie müssen doch mitbekommen haben, dass die Eltern des Mädchens immer noch nach ihr suchten. Sie haben auch Monate später noch Suchmeldungen geschaltet und Fotos aufgehängt. Sicher auch bei Ihnen in der Tankstelle.«

»Nein. Ich bin relativ bald nach dem Vorfall für ein Jahr fortgegangen. Zwei Auslandssemester in England.

Und als ich wieder zurück war, habe ich nicht mehr in der Tankstelle gejobbt, sondern einen HiWi-Posten an der Uni angenommen.«

Gut, das erklärte, warum er sich nicht mehr auf die Suchmeldungen der Eheleute Schrader gemeldet hatte. Aber seine Aussage musste in der Vermisstenakte stehen. Und offensichtlich war niemand bei der Polizei dieser Spur nachgegangen, sonst wäre er noch einmal befragt worden. Gleich am Montag würde Helen bei der Polizei anrufen und Druck machen, dass sie endlich Akteneinsicht bekam. Voss' Artikel würde vielleicht ebenso seine Wirkung zeigen.

»Ich danke Ihnen, Herr Zellner, dass Sie sich jetzt bei uns gemeldet haben.«

»Nicht dafür.«

»Eventuell komme ich noch mal auf Sie zurück. Ist das in Ordnung?«

»Ja, kein Problem. Meine Nummer haben Sie ja.«

Wenn man den Lkw jetzt noch identifizieren könnte, nur anhand der Farbe, das wäre fast ein Wunder. Damals vielleicht, aber heute? Selbst wenn es sich um ein Bonner Frachtunternehmen oder eines aus der Region gehandelt hatte, hieß das ja nicht, dass dessen Lkw-Flotte heute auch noch rot war. Trotzdem klappte Helen ihren Laptop wieder auf und suchte nach Frachtunternehmen aus dem Bonner Raum. Es gab unzählige. Sie gab als zusätzliches Suchkriterium die rote Farbe ein. Klickte sich durch einige Homepages und traf auf ein Unternehmen, das sofort mit einer knallroten Flotte ins Auge sprang. Es handelte sich um Kühlfrachtfahrzeuge, die Lebensmittel transportierten. In der Chronik hieß es, dass es das Unternehmen schon dreißig Jahre gab. Also immerhin möglich. Sie notierte sich die Firma. Aber sie musste abwarten, ob die Vermisstenakte hier etwas hergab. Möglicherweise hatte die Polizei ja damals eigene Ermittlungen diesbezüglich geführt. So lange musste sie diese Spur erst einmal ruhen lassen.

Entnervt klappte Helen den Laptop wieder zu. Das war überhaupt nicht ihre Aufgabe. Sie war schließlich nicht die Polizei. Aber es machte sie ganz kribbelig, nichts tun zu können. Sie hatte das Gefühl, dass die Zeit, die an so einem Wochenende weiterlief, die Spuren verwischte. Sie hoffte nur, dass Sandhofen den aktuellen Spuren nachging. Diese alte war schon seit zwanzig Jahren von der Zeit verwischt worden. Wenn Helen an Sandhofens Umgang mit ihren Informationen dachte, machte sie sich jedoch keine allzu großen Hoffnungen. Fakt war, sie konnte jetzt nichts weiter tun.

Sie blickte auf die Uhr. Schon zwei. Ihre Mutter war längst fort. Auf dem Sommerfest. Sollte sie doch hingehen? Um auf andere Gedanken zu kommen? Aber zu Small Talk mit einem Michael Wankenheim fehlte ihr die Muße. Sie stand auf, reckte sich und blickte aus dem Fenster, von dem aus sie einen Blick über das Siegtal bis zum Ölberg hatte. Das Wetter war geradezu perfekt. Schäfchenwolken, angenehm warme Temperatur. Es wehte kaum ein Lüftchen. Was machte sie eigentlich noch hier drinnen?

Helen warf sich in ihre Golfklamotten. Heute war ihr nach bunt. Die orange-grün karierte Bermuda musste es sein und das orangene Shirt. Schwarz und weiß war für die Arbeit. Farben fürs Vergnügen. Es gab für sie nichts

Besseres, um den Kopf klar zu bekommen, die Gedanken zu sortieren und ihre Wut über nicht funktionierende Behörden loszuwerden, als eine Runde auf dem Golfplatz zu drehen. Und wenn der Gedanke an die Unfähigkeit von Kommissar Sandhofen sie dort immer noch nicht loslassen wollte, musste der Golfball als Stellvertreter herhalten. Dann würde er ihre Big Bertha kennenlernen. Den Schläger, den sie nur zu ganz besonderen Anlässen auspackte.

Bevor sie aus dem Haus ging, checkte Helen noch einmal ihre E-Mail-Eingänge. Schon wieder dieser Spam mit Antischnarchpillen, den sie sofort löschte. Auch die nächste E-Mail wollte sie schon löschen. Es handelte sich um eine merkwürdige Absenderadresse: Anonymus. Doch sie hielt inne und entschied sich, sie zu lesen. Es befand sich kein Anhang daran, das Lesen alleine konnte keinen Schaden verursachen. Es war nur eine kurze Nachricht, alles kleingeschrieben, ohne Anrede und Grußformel. Die Wörter prägten sich ihr sofort ein. Was hatten sie zu bedeuten?

suchen sie am tatort
die tote hat etwas verloren

13. Kapitel

Marie hätte nicht einmal ihren Wecker stellen müssen. War vor ihren Eltern wach gewesen. Und sie war auch jetzt noch nicht wieder müde, obwohl der Zug mit seinen schaukelnden Bewegungen einschläfernd wirkte. Ihre Gedanken rasten. Auf ihrem Schoß lag die Bewerbungsmappe, sie klammerte sich Halt suchend daran fest. Sie durfte dieses Bewerbungsgespräch nicht vermasseln. Sie hatte so ein gutes Gefühl bei diesem möglichen Job. Und bei der Rechtsanwältin. Die wich nicht aus, war direkt. Damit konnte Marie umgehen. Natürlich machte sie sich nichts vor. Es war vor allem die Aussicht darauf, mehr über die Tote zu erfahren, die sie dazu gebracht hatte, zum Telefon zu greifen und dort anzurufen, sich für die offene Stelle zu bewerben.

Aber die Vorstellung, eine Ausbildungsstelle als Rechtsanwaltsfachangestellte anzutreten, hatte sie das ganze Wochenende über in ihrem Kopf hin und her geschoben, sodass sie immer mehr Gefallen daran gefunden hatte. An der Vorstellung. Es dann tatsächlich zu tun, ließ sie kaum Luft bekommen. Überhaupt das Haus zu verlassen und die Sicherheit ihrer vier Zimmerwände zu verlassen, fiel ihr schwer. Aber zu ihrer eigenen Überraschung war sie eher gespannt als verängstigt. Ihren Eltern hatte sie nichts von ihrem Bewerbungsgespräch erzählt. Ihnen überhaupt nicht erzählt, dass sie dort angerufen hatte. Beide waren heute früh vor ihr zur Arbeit aus dem Haus gegangen. Und wenn alles gut ging, würden sie gar nicht merken, dass sie fort war. Wenn sie die Stelle nicht bekam, ersparte ihnen das eine weitere Enttäuschung und Marie die mitleidigen Blicke und grauenhaft schmeckende Aufmunterungstees.

I don't know how I got this way
I know it's not alright
So I'm breaking the habit
I'm breaking the habit tonight

In Gedanken sang sie gemeinsam mit Chester Bennington. Heute war sie es, die ihre Gewohnheiten brach. Sie hatte sich selbst Strategien angeeignet, wie sie sich draußen bewegen konnte, ohne durchzudrehen. Die Kopfhörer gehörten zur wirksamsten Methode. Die Musik von Linkin Park legte sich wie eine schützende Hülle um sie, schirmte sie von den Geräuschen ab, vor quietschenden Zugbremsen, vor lästernden Mädchenstimmen, brüllendem Lachen.

Die S-Bahn hielt am Stadthaus. Hier musste sie aussteigen. Was für eine Himmelfahrt! Über eine Stunde war sie unterwegs gewesen. Von Ruppichteroth mit dem Bus bis Hennef, dann in den Regionalexpress bis Siegburg und von dort aus mit der S-Bahn bis hierher. Sie war stolz auf sich, dass sie es so weit geschafft hatte. Aber jetzt kam ja das Schlimmste. Ein Vorstellungsgespräch. Ihr erstes überhaupt, wenn man von dem Training, das sie in der Schule hatten machen müssen, absah. Dabei war das nur ihre Deutschlehrerin gewesen. Mit der war sie eigentlich ganz gut klargekommen. Trotzdem. Man musste sich ja vor der ganzen Klasse zum Idioten machen. Natürlich hatte sie sich gar nicht gut angestellt und war prompt zum Musterbeispiel geworden, wie man es nicht machen sollte. Zu Boden gestarrt, kein vernünftiges Wort herausbekommen, als sie über ihre Stärken und Schwächen reden sollte. Stärken fielen ihr beim besten Willen nicht ein, Schwächen umso mehr. Die fielen aber alle unter die Rubrik »bloß nicht«. Man sollte Schwächen nennen, die eigentlich doch Stärken waren, wie: »Ich bin furchtbar penibel. Wenn ich Rechtschreibfehler in einem Schreiben sehe, drehe ich durch.« Scheinheilig war so etwas. Musste man lügen, um an eine Stelle zu kommen? In Stresssituationen sollte man funktionieren, wie ein neuer Automotor rundlaufen. Marie glich da eher einem Oldtimer, der erst einmal generalüberholt werden musste, bevor er überhaupt anlief. Immerhin, bei dem Telefonat mit der Rechtsanwältin hatte sie ein gutes Gefühl gehabt.

Und dennoch – jetzt so kurz vor dem Bewerbungsgespräch gewann ihre Nervosität wieder Oberhand. Ihre Knie begannen zu zittern, während sie sich zu Fuß zur Maxstraße begab. Sie hatte sich den Weg ausgedruckt. Sie wollte diesen Job. Es war nicht nur die Tote. Rechtsanwaltsfachangestellte war doch schon nah dran an Sherlock Holmes, oder nicht?

»Pass doch auf!«

Marie erschrak. Sie hatte nicht geguckt, wo sie hinlief, und einen Anzugträger angerempelt. »Tschuldigung«, murmelte sie, aber der Kerl war schon weitergelaufen. Hatte es eilig. Vielleicht war das doch alles keine gute Idee. Diese Hetze, jeden Tag. Würde sie jetzt auch Teil dieser verwirrenden Schnelligkeit der Welt werden? Wären ihre Chefs so wie dieser Typ? Hetzend, aufbrausend, überlegen? Am Telefon hatte sich Frau Freitag nicht so angehört, und im Fernsehen hatte sie sympathisch gewirkt. Nun, Marie würde es gleich feststellen. Sie stand vor dem Eingang. »Freitag & Vettweiss« prangte auf einem bronzenen Schild an der Hauswand neben der Tür. Marie verstaute die Kopfhörer in ihrer Jackentasche, holte einmal tief Luft und klingelte.

Die Kanzleiräume im ersten Stock betrat man über einen schmalen Eingangsflur, der sich aber schnell in einen Empfangsraum mit einer Art von Theke öffnete. Dahinter zwei gegeneinandergestellte Schreibtische. An einem saß eine Frau, kurzhaarig, blass, gestresst. Sie telefonierte. Als sie Marie sah, hob sie einen Finger und bedeutete ihr, auf einem der gegenüber der Empfangstheke aufgereihten Stühle Platz zu nehmen. Die Stimme der Frau klang heiser. Während sie weitersprach, pustete sie immer wieder eine Haarsträhne, die ihr von einem verwirbelten Pony aus in die Augen geriet, fort. »Ich kann Sie aber nicht durchstellen, Frau Freitag telefoniert auf der anderen Leitung.« … »Nein. Am besten erst am Nachmittag.«

Marie nahm sich eine der Zeitschriften, blätterte darin herum, ohne etwas aufzunehmen. Sie konnte nicht weghören.

»Frau Freitag wird Ihnen aber auch nichts anderes sagen können als ich. Der Vollstreckungsbescheid liegt Ihnen vor. Das ist die Summe, die Sie zu zahlen haben.«

Die Frau blickte zu Marie rüber und verdrehte die Augen. »Das ist ja nicht das erste Mal, dass Sie von der Forderung hören. Wir haben Sie schon Anfang des Jahres mehrfach angeschrieben.« … »Dann müssten Sie dafür sorgen, dass jemand Ihre Post öffnet.« … »Hören Sie, ich habe hier noch einen anderen Anruf. Wenn Sie mir nicht glauben wollen, dann melden Sie sich eben heute Nachmittag noch einmal.« … »Bitte. Auf Wiederhören.«

Sie knallte den Telefonhörer auf die Gabel und stand auf. Kam um die Theke mit ausgestreckter Hand auf Marie zu. »Entschuldigen Sie bitte. Sie müssen Frau Glücklich sein.«

»Ja, Marie Glücklich.«

»Friederike Vettweiss. Schön, dass Sie da sind. Ich erwarte viel von Ihnen.« Frau Vettweiss hob erwartungsvoll die Augenbrauen.

Marie blickte verlegen auf ihre Füße. Sie fühlte sich etwas überrollt. »Ja … Danke.«

»Sind das Ihre Bewerbungsunterlagen?«

»Natürlich.« Marie blickte wieder hoch und reichte ihr die Mappe, froh, das Papier für sich sprechen lassen zu können.

»Schön, dann kommen Sie mal mit, Frau Glücklich. Frau Freitag erwartet Sie bereits.« Sie ging an der Theke vorbei zu einer von zwei Türen, klopfte und öffnete, ohne eine Antwort abzuwarten. »Helen, Marie Glücklich ist da.«

»Immer herein.«

Frau Vettweiss ging voraus und winkte Marie zu folgen.

»Hallo, Frau Glücklich. Auf die Minute pünktlich. Das gefällt mir.« Die Anwältin umrundete ihren Schreibtisch und reichte ihr die Hand.

Marie erkannte Dr. Helen Freitag sofort. Sie sah genauso aus wie im Fernsehen. Nur dass sie noch kleiner war, als Marie es sich vorgestellt hatte. Kleiner als sie selbst.

Alle drei nahmen sie an einem runden Besprechungstisch Platz. Die Empfangsdame reichte der Rechtsanwältin Maries Bewerbungsmappe rüber. Die schlug sie auf und blätterte. Viel stand ja gar nicht darin. Ihr Realschulzeugnis, ein Lebenslauf und ein Foto. Ein Zeugnis von einem Praktikum, das sie während der Schule bei einer Apotheke gemacht hatte. Hatte machen müssen.

Frau Freitag schlug die Mappe wieder zu und blickte zu ihr. »Also, erzählen Sie mal von sich.«

Marie schluckte. Plötzlich stockte ihr der Atem. Sie konnte das nicht. Wie war sie nur darauf gekommen, dass sie das durchstehen würde? Dass sie einfach hier so vorbeikommen und den Ausbildungsplatz ergattern würde? Was sollte sie von sich erzählen? Es gab nichts.

»Nur keine Scheu, wir haben eine Ausbildungsstelle zu vergeben, und Sie suchen eine. Ihr Zeugnis sieht doch ganz gut aus. Also, was hat Sie dazu gebracht, sich hier zu bewerben? Was erwarten Sie von einer Ausbildung zur Rechtsanwaltsfachangestellten?«

Marie würde es einfach mit der Wahrheit halten. Wenn sie sich verstellen müsste, würde sie es nicht einen Tag hier aushalten. »Die Stellenanzeige. Und dann«, sie schluckte, »habe ich Sie im Fernsehen gesehen.«

Die Anwältin schien erstaunt. »Dieser Fernsehauftritt hat wohl so einiges ins Rollen gebracht.«

»Haben sich denn schon viele Zeugen gemeldet?«, platzte Marie heraus.

»Sie interessieren sich für den Fall?«

»Ja, schon. Ist ja auch in der Zeitung gewesen.«

»Das gefällt mir, Sie verfolgen also mit Ihren«, Frau Freitag schlug noch einmal die Bewerbungsmappe auf, »mit Ihren siebzehn Jahren auch schon die Nachrichten und lesen Zeitung. Online?«

»Auch manchmal. Aber auch die aus Papier. Meine Eltern haben den *General-Anzeiger* abonniert.«

Nun richtete sich die Assistentin an Marie. »Und was machen Sie in Ihrer Freizeit? Was haben Sie für Interessen?«

»Ich lese gerne. Und male.«

»Das klingt ja interessant. Was lesen Sie denn so?«

»Ich mag Arthur Conan Doyle.« Marie blickte verschüchtert auf ihre Hände, die sie in den Schoß gelegt hatte. Wenn ihre Mutter das jetzt hörte. Aber sie wollte ja bei der Wahrheit bleiben. Sich nicht verstellen. Sie hätte jetzt einige der Lieblingsbücher ihrer Mutter aufzählen können. Dostojewski wäre bestimmt ein Einstellungsgrund gewesen.

»Sherlock Holmes, also.« Rechtsanwältin Freitag übernahm das Gespräch wieder. »Warum nicht? Aber ich möchte nicht, dass Sie einen falschen Eindruck von Ihrem Arbeitsplatz hier bekommen. Ja, wir haben manches Mal auch strafrechtliche Fälle, wobei wir meistens auf Seiten der Opfer als Nebenkläger auftreten.«

»So wie bei diesem Fall mit der toten Frau?«, fragte Marie.

»Ja, richtig. Wir haben aber auch viele zivilrechtliche Fälle, wie die Abwicklung von Verkehrsunfällen, Forderungseinzüge und dergleichen. Das ist sogar unser Hauptgeschäft. Von den spektakulären Fällen allein könnten wir nicht leben. Und Sie werden mit Schreibarbeiten beschäftigt sein, telefonieren, Termin- und Fristenkontrolle, Rechnungen schreiben und Aktenablage und nicht wenig Kopierarbeiten. Es ist nicht immer alles so spannend, wie es sich anhört. Ist es auch das, was Sie sich vorstellen?«

»Ich mag es, am Schreibtisch zu arbeiten. Ich gehe nicht gerne raus.«

Die Assistentin sprach wieder. »Das ist gut. Wenn Sie nämlich glauben, dass Sie wie Sherlock Holmes Tatorte besichtigen und so etwas, dann müssten Sie sich bei der Polizei bewerben.«

»Sollte man zumindest meinen«, sagte Helen Freitag.

»Das gehört aber jetzt nicht hierin, wir wollen unsere Bewerberin ja nicht verschrecken«, übernahm die Assistentin wieder. »Sie würden übrigens recht eng mit mir zusammenarbeiten. Der freie Schreibtisch mir gegenüber wäre Ihr Arbeitsplatz.«

Marie wurde das gerade alles etwas zu viel. Sie fühlte sich wie bei der Betrachtung eines Tennismatches, und ihr Kopf pendelte zwischen den beiden Frauen hin und her. Sie konnte ihrer Unterhaltung nicht mehr folgen.

Das Telefon im Empfangsraum klingelte. Frau Vettweiss stand auf. »Entschuldigt mich. Ich muss da ran. Ich habe übrigens genug gehört«, sagte sie zur Anwältin.

Marie blieb mit der Anwältin allein im Büro. Den Blick hielt sie gesenkt, auf ihre Hände gerichtet.

»Und, schon verschreckt? Ich hoffe, Sie kommen damit zurecht, wenn es auch mal etwas hektisch wird?«

Marie zuckte mit den Schultern. Solange man sie damit in Ruhe ließ. »Meine Mutter sagt immer, ich würde es nicht mal merken, wenn die Welt um mich herum einstürzt, während ich male oder lese.«

»Das hört sich so an, als ob Sie hervorragend zu uns passen würden.«

Jetzt blickte Marie auf, geradewegs in ein strahlendes Lachen der Rechtsanwältin. Hatte sie es nicht verbockt? Obwohl sie bei der Wahrheit geblieben war? Sie selbst gewesen war? Sie wagte es nicht zu hoffen. Nun klingelte auch hier im Büro das Telefon. Helen Freitag stand auf. »Da muss ich wohl rangehen. Frau Vettweiss würde jetzt bestimmt niemanden durchstellen, wenn es nicht wichtig wäre. Sie ist nämlich sehr interessiert daran, dass ich diese Ausbildungsstelle besetze. Warten Sie einen Moment.«

Marie nickte. Das Telefonat war kurz. Die Miene der Anwältin wurde schnell säuerlich, so als hätte sie in eine Zitrone gebissen. Sie sagte nicht viel, außer ein paar Ja und Nein. Und zum Schluss: »Ich bin sofort da, so lange können Sie wohl noch warten.« Daraufhin knallte sie den Hörer auf die Gabel, wie zuvor die Assistentin. Marie fragte sich, ob sie deshalb diese altmodischen Telefone mit Kabeln in der Kanzlei hatten. Die alten Sachen waren robuster als der neumodische Scheiß. Sagte ihr Vater immer.

»Frau Glücklich?« Die Anwältin stand plötzlich vor ihr. »Ich muss leider sofort weg. Was halten Sie davon, wenn Sie einfach dableiben und einen Probearbeitstag absolvieren? Dann können wir uns einmal gegenseitig beschnüffeln.«

Beschnüffeln. Das hörte sich tierisch gut an.

14. Kapitel

Friederike, kümmerst du dich eben um Frau Glücklich? Sie macht heute einen Probearbeitstag bei uns.« Wie erwartet, zauberten Helens Worte bei Friederike ein Lächeln hervor.

»Und wo musst du hin?«

»Schnell zu den Eheleuten Schrader. Kommissar ImSandverlaufen rief gerade zurück.«

»Und was sagt er?«

»Dass er mir ja gerne die Akten zukommen lassen würde, aber das könne er nicht ohne Vollmacht. Außerdem wäre die Sache schon bei der Staatsanwaltschaft, aber er würde sich dafür einsetzen, dass man uns die von dort aus direkt zumailt, sobald die Vollmacht da sei.«

»Ach, als ob wir die nicht nachreichen könnten! Der ist doch bestimmt nur sauer wegen der Zeitungsartikel.«

»Hat er natürlich nicht so gesagt, aber man kann daran fühlen. Egal, ich will bei ihm auf der sicheren Seite sein. Ich fahr schnell nach Lengsdorf zu den Schraders und lass mir eine Vollmacht unterschreiben.« Helen wandte sich an Marie Glücklich. »Hier, das wäre Ihr Arbeitsplatz. Frau Vettweiss erklärt Ihnen alles. Friederike, ich habe am Freitag noch etwas an die Eheleute Schrader diktiert. Das könnte sie schreiben.«

»Okay, wir werden das Kind schon schaukeln«, sagte Friederike, und an Marie Glücklich gewandt: »Ich zeige Ihnen zuerst einmal das Programm, mit dem wir arbeiten.«

Auf dem Weg nach Lengsdorf kreuzte Helen in ihrem Mini zweimal die Autobahntrasse. Beim Wechsel der Sonneneinstrahlung unter den Brücken bemerkte sie wieder die feine Staubschicht auf dem Armaturenbrett. Natürlich hatte sie ihr Auto immer noch nicht geputzt. Ihre Gedanken aber kreisten um den Fundort der Leiche. Den ganzen Sonntag über hatte sie schon diese merkwürdige E-Mail verfolgt. Wer verbarg sich hinter dem Namen Anonymus? Kein besonders kreativer Name. Aber etwas war da dran. Der Typ schien jedenfalls zu wissen, wo der genaue Tatort war. Machte ihn das zu einem Zeugen, der den Mord gesehen hatte? Oder war er womöglich der Täter? Aber was hätte der Täter für einen Grund, sich bei ihr zu melden? Das machte keinen Sinn. Aus der Zeitung war der genaue Tatort nicht zu entnehmen gewesen, und auch nicht ihrem Fernsehauftritt. Sie wusste ja selbst nicht, wo der Tatort genau war. Ein Parkplatz an der A565. Am Wochenende hatte sie gegoogelt, war über Streetview die Autobahn abgefahren. Es gab keinen Autobahnparkplatz an der A565. Da aber die Bonner Polizei für den Fall zuständig war, musste der Tatort im erweiterten Bonner Stadtgebiet liegen. Es musste sich also beim Fundort der Leiche, der wohl auch der Tatort war, so viel hatte Voss von seiner Informantin im Präsidium erfahren, um einen Parkplatz in der Nähe einer Autobahnausfahrt handeln. Davon gab es wiederum unzählige. Sie brauchte unbedingt diese Ermittlungsakte. Es schien, dass alle möglichen Leute mehr Informationen hatten als sie.

Auf dem Weg zur Wohnung der Mandanten passierte sie zwei Tankstellen, die nahe der Autobahnauffahrt lagen. Keine davon war eine der Marke Shell. Aber in zwanzig Jahren konnte sich so etwas geändert haben. Sie machte sich eine mentale Notiz, den Zeugen Zellner nach der Adresse der Tankstelle zu fragen, an der er damals gearbeitet hatte.

Sie fand einen Parkplatz unmittelbar vor der Haustür der Eheleute Schrader. Sie scheute die Begegnung mit den Mandanten, hatte sie doch nicht viel Neues zu erzählen. Jedenfalls keine Informationen, die sie ohne Absicherung schon mit ihnen teilen sollte. Sie blieb auf dem Zuweg stehen und betrachtete das Haus. Ein niedriges Reihenhaus, vielleicht 60er-Jahre, eingeklemmt zwischen zwei historischen Stadthäusern mit Stuckverzierungen. Es hatte einen neuen Anstrich und wirkte gepflegt. Gerade als sie auf die Haustür zugehen wollte, öffnete Frau Schrader und fiel auch gleich mit der sprichwörtlichen Tür ins Haus. »Gibt es etwas Neues?«

»Hallo, Frau Schrader. Nicht viel Neues, nein. Ich hatte Ihnen ja schon am Telefon gesagt, dass ich nur kurz da bin für die Unterzeichnung der Vollmacht.«

»Aber Sie kommen doch herein? Ich mache uns einen Kaffee oder mögen Sie lieber Tee?« Sie drückte die Tür weit auf und winkte mit einer einladenden Geste.

»Kaffee gern. Aber nur eine schnelle Tasse.«

Frau Schrader führte sie in die Küche, den ersten Raum, der von dem schmalen dunklen Flur aus nach links abging. Ihr Mann saß am Küchentisch, vor ihm lag der *General-Anzeiger* vom Samstag ausgebreitet. Als Helen eintrat, stand er auf, reichte ihr die Hand und zog ihr einen Stuhl zurück. »Bitte setzen Sie sich doch.«

Helen nahm Platz, während Frau Schrader die Kaffeemaschine bediente. »Was sagen Sie zu dem Artikel? Ist er so, wie Sie es sich vorgestellt haben?«

»Gut. Wir haben das Gefühl, dass sich nun etwas bewegt.«

»Ja, das tut es.« Helen überlegte, wie viel sie den Eheleuten Schrader erzählen konnte. Sicherlich nichts von dieser mysteriösen E-Mail. Die würde sich wahrscheinlich als völliger Humbug herausstellen. Und erst recht nicht, dass Natalie schwanger war, als sie starb. So etwas konnte man nicht zwischen Kaffee und Plätzchen erzählen. Außerdem musste sie auch diese Information noch anhand der Ermittlungsakte verifizieren. Sie wusste es nur von Voss, und der hatte es von seiner Informantin. Helen blieb deshalb vage. »Die Zeitungsartikel und das Interview in der *Aktuellen Stunde* haben Wirkung gezeigt. Es haben sich viele Leute gemeldet.«

Frau Schrader reichte ihr eine Tasse Kaffee und setzte sich mit an den Tisch. Erich Schrader setzte zu einer Nachfrage an, aber Helen wehrte ab. »Ich möchte Ihnen jetzt noch nicht zu viel erzählen. Es sind auch viele Falschinformationen darunter. Wie der Zeitungsredakteur uns sagte, melden sich alle möglichen Leute auf solche Aufrufe. Ich muss die Informationen erst einmal filtern. Sobald ich die Ermittlungsakte habe, wissen wir mehr, und dann melde ich mich sofort bei Ihnen.«

»Kann ich Ihnen noch ein Stück Kuchen anbieten?«, fragte Frau Schrader.

»Ja, bleiben Sie doch noch. Wir haben noch Marlenka vom Wochenende da«, sagte auch Herr Schrader. »Meine Frau macht die beste Marlenka in ganz Bonn.«

»Erich! Frau Freitag weiß bestimmt gar nicht, was eine Marlenka ist. Das ist eine russische Spezialität. Ein Honigkuchen. Wirklich sehr lecker.«

»Vielen Dank, aber ich muss wirklich wieder los.«

»Dann packe ich Ihnen ein paar Stücke ein. Geht ganz schnell.«

Mit einem Teller Kuchen in der einen und ihrer Handtasche in der anderen Hand, drückte Helen mit der Schulter die Tür zur Kanzlei auf.

Marie telefonierte. »Tut mir leid, Frau Freitag ist gerade unterwegs. Ah, da kommt sie herein. Einen Moment noch. Dann können Sie mit ihr sprechen.«

Wo war Friederike? Ihr Platz war leer. In der Küche war auch niemand. War Marie Glücklich etwa die ganze Zeit allein in der Kanzlei gewesen?

»Wer ist denn dran?« Helen stellte den Kuchenteller auf Friederikes Schreibtisch.

»Ein Herr Bauers. Kann ich durchstellen?«

»Ja bitte.« Sie musste aufpassen, sich von diesem einen Fall nicht völlig vereinnahmen zu lassen. Herr Bauers wurde schon ungeduldig. Sie hatte ihm versprochen, die Klage auf Schadenersatz aus seinem Verkehrsunfall noch heute fertigzustellen.

Helen setzte die Handtasche auf dem Boden ab und nahm das Gespräch in ihrem Büro an. Während des Telefonats sah sie die Unterschriftenmappe durch. Sah gut aus, was Marie da alles geschrieben hatte. Das Mädchen war wirklich zu gebrauchen. Offenbar ein Glücksgriff, nicht nur dem Namen nach.

Helen legte auf, nahm die Unterschriftenmappe und kehrte ins Sekretariat zurück. Sie wollte erst einmal nachhören, wo Friederike war. »Frau Glücklich, wo ist denn Frau Vettweiss abgeblieben? Hat man Sie etwa ganz alleine gelassen?«

Das Mädchen löste den Blick vom PC. »Ja, sie musste ganz schnell weg. Sie erhielt wohl einen Anruf wegen ihres Sohnes.«

»Ist etwas passiert?« Theo machte ja seit einiger Zeit Probleme. Helen schob es auf die Pubertät. Die Hormone. Wenn dann noch ein äußeres Problem dazukam, wie bei Theo der Liebeskummer, dann konnte das schon einmal zu übersteigerten Reaktionen führen. Seine Freundin hatte ihn sitzen lassen. Es hatte ihn hart getroffen, und er hatte sich von einem auf den anderen Tag von einem lebhaften Jugendlichen zu einem Häufchen Elend verwandelt, mit einer ausgeprägten Depression. Aber Helen war bis jetzt immer davon ausgegangen, dass er da schnell wieder herauswachsen würde, wie man so schön sagte im Psychologenjargon.

»Die Schule hat angerufen. Der Sohn musste ins Krankenhaus gebracht werden. Frau Vettweiss ist ganz weiß geworden am Telefon.«

Das hörte sich jetzt allerdings bedrohlich an. Hoffentlich war nichts Schlimmeres passiert. »Wie lange ist das denn her? Hat sie sich noch nicht wieder gemeldet?« Sie hätte Helen doch über das Handy erreichen können.

Marie schüttelte den Kopf.

Nun gut, Friederike würde sich schon melden. Jetzt musste Helen erst einmal herausfinden, was in der Kanzlei alles aufgelaufen war. »Und, war es schlimm? Gab es viele Telefonate? Haben Sie das alles alleine geschrieben?« Helen hielt die Unterschriftenmappe in die Höhe.

»Ja. Frau Vettweiss hat mir alles ganz gut erklärt. Es ist gar nicht so schwer, und der Computer schreibt ja fast schon von alleine. Das ist echt interessant.«

Das stimmte schon. Sie arbeiteten mit einer Spracherkennung. Aber dennoch: Form und Rechtschreibung mussten überprüft und notfalls korrigiert werden. Der Computer erkannte nicht immer alles richtig. Helen musste schmunzeln, welche Wörter er manchmal verstand oder erfand. »Nicht so bescheiden. Und das Telefon?«

Marie verzog den Mund. »Das war schon anstrengend. Ich kenne ja die Mandanten alle noch nicht.«

Helen nickte verständnisvoll. Trotz allem zeigte das Mädchen ihr eine Liste von Telefonaten. Sie hatte alles fein säuberlich aufgeschrieben, Namen der Anrufer und Rückrufnummern.

»Und zuletzt hat dann Herr Bauers angerufen. Da kamen Sie ja dann.«

»Ich muss sagen, ich bin beeindruckt. Ich muss natürlich noch Rücksprache mit Frau Vettweiss halten, schließlich wird sie am engsten mit Ihnen zusammenarbeiten. Aber …«, Helen nickte ihr zu, »von mir aus haben Sie die Stelle. Wenn Sie sie denn wollen.«

Marie blickte verlegen auf ihre Hände. »Ja, gerne.«

Helen glaubte, dass Maries Schüchternheit sich sicher bald geben würde. Sie musste sich wirklich vor nichts verstecken. »Na, dann wäre das erst mal geklärt. Können Sie direkt weitermachen? Wie Sie ja selbst schon bemerkt haben, geht es gerade etwas drunter und drüber hier.«

Marie lachte. Es klang etwas hysterisch in ihren eigenen Ohren. Sie wusste selbst nicht, wie sie die letzten beiden Stunden hinter sich gebracht hatte. So ganz allein in einer Anwaltskanzlei. Aber es hatte ihr gleichzeitig Spaß gemacht. Und außerdem interessierte es sie ungemein, mehr über den Fall Schrader herauszufinden. Vielleicht würde sie so dem Geheimnis der toten Frau auf die Spur kommen. Also nickte sie und flüsterte ein »Ja«.

»Prima. Ich danke Ihnen, Marie. Ich hätte eine weitere Aufgabe. Kennen Sie sich schon mit dem Scanner aus?« Das Mädchen nickte. »So einen haben wir auch zu Hause.«

»Sehr gut.« Helen reichte ihr die Vollmacht. »Dann scannen Sie die bitte ein und speichern sie in der Schrader-Akte.«

»Kein Problem. Mache ich gerne.«

Helen nahm die Telefonliste und wollte in ihrem Büro verschwinden. Moment, ein Name auf der Liste fiel ihr ins Auge. Sie blieb im Türrahmen stehen. »Marie, hat dieser Markus Zellner gesagt, was er wollte?«

Marie hielt inne. »Nein, er wollte Sie sprechen und bat dann um Ihren Rückruf. Warum, hat er nicht gesagt. Hätte ich fragen sollen?«

»Nein, nein, schon gut.«

Helen griff sofort zum Hörer. Sie war doch am Samstag mit dem Zellner so verblieben, dass sie sich bei ihm melden würde, wenn sie ihn noch mal bräuchte. Vielleicht war ihm noch etwas eingefallen. Diesmal war er nicht sofort am Apparat. Helen trommelte mit den Fingern auf dem Tisch. Dreimal, viermal klingelte es. Dann endlich ging er ran.

»Zellner.«

»Herr Zellner, Helen Freitag hier. Sie hatten angerufen.«

»Ah, die Anwältin. Moment, ich muss mal eben in eine ruhige Ecke. Bin in einem Meeting.«

»Entschuldigen Sie.«

»Nein, kein Problem. Ich bin ja quasi der Chef hier.« Er lachte. »So, jetzt kann ich Sie besser hören.«

»Also. Ich bin gespannt. Ist Ihnen noch etwas eingefallen?«

»Eigentlich sogar besser. Ich glaube, ich habe heute einen solchen Lkw gesehen, in den das Mädchen damals zugestiegen ist.«

»Nicht Ihr Ernst?«

»Doch. Fuhr auf einer Kreuzung an mir vorbei, als ich bei Rot warten musste. Und diesmal habe ich ihn mir genau angeschaut.«

Wenn das stimmte, das wäre eine tolle Spur. Das wäre endlich ein konkreter Anhaltspunkt, bei dem man ansetzen konnte. »Machen Sie es nicht so spannend.«

»Der Laster war komplett rot, Zugwagen und Auflieger und eine schwarze oder dunkelblaue Schrift habe ich erkannt.«

»Und?«

»›Heinrich‹ stand drauf. Ich habe sofort gegoogelt. Das ist tatsächlich eine Spedition hier in Bonn. Und die gab es damals schon.«

Helen jubelte mit einer Faust, wie nach einem guten Golfschlag. Herr Zellner war ein Volltreffer gewesen, wie ein Birdie, ein besonders gelungener Schlag beim Golf. »Ich könnte Sie küssen.«

»Da komme ich gerne drauf zurück. Ich habe auch Ihre Kanzlei gegoogelt. Nettes Foto.« Er lachte.

Helen nicht. Ein Mann – ein Scherzbold.

15. Kapitel

Zurück an ihrem Schreibtisch, versandte Helen als Allererstes die Vollmacht der Eheleute Schrader per E-Mail direkt an die Staatsanwaltschaft, zusammen mit einem erneuten Akteneinsichtsantrag. Denn sie war sich gar nicht sicher, ob Sandhofen ihre Bestellung an die Staatsanwaltschaft weitergegeben hatte. Sie traute dem Kommissar glatt zu, sie dreist anzulügen.

Das Telefon klingelte.

»Frau Vettweiss für Sie.« Marie stellte durch.

»Frieda, was ist passiert? Alles okay?«

»Gar nichts ist okay. Er hat versucht sich umzubringen.« Friederike klang gefasst, aber ihre Stimme bebte.

Helen schnappte nach Luft. Mit einem Mal brach die ganze Erinnerung an Dane über sie herein. Die plötzliche Leere, als ihr bewusst wurde, dass er gesprungen war. Die Hilflosigkeit. Sie bebte. Ihre Stimme zitterte. »Das ist ja furchtbar. Wie geht es ihm jetzt? Kommt er durch?«

»Sie haben ihm den Magen ausgepumpt. Er hat Tabletten geschluckt. Ein Mitschüler hat ihn auf der Toilette gefunden. Bewusstlos. Eine leere Packung Schlaftabletten in der Hand. Zum Glück. So wussten sie, was zu tun war. Es wäre fast zu spät gewesen.«

»In welchem Krankenhaus bist du?«

»Uniklinik.«

»Ich komme hin.«

»Nein, lass nur. Kannst du nur Matthias Bescheid sagen? Ich habe ihn noch nicht erreicht. In Australien ist es gerade mitten in der Nacht, und so eine Nachricht auf der Mailbox wollte ich ihm nicht unbedingt hinterlassen. Und ich schalte mein Handy jetzt gleich erst einmal ab. Wenn er sich also bei dir melden sollte …«

»Ja, natürlich.« Helen atmete tief durch. Versuchte, ihre Stimme wieder in den Griff zu bekommen. Sie wollte helfen. »Soll ich nicht doch kommen?«

»Nein, wirklich nicht. Ich schaff das schon. Aber … Helen?« Friederike machte eine Pause. »Ich werde die nächsten Tage nicht in die Kanzlei kommen können.«

»Sicher. Ich übernehme hier alles. Das ist das Mindeste, was ich tun kann. Du musst jetzt ganz für Theo da sein. Das ist wichtig. Auch wenn er dich abweist. Lass das nicht zu. Sei für ihn da!«

»Danke, Helen. Ich weiß, dass das auch für dich nicht leicht ist.«

Helen schluckte.

Nach kurzer Stille auf beiden Seiten war es Friederike, die zuerst wieder sprach. »Stell die Marie Glücklich ein. Die ist super.«

Froh, das Thema wechseln zu können, antwortete Helen: »Hab ich auch schon festgestellt. Das mache ich. Und du, mach dir keine Gedanken über die Kanzlei.«

Eine Weile saß Helen stumm an ihrem Schreibtisch. Die Stirn auf die Arme gelegt, bis sie langsam aufhörte zu zittern. Dann besann sie sich. Versuchte, ihre Gedanken zu ordnen. Die Arbeit hatte ihr schon immer geholfen, ihre Gefühle zu verdrängen. Zuerst musste sie sich vergewissern, dass Marie sofort anfangen konnte. Über den Probearbeitstag hinaus. Und dann brannte sie darauf, dem Hinweis von Zellner nachzugehen und diese Spedition aufzusuchen. Aber zuerst zu Marie Glücklich. Sie brauchte ein Formular für einen Ausbildungsvertrag, eine Verschwiegenheitsverpflichtung. Friederike machte diese organisatorischen Dinge sonst immer. Aber auf der Internetseite der Rechtsanwaltskammer Köln fand Helen die entsprechenden Verträge und Formulare. Sie druckte sie aus und rief Marie zu sich ins Büro.

Ihr fiel ein, dass sie von dem Ausflug zu den Eheleuten Schrader den Kuchen mitgebracht hatte. Nach einer halben Stunde gemeinsamer Vesper bei Kaffee und Marlenka – es stellte sich heraus, dass die junge Frau auch eine große Kaffee-Liebhaberin war – war sie sich mit Marie einig geworden. Die Kanzlei Freitag & Vettweiss hatte so gut wie sicher eine neue Auszubildende. Lediglich die Unterschrift von Maries Eltern fehlte noch, da sie nicht volljährig war. Aber spätestens morgen sollte es dingfest sein.

Im Laufe des Nachmittags kümmerte Helen sich dann erst einmal um die Schadenersatzklage für Herrn Bauers. Mitten während des Diktats ploppte eine Eingangsnachricht in ihrem E-Mail-Postfach auf. Von der Staatsanwaltschaft Bonn. Mit Mühe diktierte sie die Klage zu Ende, schickte das Diktat zur Bearbeitung ins System, bevor sie dem Drang nachgab und die E-Mail öffnete.

Es war die Ermittlungsakte im Schrader-Fall. Was ihr zuallererst auffiel, war das völlige Fehlen der Vermisstenakte. Kommissar Sandhofen hatte die Staatsanwaltschaft also gar nicht auf den Zusammenhang hingewiesen. Der Ermittlungsbehörde fehlte also jedweder Hinweis auf Natalie Schrader. Nach Aktenlage war der ganze Fall nicht nur eine Ermittlung gegen Unbekannt, sondern auch das Todesopfer lief als unbekannt, nicht identifiziert. Ob Sandhofen überhaupt schon die Vermisstenakte hinzugezogen hatte, bezweifelte Helen. Sollte sie die Staatsanwaltschaft informieren? Eine schriftliche Zeugenaussage formulieren, damit der Name Natalie Schrader überhaupt einmal in die Akte aufgenommen würde? Sandhofen gab anscheinend die Informationen nur selektiv weiter.

Was sie jetzt aber zuerst interessierte, war der Tatort. Wo war dieser Parkplatz? Helen scrollte schnell über die ersten Seiten. Dann wurde es interessant. Es begann mit einer Zeugenaussage. Ein Hundebesitzer hatte am Montagmorgen, den 15. August, auf seinem Spaziergang die Leiche gefunden. Sein Hund hatte angeschlagen, sonst hätte der Mann die tote Frau nicht gesehen. Sie lag versteckt in einem Gebüsch neben einem Parkplatz – unter der Nordbrücke. Das war es also. Helen las weiter. Der Mann hatte per Handy sofort die Polizei gerufen. Die war erst mit einer Streife vorbeigekommen, die Zeugenaussagen der Polizisten folgten. Erste Erkenntnisse der Spurensicherung vor Ort. Fotos von der Leiche am Fundort. Helen zwang sich hinzusehen. Natalie Schrader lag in einem Gebüsch neben einem Glascontainer. Gebüsch war übertrieben. Es gab höheres Gras, irgendein niedriger Strauch. Ihre Beine aber lagen praktisch im offenen Bereich direkt neben dem Container. Weder der Zeuge noch die Polizeibeamten, die zuerst am Fundort waren, hatten die Leiche bewegt. Der Mörder hatte sich keine große Mühe gemacht, den toten Körper zu verbergen. Oder war er gestört worden und hatte verschwinden müssen?

Helen überflog den Rest der Akte nur, mit einer Ausnahme: Es bestätigte sich, dass Natalie Schrader zum Zeitpunkt ihres Todes im dritten Monat schwanger gewesen war. Mehr noch – sie hatte schon einmal ein Kind geboren. Aber alles, woran Helen im Moment denken konnte, waren Anonymus und seine Nachricht: *»suchen sie am Tatort«*.

Ja, dachte Helen. Das werde ich. Aber nicht allein. Sie würde nicht ohne Begleitung zum Tatort gehen. Was, wenn dieser Anonymus in Wirklichkeit der Täter war, der ein Spielchen mit ihr anfing, seit er sie im Fernsehen gesehen hatte? Sie war keine Profilerin. Sie verstand nichts von Täterpsychologie. Ihr Metier war Opferpsychologie. Wenn sie schon anfing, Ermittlungsarbeit zu betreiben, konnte sie das nicht allein tun. Friederike schied aus, sie hatte jetzt andere Sorgen. Voss war der Erste, der ihr einfiel. Er hatte die Mittel, Informanten, und er hatte Erfahrung. Auch im Dombach-Fall hatte er Zeugen befragt, Spuren gefunden, die die Polizei übersehen hatte. Ja, Voss war die richtige Wahl. Helen griff zum Telefon.

»Ja?«

»Herr Voss?«

»Derselbe. Frau Freitag?«

»Woher wissen Sie …?«

»Weil mich niemand außer Ihnen bei meinem Nachnamen nennt.«

»So? Und wie nennt Sie jeder andere?«

»Rabe.«

»Wie der Vogel?«

»Wenn Sie so fragen, klingt das auch in meinen Ohren merkwürdig. Aber ja, wie der Vogel.«

»Und darf ich fragen, woher der Name kommt?«

»Das erkläre ich Ihnen dann bei einem gemeinsamen Whisky.«

Helen atmete durch. Selbst wenn sie sich in eine solche Unterhaltung fallen lassen könnte, jetzt war auf gar keinen Fall der richtige Zeitpunkt. Sie war zu aufgewühlt von Theos Selbstmordversuch und all den Erinnerungen, die hochgeschwappt waren.

Voss unterbrach die entstandene Pause. »Entschuldigen Sie bitte. Das ist eigentlich nicht meine Art. Warum rufen Sie an?«

Helen fand ihre Stimme wieder. »Sie wollten doch auf dem Laufenden gehalten werden.«

»Ja, schießen Sie los. Gibt es etwas Neues?«

Sie erzählte von den Zeugen, die sich gemeldet hatten. Nicht von Anonymus, aber von den anderen. Vor allem von Zellner und seiner Beobachtung am Tag des Verschwindens von Natalie Schrader.

»Würden Sie mit mir zur Spedition Heinrich kommen? Ich habe nicht die Möglichkeiten, die die Polizei hat. Wenn wir zusammen auftreten, hat das mehr Gewicht. Sie haben einen Namen, man kennt Sie.«

»Was haben Sie denn vor?«

»Ich möchte versuchen, von der Firma Heinrich die Namen der Beschäftigten im Jahr 1996 zu erhalten. Und ich schätze, ich muss mich dabei auf Ihren Charme verlassen. Sie haben bestimmt mehr Erfahrung darin, trotz Datenschutzes an Informationen zu kommen.«

»Ich fürchte, Sie überschätzen meinen Charme. Aber andererseits bin ich niemand, der einer Herausforderung aus dem Weg geht. Ich bin dabei.«

Sie verabredeten sich für den nächsten Tag.

16. Kapitel

Marie hatte es tatsächlich geschafft. Auf dem Weg vom Bus nach Hause lief sie im Takt zu »What I've done« von Linkin Park, und es beflügelte sie noch mehr. Auf dem schmalen Weg zum Hauseingang standen die Stockrosen in allen Farben, und Marie fühlte sich wie eine der Knospen in der oberen Hälfte des Stängels, die kurz davor stand aufzublühen. Hier war das Unwetter von gestern vorbeigezogen. Hatte keinen Hagelschaden an den Blumen angerichtet. Sie nahm den Haustürschlüssel aus der Tasche, und in einem Anflug von Überschwang warf sie ihn in die Höhe.

What I've become
Erase myself
And let go of
What I've done

Die Haustür wurde von innen aufgerissen.

»Wo warst du?«

»Hallo, Gretchen.«

»Hallo? Das ist alles? Mensch, Kind, ich habe mir Sorgen gemacht.«

Nichts Neues. Ihre Mutter machte sich genauso Sorgen um sie, wenn sie den ganzen Tag im Haus hockte. Sie hatte trotzdem mit einer anderen Begrüßung gerechnet. Andererseits, sie hatte ja auch nichts erzählt. Umso größere Augen würde ihre Mutter gleich machen.

Beschwingt ging Marie an Gretchen vorbei ins Haus, legte ihren Rucksack unter die Garderobe und strebte direkt weiter in die Küche. Sie hatte Durst. Den ganzen Tag in der Kanzlei hatte sie nur Kaffee getrunken. Super leckeren Kaffee. Das war schon etwas anderes als das lösliche Pulver, aber für morgen müsste sie sich Verpflegung mitnehmen. Wer hätte auch damit rechnen können, dass sie die Ausbildungsstelle sofort antreten konnte? Marie hörte die Haustür lauter als sonst ins Schloss fallen.

»Marie, ich verlange eine Erklärung. Du kannst nicht so einfach an mir vorbeilaufen.« Ihre Mutter folgte ihr in die Küche. »Wo warst du? Du weißt überhaupt nicht, was du mir da antust. Ich habe das Schlimmste gedacht. Du verschwindest ohne ein Wort. Gehst nicht ans Handy. Den ganzen Tag.«

»Hatte ich auf lautlos gestellt.« Marie nahm einen Schluck direkt aus der Flasche mit dem naturtrüben Apfelsaft.

»Wir haben genug Gläser, Marie.« Gretchen stellte eines auf den Küchentisch. »Also, wo warst du? Ich komme nach Hause und freue mich, dir eine tolle Neuigkeit zu erzählen, und du bist nicht da!«

Gretchen wollte ihr also etwas erzählen. Regte sie sich nur deshalb so auf? Marie füllte das Glas und trank den Apfelsaft in einem Zug leer.

Ihre Mutter kam auf sie zu. »Sag mal, bist du krank, hast du Fieber?« Sie versuchte, ihr die Hand auf die Stirn zu legen, aber Marie wich zurück. »Nein, bin ich nicht. Ich habe nur Durst. Kann ich nicht einfach mal nur Durst haben?«

Gretchen schüttelte den Kopf. »Du willst mir also nicht erzählen, wo du warst. Bitte. Dann erzähl ich dir meine Neuigkeiten, und ich möchte, dass du das Angebot ernsthaft in Erwägung ziehst. Komm, setz dich.«

»Was gibt es denn zu essen?«

»Ich habe etwas aus dem *BBT* mitgebracht.« Sie zeigte auf die Arbeitsfläche neben dem Kühlschrank, wo zwei von den braunen Papiertüten des Teehäuschens lagen. Statt sich zu setzen, öffnete Marie eine der Tüten und roch daran. Irgendeine Gemüsetarte.

»Marie, kannst du nicht warten, bis auch dein Vater zu Hause ist? Dann essen wir zusammen. Jetzt hör mir bitte zu, was ich zu erzählen habe.«

Marie zuckte mit den Schultern, legte die Tüte fort und setzte sich. Sie hatte ja auch etwas zu berichten. Außerdem wusste sie, dass jeder Widerstand zwecklos war. Sie konnte Gretchen sowieso nicht stoppen in ihrem Erzähldrang. Also füllte sie sich noch ein Glas mit Apfelsaft und hörte, was ihre Mutter zu sagen hatte.

»Schön. Also, die Frau Schulte-Heisser war heute Mittag im *BBT*-Häuschen. Weißt du, die Leiterin der Gemeindebibliothek in Ruppichteroth. Wir kamen so ins Gespräch. Wir haben ja auch eine Ecke mit Leihbüchern aus der Bücherei im Laden. Sie hat sich nach dir erkundigt. Du warst früher doch so oft in der Bücherei, und sie hat dich lang nicht mehr gesehen. Das ist so nett, dass sie an dich denkt, nicht?«

Marie rollte mit den Augen. Frau Schulte-Heisser war eine Nervensäge. Wollte ihr immer ihre Lieblingsbücher, die sie selbst als Kind gelesen hatte, schmackhaft machen. Dabei wusste Marie genau, was sie lesen wollte. Oder genoss es, einfach nur durch die Reihen der Regale zu schlendern und den Duft der Bücher aufzusaugen. Alleine und ohne dass ihr die Frau mit einer ihrer Empfehlungen auflauerte.

»Stell dir vor, die haben eine Ausbildungsstelle frei in der Bücherei. Ich habe ihr gesagt, dass du gleich morgen deine Bewerbung abgibst. Ist das nicht toll?« Gretchens Stimme überschlug sich fast. »Jetzt sag doch etwas, Marie.«

Sie zuckte mit den Schultern. »Das ist nichts für mich.«

»Aber du liest doch so gerne.«

»Ja, schon. Aber ehrlich – ich könnte mir nicht vorstellen, dass die Schulte-Heisser den ganzen Tag um mich herumschwirrt.«

»Ich versteh dich nicht, Marie. Das ist doch eine tolle Chance. In einer Bücherei zu arbeiten. Davon habe ich immer geträumt. Von so viel Literatur umgeben. Da könnte man auch stolz darauf sein.«

Marie stand auf. Sie würde sich von ihrer Mutter jetzt nicht runterziehen lassen. Und außerdem hatte sie ja gleich einen Erfolg zu präsentieren. »Ja, verstehe. Darum geht es, nicht? Dass du stolz sein kannst. Tut mir leid, dass ich damit nicht dienen kann.« Sie würde Gretchen schmoren lassen. Bis zum Abendessen warten, um von ihrer Ausbildungsstelle in der Kanzlei zu erzählen. Das geschah ihrer Mutter ganz recht.

»Marie, bleib doch hier. So war das ja nicht gemeint.«

Doch Marie nahm ihren Rucksack und verzog sich auf ihr Zimmer. Nein, sie würde sich ihre Stimmung nicht vermiesen lassen. Das würde eine schöne Überraschung werden für ihre Eltern, wenn sie den Ausbildungsvertrag gleich auf den Tisch legen würde.

Gegen sieben Uhr hörte sie das Auto ihres Vaters in die Einfahrt fahren. Sie würde ihren Eltern ein wenig Zeit lassen. Gretchen sollte Papa erst mal lang und breit ihr Herz ausschütten. Wie undankbar ihre Tochter doch war und wie wenig Ehrgeiz und Elan sie hatte. Dass sie nicht mehr wüsste, was sie tun solle. Marie kannte die Leier. Und dann würde sie die Bombe platzen lassen. Von null auf hundert. Die würden staunen. Endlich konnte sie einmal zeigen, was in ihr steckte. Und sie hatte es allein geschafft. Die würden Augen machen!

Sie holte den Ausbildungsvertrag aus dem Rucksack. Las ihn noch einmal durch. Draußen fing es an zu donnern und zu brodeln. Genauso wie in ihr. Bald konnte sie es nicht mehr aushalten. War angespannt. Es war fast wie Weihnachten, wenn man darauf warten musste, bis der Baum geschmückt war und was für Geschenke es gab. Nur war es diesmal umgekehrt. Sie war es, die für ihre Eltern die Überraschung parat hatte.

Sie schlich die Treppe hinunter. Ihre Eltern unterhielten sich in der Küche. Sicher schüttete Gretchen ihr Herz aus. Marie näherte sich dem Treppenabsatz.

Die Küchentür war nur angelehnt. Sie blieb stehen und lauschte. Ihre Mutter schluchzte. Plötzlich bekam sie wieder ein schlechtes Gewissen. Sie wollte ja gar nicht so unausstehlich sein. Im Gegenteil, sie wollte doch nur, dass ihre Eltern stolz auf sie waren.

»Ich mach mir echt Sorgen, Georg. Erst dieser Anfall, und dann ist sie den ganzen Tag verschwunden«, hörte Marie ihre Mutter sagen, und dann putzte sie sich die Nase.

»Gretchen. Nun beruhig dich doch wieder. Das ist bestimmt nur eine Phase. Die Pubertät und so.«

»Pubertät! Da sollte sie ja bald mal raus sein.«

»Du weißt doch, sie ist da etwas später als andere.«

»Und wenn … Ich habe noch nicht gehört, dass man wegen der Pubertät solche Anfälle bekommt. Stimmungsschwankungen ja, aber so etwas? Georg, was ist, wenn sie doch eine Krankheit geerbt hat? Ihre Eltern können ja alles Mögliche an sie vererbt haben. Ich mach mir solche Sorgen. Und du bist mir auch keine große Hilfe. Bist die ganze Zeit unterwegs. Gerade jetzt, wo wir so viele Probleme mit Marie haben, wirst du so von der Firma beansprucht. Das ist nicht fair.«

Bitte was? Was redete Gretchen denn da? Marie schlich näher zur Tür. Wagte nicht zu atmen.

»Nun mal dir nicht mal wieder das Schlimmste aus.«

»Aber es liegt doch nicht an unserer Erziehung, Georg. Das kann doch nur von den Genen kommen. Wir hätten damals genau forschen sollen, woher sie kam.«

»Wie hätten wir denn forschen sollen? Sie ist vor dem Kindergarten ausgesetzt worden. Das weißt du doch. Du hast sie schließlich da gefunden. Und der Rest stand in den Adoptionspapieren. Da gab es nichts weiter herauszufinden.«

Adoptionspapiere? Das konnte nicht sein. Marie kniff die Augen zusammen. Ihr wurde plötzlich schwindelig. Sie stolperte zurück. Setzte sich auf die Treppe.

»Marie, Schatz.« Ihr Vater stand über ihr, legte den Arm um sie. Ihr Vater?

»Stimmt das?« Maries Frage war nicht mehr als ein Flüstern.

»Was hast du gehört, mein Schatz?«

Sie schlug den Arm ihres Vaters fort. Stand auf. »Stimmt es?« Jetzt flüsterte sie nicht mehr.

Gretchen stand in der Tür. Tränenschwere Augen in einem fahlen Gesicht. »Wir wollten es dir schon lange erzählen. Aber es gab nie den richtigen Zeitpunkt. Du warst so traurig. Wir dachten …«

»Was dachtet ihr? Dass es mich nicht interessiert, weil mich ja auch sonst nichts interessiert? Weil ich ja so teilnahmslos bin.« Marie warf Gretchen den Ausbildungsvertrag ins Gesicht. »Hier. Jetzt habt ihr nicht mal mehr einen Grund, stolz auf mich zu sein. Euch habe ich das nämlich offensichtlich nicht zu verdanken.«

Ihre Worte wurden von einem heftigen Donner begleitet. Sie schob ihren Vater weg und lief weinend die Treppe hinauf in ihr Zimmer. Hagel torpedierte ihr Dachfenster. Sie drehte die Musik laut.

Es machte plötzlich alles einen Sinn. Warum sie sich immer so ausgeschlossen vorgekommen war, so fehl am Platz, so anders als Gretchen und Georg. Sie sah ihnen ja auch überhaupt nicht ähnlich. Wieso war ihr das nie komisch vorgekommen? Sie hatte den Fehler immer bei sich gesucht. Dass sie einfach nicht genug Ehrgeiz hatte, nicht genug Energie, um all den stillen Hoffnungen gerecht zu werden, die ihre Eltern in sie gelegt hatten. Aber nein, nicht ihre Eltern. Adoptiert. Ja. Plötzlich machte alles einen Sinn. Sie war ganz kalt. Innen. Aber es hatte auch etwas Gutes. Zum ersten Mal seit langer Zeit spürte sie, wie sich etwas richtig anfühlte. So, als ob ein Wirbel eingerenkt wurde. Früher als Kind hatte sie das öfter gehabt, dass ihr ein Wirbel herausgesprungen war, weil sie so schnell gewachsen war. Der Orthopäde hatte dann nur eine kurze Bewegung mit ihr gemacht, sie gestreckt. Und dann war alles eingerastet. Ein kurzer Schmerz, und sie konnte sich wieder bewegen, die Wirbel waren am richtigen Platz. Da, wo sie hingehörten. Und so war es auch jetzt. Plötzlich war es klar. Es tat ihr nicht leid. Es war gut, endlich zu wissen, was die ganze Zeit, ihr ganzes Leben über, nicht gestimmt hatte. Und im gleichen Moment verzieh sie ihren Eltern. Nein, es gab nichts zu verzeihen. Außer dass sie ihr es früher hätten sagen sollen. Aber nun war sie bereit, ihr Leben in die Hand zu nehmen. Sie wollte heilen, jetzt konnte sie es, sie wollte fühlen, sie wollte leben. Linkin Park traf in diesem Moment genau den richtigen Ton.

I wanna heal, I wanna feel, like I'm close to something real

Und dann war da plötzlich das Bild der Toten wieder vor ihren Augen. Diese Frau. Vielleicht waren es gar keine Wahnvorstellungen, sondern Erinnerungen. Wie alt war sie gewesen, als sie zu Gretchen und Georg gekommen war? Schon so alt, dass sie sich an ein früheres Leben erinnern konnte, an eine andere Mutter, an diese Frau? An diese tote Frau. Tot. Sie war tot. Das war so traurig. Es tat so weh. Wer war diese Frau? Und wer war sie selbst, sie, Marie?

Ihre Eltern, ihre Adoptiveltern, gaben ihr die Zeit, die sie brauchte, um nachzudenken. Später ging sie zu ihnen. Sie saßen immer noch in der Küche, tranken Tee. Als sie zu ihnen kam, stand Gretchen auf und nahm sie in den Arm, ohne etwas zu sagen, sie nahm sie einfach nur in den Arm. Es brauchte nichts gesagt zu werden. Gretchen war ihre Mutter. Sie hatte sie erzogen, und Georg war ihr Vater. Sie waren dieselben wie vorher. Aber nun konnte Marie ihre eigene Andersartigkeit besser verstehen. Sie musste sich nicht mehr verstellen. Sie musste sich nicht mehr anstrengen, so zu sein wie sie. Nicht mehr nach den Hoffnungen und Bestrebungen ihrer Adoptiveltern leben. Sie konnte ihren eigenen Weg gehen. Dazu aber benötigte sie mehr Informationen. Sie fragte nach allem, was sie über Maries Herkunft wussten. Sie erfuhr, dass sie mit zwei Jahren von den beiden als Pflegekind aufgenommen worden war. Ein halbes Jahr, nachdem Gretchen sie vor einem Kindergarten in Bonn, in dem sie damals gearbeitet hatte, mutterseelenallein gefunden hatte. Neben einer großen Tasche mit Kleidung und im Arm ein Stofftier. Ein Dackel. Marie besaß den immer noch. Sie würde ihn wieder hervorholen. Ihn betrachten. Vielleicht konnte sie sich erinnern. Mit seiner Hilfe. Aber es hatte sonst keinen Brief gegeben, keinen Hinweis auf ihre leiblichen Eltern. Eine Suche blieb erfolglos, Aufrufe in den Medien ebenso. Gretchen und Georg Glücklich waren zu diesem Zeitpunkt schon als Pflegeeltern eingetragen, da sie keine eigenen Kinder bekommen konnten. Und da Gretchen sie gefunden hatte, hatte Marie das Glück gehabt, bei ihnen bleiben zu können. Die eigentliche Adoption erfolgte dann erst Jahre später. Außer der Tasche war ihr noch ihr Name aus ihrem früheren Leben geblieben. Denn um ihr Handgelenk trug sie ein Armband, als man sie fand. Marie. Das war wirklich ihr Name. Der Name, den ihr ihre Mutter gegeben hatte, ihre richtige Mutter.

Sie ließ ihre Adoptiveltern den Ausbildungsvertrag unterschreiben. Nur ihr Vater äußerte zuerst Bedenken, ob sie dem Druck in einer Anwaltskanzlei gewachsen wäre. Er war immer schon sehr behütend gewesen. Viel mehr noch als Gretchen. Aber beide Eltern waren jetzt stolz. Und sie durften es sein. Marie war ihnen dankbar. Bevor sie ihre Dankbarkeit aber zeigen konnte, musste sie mehr über sich herausfinden. Von der Toten erzählte sie ihnen nichts. Diesen Weg musste sie ganz allein gehen.

I wanna find something I've wanted all along
Somewhere I belong

17. Kapitel

Voss hatte sich auf den Beifahrersitz ihres Minis gefaltet. Helen musste trotz ihrer Anspannung schmunzeln. Er erinnerte sie mit seinen langen staksigen Beinen, die über das Armaturenbrett hinausragten, eher an einen Reiher als einen Raben. Merkwürdiger Spitzname, den er da hatte.

»Haben Sie es sich in meinem Nest bequem gemacht, Herr Rabe?«

»Ohne den Herrn, bitte. Und nein, ich fühle mich in diesem Gefährt, als ob man meine Flügel gestutzt hätte.« Er blickte säuerlich zu ihr herüber.

»Sie können auch gerne mit Ihrem Rad hinter mir herfahren. Aber ich dachte, Sie wollten rechtzeitig vor Redaktionsschluss wieder zurück sein.«

»Ganz richtig.«

Er war recht einsilbig heute. Genauso wie Marie vorhin. Oder lag es an ihr? Hatte sich Theos Selbstmordversuch wie ein graues Tuch über alles gelegt? Vielleicht war es doch keine gute Idee gewesen, Voss zu bitten, mit zur Spedition zu kommen. Am Morgen hatte sie mit dem dortigen Sekretariat gesprochen und eine Verabredung für zwölf Uhr getroffen. So musste sie Marie nur in der Mittagspause alleine lassen. Und Rabe wäre rechtzeitig vor Redaktionsschluss zurück. Darauf hatte er Wert gelegt. Auf Helen wirkte das wie eine Ausrede. Er war leitender Redakteur und stand doch sicher nicht mehr unter dem Druck, irgendwelche Artikel fertigbekommen zu müssen. Aber sie hütete sich, ihm irgendetwas in diese Richtung zu sagen. Denn sie wollte nach der Spedition ja noch zum Parkplatz unter der Nordbrücke. Und zwar keinesfalls allein. Redaktionsschluss hin oder her. »Alles in Ordnung mit Ihnen?«, fragte sie.

»Ja, sicher.«

Die Spedition Heinrich befand sich in Endenich, zwischen einem Einkaufsmarkt und dem Chemischen Institut der Universität. Ganz in der Nähe des Straßenstrichs. Helen fuhr auf den Parkplatz vor dem Bürogebäude. Ein Flachdachkomplex. Über dem Eingang prangte der Name »Heinrich« in dunkelblauer Schrift auf leuchtend rotem Grund. Links neben dem Gebäude lag ein größerer Parkbereich, der den Lkw vorbehalten war. Im Moment sah Helen aber nur zwei Fahrzeuge dort parken, vollständig rot und mit dem Firmenschriftzug auf den Seiten.

»Schaffen Sie es allein oder soll ich Ihnen eine Hand reichen?« Helen konnte sich die Bemerkung nicht verkneifen, als sich Rabe entfaltete. Er warf ihr einen grimmigen Blick zu.

Gemeinsam betraten sie das Bürogebäude. Die Dame an der Empfangstheke war in eine Bluse gekleidet, im gleichen Rot wie die Lkw. Die lebende Verkörperung der Corporate Identity. Als sie die beiden hereinkommen sah, eilte sie um die Theke herum und ging schnurstracks auf Rabe zu. Helen zog die Hand, die sie schon zur Begrüßung ausgestreckt hatte, wieder zurück und die Augenbrauen zusammen.

»Herr Voss! Wie schön, Sie mal wiederzusehen.« Dass sie ihn nicht zur Begrüßung umarmte, war alles.

»Hallo, Frau Sternkopf.« Rabe reichte ihr die Hand. »Darf ich Ihnen Dr. Freitag vorstellen?«

»Frau Dr. Freitag, wir haben ja schon telefoniert. Warum haben Sie denn nicht gesagt, dass Sie mit Herrn Voss kommen?«

Helen wusste nicht, was sie erwidern sollte. Aber die Frau schien auch keine Antwort zu erwarten. Sie wandte sich sofort wieder Rabe zu. »Herr Heinrich erwartet Sie schon. Sie kennen ja den Weg.«

»Danke, Frau Sternkopf.« Voss ging voran, an der Theke vorbei. Er drehte sich zu Helen um. »Kommen Sie?«

Sie kniff die Augen zusammen. Das würde er ihr erklären müssen. »Natürlich, Herr Voss. Sie kennen ja den Weg.«

Er lachte. Zum ersten Mal heute.

Zurück im Auto, hielt Rabe den Ausdruck einer Namensliste wie eine Trophäe in der Hand.

»Ich höre.« Helen steuerte den Mini über die Straße Am Probsthof in Richtung Autobahnauffahrt. Sie hatte nicht wenig Lust, ihn vor dem Tierheim rauszuschmeißen. Die nahmen doch bestimmt auch Rabenvögel auf.

»Ich habe mit Michael Heinrich jahrelang Fußball gespielt.«

Helens Augenbrauen schnellten in die Höhe. »Sie haben Fußball gespielt?«

»Ist das eine so abwegige Vorstellung?«

»Ehrlich gesagt, ja.«

»Ich war sogar ganz gut, fragen Sie Heinrich. Bis mir jemand das Knie eingetreten hat.«

»Seitdem nur noch Radfahren?«

»Ja, man muss sich ja irgendwie fit halten. Was machen Sie denn so zum Ausgleich, Helen?«

Sie zögerte. Es klang nach Klischee. Anwältin mit Doktortitel und Golfspielen. Dann aber schob sie ihr Kinn nach vorne. So weit sollte es noch kommen. Sie liebte diesen Sport. Wer es nicht ausprobiert hatte, der konnte das vielleicht nicht verstehen, aber sie würde sich nicht dafür schämen. »Golf.«

Er sagte nichts, und sie sah seine Reaktion nicht, da sie abbiegen musste und einen Blick über die Schulter warf. »Sollten Sie auch mal ausprobieren. Kann man auch mit kaputtem Knie noch spielen.«

»Sicher. Warum nicht?«

Sie blickte kurz rüber. »Ist das Ihr Ernst? Ich nehme Sie gern mal mit.«

Er lachte. Warum lachte er jetzt? Im Übrigen hatte sie ja noch ein Hühnchen mit ihm zu rupfen. »Warum haben Sie nicht gesagt, dass Sie Heinrich kennen?«

Er zuckte mit den Schultern. »Wollte wohl Eindruck bei Ihnen schinden.«

»Das ist Ihnen nicht gelungen.« Er könnte Eindruck bei ihr schinden, wenn er aus den über zwanzig Namen, die auf der Liste von Heinrich standen, den desjenigen Fahrers nennen konnte, der vor zwanzig

Jahren Natalie Schrader mitgenommen hatte. Genau so sagte sie es ihm.

»Hören Sie, Helen. Ob Sie es glauben oder nicht: Ich bin genauso interessiert an diesem Fall wie Sie. Das habe ich Ihnen von Anfang an gesagt. Wenn ich mich an eine Sache dranhänge, dann mit aller Energie. Ich habe mich mit den beiden Artikeln auch ziemlich weit aus dem Fenster gehängt. Ich stecke da jetzt mit drin, ob Sie wollen oder nicht.«

»Dann sind Sie ja bestimmt interessiert zu erfahren, wo wir gerade hinfahren.«

»Ich bin ganz Ohr.«

Sie erzählte ihm nichts von Anonymus, sondern nahm den Obduktionsbericht als Vorwand. Dort hatte gestanden, dass das Opfer neben der tödlichen Stichwunde auch starke Abwehrspuren aufwies, vor allem an den Armen. Druckstellen und Schnitte.

»Außerdem befand sich an ihrem Nacken eine wunde Stelle. Der Abdruck einer Kette. So als ob ihr diese bei einem Kampf abgerissen worden ist und dabei diese Male hinterlassen hat.«

»Das kling interessant. Aber wir fahren jetzt nicht in die Leichenhalle, um uns das anzusehen, oder?«

»Nein, wir fahren zum Tatort, dem Parkplatz. Vielleicht finden wir da ja noch etwas, was die Polizei übersehen hat.«

»Vielleicht eine Kette?«, fragte er.

»Sie verstehen mich. Ich glaube, wir werden langsam zu einem guten Team.«

»Meine Rede.«

Unter die Brücke der Autobahnausfahrt Auerberg drangen kaum Sonnenstrahlen. Trotz der Hitze war es hier kühl und schummrig. Helen war froh, dass Rabe bei ihr war.

Auf den Autobahnpfeilern prangten Graffitis. Keine der kunstvollen Bilder, die immer mehr auftauchten und die in Helens Augen den grauen Teil von Bonn aufheiterten, sondern nur grobe Schriftzüge, kaum zu entziffern.

Der perfekte Ort für einen Mord. Im Schatten eines der Pfeiler oder zwischen zwei geparkten Autos fiel ein Handgemenge nicht auf. Und die Autobahngeräusche von oben würden einen Hilfeschrei übertönen. Obwohl nicht einmal hundert Meter entfernt die ersten Wohnhäuser standen, war es unwahrscheinlich, dass irgendjemand Natalies Ermordung mit angehört hatte.

»Sehen Sie hier, Rabe. Hier muss die Stelle sein.« Helen hielt das Foto des Fundorts der Leiche auf ihrem Handy in die Höhe und verglich es mit der Stelle vor Ort. Das Licht des Displays traf auf ihr Gesicht, und Helen fühlte sich plötzlich wie in einem Scheinwerferstrahl. Sie lehnte sich kurz an Rabe, als er einen Blick auf das Foto warf. Seine Nähe beruhigte sie.

Das Foto zeigte den Pfeiler mit dem auffällig orangenen Graffiti, ein Schriftzug, dessen Bedeutung Helen nicht entziffern konnte. *Rork* oder *ruh.* Daneben waren drei freie Parklücken zu sehen. Es folgte ein alter Opel, der aufgebockt ohne Reifen dastand. Dahinter Altglascontainer. Neben diesen hatte im Gras die Leiche gelegen.

Der Opel war jetzt verschwunden, dafür standen direkt neben dem Pfeiler Fahrzeuge. Fast alle Parkplätze unter der Brücke waren um diese Zeit besetzt. Vermutlich begehrte Park-and-Ride-Parkplätze. Nicht weit entfernt lagen das Innenministerium und die dazugehörige Straßenbahnhaltestelle. Auch die LVR, die Klinik des Landschaftsverbands Rheinland, befand sich in der Nähe.

»Selbst wenn wir hier etwas finden: Das kann nach der Zeit, die seit dem Mord vergangen ist, doch überall hergekommen sein. Und dann noch direkt neben einem Altglascontainer.« Voss hatte das Problem erkannt.

Dennoch wollte Helen sich nicht auf die Polizei verlassen. Bei allem, was die schon verbockt hatten. »Sicher, aber ich möchte einen Eindruck von der Gegend bekommen. Vielleicht hat ja auch irgendjemand etwas gesehen oder gehört. Was meinen Sie, vielleicht sollten wir mal in den Mehrfamilienhäusern drüben nachfragen?«

Voss warf einen Blick hinüber, seine Stirn kräuselte sich. »Wer hat eigentlich die Leiche gefunden?«

»Ein Hundebesitzer beim morgendlichen Spaziergang.«

»Und wie lange hatte sie schon dort gelegen?«

»Vermutlich zehn bis fünfzehn Stunden. Zumindest war das der Todeszeitpunkt laut Obduktion.« Helen scrollte durch die Akte, die sie sich auf das Handy geladen hatte.

»Also müsste der Todeszeitpunkt irgendwann am Sonntagabend gewesen sein.«

»Ja. Da ist hier wohl am wenigsten los, außer vielleicht ein oder zwei Hundebesitzer, die hier entlangkommen.«

Sie streiften um die Altglascontainer, Helen trat mit den Schuhen ein paar Grasbüschel beiseite und leuchtete mit der Taschenlampenfunktion des Handys.

»Also, für so schlecht halte ich die SpuSi ja nicht, dass die hier etwas übersehen haben.« Rabe grummelte. Er hatte sichtlich keine Lust, sich die Hände bei solcher Art von Recherche dreckig zu machen.

Helen zuckte mit den Schultern. »Wenn wir jetzt schon mal hier sind, können wir uns auch umschauen.«

Sie lugten unter die Autos, die im Umfeld der Container parkten. Aber auch hier fanden sie nichts.

»Hat der Kampf überhaupt hier stattgefunden?«, fragte Voss.

»Ja, genau hier.« Helen deutete auf den Bereich, der in der Ermittlungsakte mit zahlreichen Fotos dokumentiert war. »Der Tatort ist laut Spurensicherung hier, ganz in der Nähe des Fundorts der Leiche. Hier sind überall Blutspritzer gefunden worden.«

Helen schaute unter das nächste Auto, fand wieder nichts. Langsam verließ sie die Zuversicht. Warum aber hatte die E-Mail des Unbekannten sie hierhergeführt? Ich bin hier und suche, wollte sie gegen den Verkehrslärm anrufen. Stattdessen wandte sie sich zu Rabe, der mittlerweile an dem Pfeiler lehnte. Zuckte zusammen. War da nicht eine Bewegung gewesen, an den Containern? Sie fühlte sich beobachtet. War Anonymus in der Nähe und schaute zu, wie sie hier suchte? Schnell ging sie zu Rabe hinüber und stellte sich neben ihn, den Pfeiler schützend in ihrem Rücken, und hielt ihm ihr Handy hin.

»Auf den Fotos kann man die Blutspuren sehen. Das ist genau der Bereich zwischen diesem Pfeiler und dem aufgebockten Fahrzeug, das dort gestanden hat.«

»Gut, da waren die Blutspuren«, meinte Rabe, »aber der Kampf kann ja auch schon woanders begonnen haben. Der Parkplatz ist ziemlich groß, vielleicht konnte Natalie sich losreißen und ist ein Stück fortgelaufen und wieder eingeholt worden.«

»Laut Ermittlungsakte ist der ganze Bereich unter der Brücke abgesucht worden. Und nur hier wurden Spuren gefunden.«

Voss atmete durch. »Ich glaube, Sie haben sich da in was verrannt, Helen. Das ist wirklich Polizeiarbeit. Die kennen sich damit besser aus. Das hier bringt nichts.«

Sie sollte ihm von Anonymus berichten. Plötzlich ein lautes Poltern und Klirren. Beide wandten den Kopf zu den Containern. Da war niemand!

Helen schluckte. »Sie haben das aber auch gehört, oder?«

Voss nickte. »Lassen Sie uns nachsehen. Bestimmt hat sich nur eine verkeilte Flasche gelöst und ist tiefer in den Container gefallen.«

»Warten Sie.« Sie hielt Rabe am Arm zurück. »Ich muss Ihnen noch etwas sagen.«

Er blickte sie an, eine Augenbraue hochgezogen. »Jetzt machen Sie es aber spannend. Was ist es denn?«

Sie zeigte ihm die E-Mail auf ihrem Handy. Der eigentliche Grund, warum sie hier waren.

Voss reagierte erstaunlich gelassen. »Okay, hört sich ziemlich kryptisch an. Sie hätten die mir ruhig sofort zeigen können. Ich kann mir aber nicht vorstellen, dass das ein ernst gemeinter Hinweis ist. Ich hatte Sie gewarnt, dass es viele solcher Wichtigtuer gibt, die sich melden, wenn wir an die Öffentlichkeit gehen.«

Hatte er recht? Hatte sie sich zu viel davon versprochen, sich in etwas hineingesteigert? War sie so verzweifelt? Andererseits: »Wie kann Anonymus wissen, wo der Tatort ist? Das weiß ich selbst erst, seitdem ich die Akte einsehen konnte. Und auch in der Zeitung stand davon nichts.«

Voss rieb sich über das Gesicht. »Wenn wir jetzt etwas gefunden hätten, würde ich Ihnen zustimmen. Aber so?«

»Vielleicht haben Sie recht. Aber vielleicht haben wir ja auch nur nicht gut genug gesucht. Lassen Sie uns noch einmal an den Containern nachschauen.«

Sie ging vor. Ein älterer Mann stand inzwischen an einem der Container. Er trug ein langärmeliges Hemd, kurze Hosen und einen Bogart-Hut. In der einen Hand hielt er eine prall gefüllte Stofftasche, in der anderen eine Flasche. Wollte sie gerade hineinwerfen und hielt inne. Steckte die Flasche unter den Arm und nahm etwas vom Dach des Containers. Helen lief auf ihn zu. Er blickte auf. »Schauen Sie mal, gehört das vielleicht Ihnen?« Er hielt mit Daumen und Zeigefinger eine Kette in die Höhe, ein Kreuz hing daran.

»Zeigen Sie mal.« Helen nahm das Schmuckstück entgegen. Ohne darüber nachzudenken, antwortete sie dem Mann: »Ja, die gehört mir. Schau mal, Schatz«, rief sie zu Rabe rüber, »hier ist meine Kette. Komm mal her.« Zu dem Mann gewandt: »Vielen Dank, die haben wir schon gesucht. Muss sich gelöst haben, als ich vorhin das Altglas entsorgt habe.«

»Na, da haben Sie Glück, dass ich die noch rechtzeitig gesehen habe, bevor ich meine Flasche eingeworfen habe. Sie war schon fast hineingefallen, nur das Kreuz lag obenauf.«

Helen nickte. Holte ein Taschentuch aus ihrer Jackentasche und legte die Kette vorsichtig hinein. Rabe war hinzugetreten. Er spielte das Spiel mit. »Wie können wir uns denn erkenntlich zeigen? Die Kette war mein Verlobungsgeschenk an meine Frau.«

»Ach, schon gut.« Der Mann leerte die Tüte mit Glasabfall in den Container, lüftete kurz seinen Hut und drehte sich um. Voss fotografierte ihn im Weggehen mit dem Handy.

»Wozu war das denn gut?«, fragte Helen.

»Ich habe hier vorhin nichts gesehen, und wir haben beide gründlich gesucht. Da war keine Kette.«

»Sie meinen, der Mann?« Helen blickte ihm nach. Er lief in Richtung Nordstadt, in die nahe gelegene Wohnsiedlung.

»Möglich.«

»Sollen wir ihm hinterher?«

Voss nickte.

Sie folgten dem Mann mit einigem Abstand. Er bog in den Ubierweg ein und verschwand in dem Haus mit der Nummer 24. Ein Mehrfamilienhaus, vier Parteien.

»Ich glaube nicht, dass er die Kette dort abgelegt hat. Er würde nicht einfach nach Hause laufen. Er hat sich nicht einmal umgedreht.«

»Ja, wahrscheinlich nicht. Auf jeden Fall werden wir ihn hier wiederfinden, falls wir ihn noch einmal befragen müssen.«

»Anonymus muss die Kette dort abgelegt haben. Er hat uns beobachtet. Und mit dem Poltern wollte er uns darauf aufmerksam machen, dass wir noch einmal nachsehen.« Sie schaute sich um. Es war niemand sonst auf der Straße. Es war einfach zu heiß.

»Möglich.« Voss war nachdenklich geworden. »Natürlich nur, wenn die Kette Natalie Schrader gehört hat.«

»Das können wir herausfinden. Wir fragen bei ihren Eltern nach. Ich bin mir aber sicher.« Helen holte die Kette hervor. »Sie sieht sehr russisch aus, wenn Sie mich fragen.«

»Ja. Das stimmt. Aber … Helen?«

Sie blickte zu Rabe hoch.

»Ich möchte, dass Sie mir versprechen, mir von nun an alles zu sagen, und zwar sofort. Vor allem, wenn Sie noch so eine Nachricht erhalten.«

Helen wurde mulmig zumute. Das Gefühl, beobachtet zu werden, war wieder da.

»Sie meinen, jetzt, da wir tatsächlich etwas gefunden haben …«

Voss nickte. »Anonymus hat möglicherweise Täterwissen.«

18. Kapitel

Helen hatte Rabe in der Redaktion abgesetzt und begab sich erneut auf den Weg nach Lengsdorf zu den Eheleuten Schrader. Das Kreuz hatte sie in die Taschentuchverpackung eingewickelt und diese in die Tasche ihres Blazers gesteckt. In diesem Fall war alles anders. Normalerweise kamen die Mandanten zu ihr in die Kanzlei, nicht umgekehrt.

Es war bereits nach zwei Uhr. Sie griff zu ihrem Handy, nicht ohne ein schlechtes Gewissen. Sie musste sich unbedingt eine Freisprecheinrichtung für den Mini besorgen. Ihm fehlten die ganzen elektronischen Spielereien, die die neuen Fahrzeuge serienmäßig besaßen. Aber sie liebte ihn dennoch oder gerade deshalb. Sie tätschelte das Lenkrad, wie um ihrem Mini ihre Zuneigung zu beweisen. Er hatte sie noch nie im Stich gelassen.

In der Kanzlei meldete sich Marie Glücklich. Friederike hatte sich den Rest der Woche freigenommen. »Bei mir dauert es noch ein klein wenig länger. Ist alles in Ordnung in der Kanzlei?«

»Ja, keine besonderen Vorkommnisse.«

»Gut. Sind Sie fertig mit den Diktaten?«

»Ja.« Ein kurzes Zögern. »Könnte ich mir die Schrader-Akte durchlesen? Wäre das in Ordnung?«

Die Handakte war inzwischen recht dick geworden. Helen hatte die komplette Ermittlungsakte ausdrucken lassen und dort eingeheftet. Beim Lesen auf dem Bildschirm übersah man schnell mal etwas. Das ging zumindest Helen so. Und je mehr sich die neue Auszubildende mit den Einzelheiten beschäftigte, umso mehr würden ihr Unstimmigkeiten in den Schriftsätzen, die sie bearbeitete, auffallen. Helen freute es außerdem, dass Marie so interessiert war. Ihre letzte Auszubildende hatte das vermissen lassen. »Ja, natürlich. Aber ich warne Sie schon einmal vor, Marie: Die Fotos sind nicht ohne.«

»Okay. Danke für die Warnung.«

Marie war deutlich besser drauf als heute Morgen. Helen hatte schon befürchtet, dass sie einen Rückzieher machen würde, aber bestimmt war es nur Müdigkeit gewesen. Sie musste sich erst einmal an die frühen und regelmäßigen Arbeitszeiten und den Stress gewöhnen.

»Ich schicke Ihnen gleich eine E-Mail mit einer Namensliste rüber. Die betrifft den Fall Schrader. Es sind Angestellte einer Speditionsfirma aus dem Jahr 1996. Von den fett gedruckten Namen wissen wir nicht, ob die Adressen noch aktuell sind. Tragen Sie die Personen bitte alle in unsere Datenbank ein. Später fragen wir dann bei den Einwohnermeldeämtern an.«

»Okay. Mache ich.«

Helen hatte Voss gebeten, die Fahrer auf der Heinrich-Liste zu überprüfen, die noch immer dort angestellt waren. Überprüfen hieß, deren Familienverhältnisse aufzuarbeiten. Vielleicht könnten sie auf diesem

Wege den Kreis der Verdächtigen eingrenzen. Bei den übrigen Fahrern, die nicht mehr dort arbeiteten, war es schwieriger, an Informationen zu kommen. Eigentlich alles Polizeiarbeit. Man müsste jeden Einzelnen auf der Liste befragen. Es musste sich bei dem Fahrer, der Natalie damals mitgenommen hatte, ja gar nicht um denjenigen handeln, der jetzt für ihren Tod verantwortlich war. Aber auf jeden Fall wäre er ein wichtiger Zeuge. Womöglich hatte er sich schon damals bei der Polizei gemeldet und ausgesagt, so wie Zellner.

Helen seufzte. Sie musste endlich Einsicht in die Vermisstenakte bekommen. Wenn die Eltern von Natalie das Kreuz identifizierten, würde sie wieder bei Sandhofen vorstellig werden und den Druck auf ihn erhöhen. Er wäre dann verpflichtet anzuerkennen, dass es sich bei der Toten um Natalie Schrader handelte. Zumindest müsste er einen DNA-Test anordnen, und dann würden die beiden Ermittlungen zusammengelegt und vor allem die Staatsanwaltschaft davon in Kenntnis gesetzt werden.

Sie bog in die Straße der Familie Schrader ein. Jetzt würde es sich zeigen, ob Anonymus mit seinem Hinweis recht hatte.

Nadeschda Schrader schlug die Hand vor den Mund. Tränen stiegen ihr in die Augen. Erich Schrader sagte das, was seine Frau nicht aussprechen konnte. »Das ist Natalies Kreuz. Sie hat es …« Er brach ab. »Ich kenne den deutschen Begriff nicht.«

Seine Frau fand ihre Stimme wieder. »Taufe. Natalie hat das Kreuz zu ihrer Taufe bekommen. Sie hat es immer getragen.«

»Was bedeuten die Inschriften?«, fragte Helen. Dass es sich um ein typisch russisches Kreuz handelte, war leicht zu erkennen. Es war aus Silber, mit dunklen Verzierungen, und besaß zwei zusätzliche kürzere Querbalken auf Höhe der Hände und Füße der Jesusfigur. Neben den Händen und über dem Kopf der Jesusfigur waren kyrillische Schriftzeichen eingraviert, ebenso auf der Rückseite. Helen hielt das Kreuz in seiner Taschentuchhülle in die Höhe.

Nadeschda Schrader nickte. »›Meine Hoffnung ist der Vater, meine Zuflucht ist der Sohn, mein Schutz ist der Heilige Geist.‹ Das steht da.«

»War Natalie denn ein gläubiger Mensch?« Helen musste mehr über sie erfahren, das würde ihr helfen zu verstehen, was mit dem Mädchen passiert war. Und den Eltern täte es gut, über ihre verlorene Tochter zu sprechen.

»Nein, nicht besonders. Natalie war sehr deutsch, kann man das so sagen? Sie ist ja als ganz kleines Kind schon hierhergekommen, sie hat Russland nie richtig kennengelernt. Und sie fand sich schon immer schlecht mit den Bräuchen, an denen wir festgehalten haben, zurecht. Unser russisches Essen zum Beispiel. Aber das war wohl normal, sie wollte nicht anders sein als ihre Schulkameraden. Ihr Taufkreuz aber hat sie geliebt. Vielleicht war das ihre Art zu zeigen, dass sie unsere Herkunft ehrt.«

»Wo haben Sie es her?«, fragte Erich Schrader.

»Von dort, wo man Ihre Tochter gefunden hat.«

»Dann hatte sie es immer noch bei sich, all die Jahre?«

»Ja, so ist es.«

Nadeschda und Erich Schrader blickten einander an. Er legte den Arm um seine Frau, und sie vergrub ihr Gesicht an seiner Brust. Wieder bemerkte Helen, wie vertraut die beiden miteinander waren und wie viel Zuneigung zwischen ihnen war.

»Dürfen wir das Kreuz behalten?« Nadeschda Schrader hatte sich wieder Helen zugewandt, während sie sich die Tränen mit einem Stofftaschentuch trocknete.

»Ich fürchte, noch nicht, das ist ein Beweisstück. Ich muss es der Polizei bringen. Es wird auf Fingerabdrücke und dergleichen untersucht werden. Und ich denke, ich kann die Polizei mit dem Kreuz dazu bringen, endlich einem DNA-Test zuzustimmen.«

»Und wann können wir unsere Tochter beerdigen?«, fragte Erich Schrader.

»Wenn die Identität Ihrer Tochter zweifelsfrei bewiesen ist, dann wird die Staatsanwaltschaft sie freigeben.«

»Können Sie uns mehr erzählen? Weiß man schon, wo sie die ganzen Jahre über gewesen ist?« Nadeschda Schrader bat Helen, sich zu setzen. »Und ich mache Ihnen schnell einen Kaffee.«

»Keinen Kaffee bitte, Frau Schrader. Aber wir sollten uns wirklich besser kurz setzen. Ich kann Ihnen noch etwas erzählen. Aber ziehen Sie bitte keine Schlüsse daraus.«

»Wie meinen Sie das? Was haben Sie uns zu sagen?«, fragte Erich Schrader, nachdem sie sich wieder in die große Wohnküche gesetzt hatten. Helen fühlte sich schon fast heimelig hier an diesem großen Eichentisch. Die polsterbezogenen Stühle luden ebenfalls zum Verweilen ein. Auf dem Herd stand diesmal ein großer

Topf. Ein würziger Duft lag in der Luft, vermutlich vom Mittagessen. Die Spülmaschine lief. In seiner Gleichförmigkeit ein beruhigendes Geräusch.

Frau Schrader sah, wie Helen einen Blick auf den Topf warf. »Möchten Sie etwas von dem Borschtsch?«

»Ich möchte Ihnen keine Umstände machen.«

»Das macht es doch nicht. Er ist noch warm.«

Helen willigte ein. Sie hatte seit einem Croissant heute Morgen noch nichts gegessen. Erst nachdem sie einen köstlichen Teller verspeist hatte, erzählte sie von Natalies Schwangerschaft. Die Eheleute Schrader nahmen es mit Fassung.

»Aber dann ging es ihr doch gut, die letzten Jahre. Sie war dabei, eine Familie zu gründen.« Nadeschda Schraders Stimme zitterte.

»Dazu wissen wir zu wenig.« Vielleicht war ja gerade die Schwangerschaft das Problem gewesen, dachte Helen bei sich, aber sie wollte ihre Mandanten nicht unnötig belasten. Das alles musste schwer genug für sie sein. »Aber ich kann Ihnen sagen, dass die Obduktion ergeben hat, dass sie bei guter Gesundheit war. Sie zeigte keine Spuren von Misshandlungen, weder ältere noch jüngere. Es ging ihr vermutlich gut.« Zumindest körperlich, dachte Helen wieder, ohne es auszusprechen. »Es gibt aber noch etwas.«

»Sprechen Sie. Wir möchten alles wissen.« Energisch stieß Erich Schrader die Worte aus.

Seine Frau legte ihm die Hand auf den Arm. »Sie müssen meinen Mann entschuldigen, aber das Schlimmste ist diese Ungewissheit. Was ist geschehen, warum hat sie sich all die Jahre nicht gemeldet?«

»Ich verstehe Sie. Und ich werde mich bemühen, so viel wie möglich herauszufinden.«

»Was haben Sie denn schon herausgefunden, was Sie uns noch sagen können?«

»Natalie war schon einmal schwanger. Und sie hat ein Kind zur Welt gebracht.«

Die Schraders brauchten eine Weile, um zu begreifen, was das bedeuten konnte. Nadeschda war die Erste, die sprach. »Ein Kind? Wie alt?«

»Laut ärztlichem Bericht ist es schon mehrere Jahre her.«

»Aber … das heißt, wir haben ein Enkelkind!«

»So sieht es aus. Das ist alles, was ich sagen kann. Was mit dem Kind passiert ist, wo es ist, ob es lebt …?« Helen brach ab und schüttelte langsam den Kopf. Sie durften sich nicht allzu viele Hoffnungen machen.

»Trotzdem. Danke, dass Sie uns das gesagt haben.«

Helen verabschiedete sich bald. Sie musste das Kreuz zu Sandhofen bringen. »Ich versuche dann, für morgen einen gemeinsamen Termin bei der Polizei zu bekommen. Ich sage Ihnen Bescheid.«

19. Kapitel

Natalie blätterte in einer Illustrierten. Ihre Beine lagen übereinandergeschlagen auf der Armatur des Lkw. Das konstante Brummen der Fahrgeräusche nahm sie nur unbewusst wahr. Es beruhigte sie.

»Vielleicht kann ich uns das ja mal kochen, wenn wir wieder zurück sind, guck mal, Miro.« Sie hielt ihm die Illustrierte hin, auf der ein Auflauf abgebildet war. Miro reagierte nicht. »Jetzt guck doch mal.«

»Kann nicht. Ist viel Verkehr, siehst du das denn nicht?« Natalie zuckte zusammen, so scharf klangen seine Worte. Sie schlug die Zeitschrift zu und warf sie hinunter in den Fußraum ihres Sitzes. »Dann eben nicht.« Sie kuschelte sich in ihren warmen langen Pullover und kreuzte die Arme vor der Brust. Schweigend beobachtete sie eine Weile die vorbeiziehende Landschaft. Alles flach, grau in grau, qualmende Schornsteine und Wohnsiedlungen im Wechsel.

»Können wir nicht mal wieder nach Österreich fahren oder noch besser Frankreich?«, fragte sie nach einiger Zeit, des ewig gleichen Ausblicks müde geworden.

»Ich kann mir das nicht aussuchen.«

»Aber immer nach Belgien und Holland ist so langweilig.«

Miro drehte das Radio lauter. »Sei mal still, die Verkehrsdurchsage!«

Als die Durchsagen vorbei waren, nahm Natalie die Beine runter und drehte das Radio wieder leiser. Sie hob die Zeitschrift auf. Suchte die Seite mit dem Rezept. »Weißt du, meine Mutter hat immer so einen ähnlichen Auflauf gemacht, aber mit Hackfleisch, glaube ich. Das einzige russische Gericht, das ich echt immer gerne mochte.«

»Hm«, brummte Miroslav.

»Ich hätte besser aufpassen sollen.«

»Was meinst du?«

»Wenn meine Mutter gekocht hat. Dann wäre ich jetzt besser.«

»Mir reicht es. Für die wenige Zeit, die wir zu Hause sind.«

»Miro?«

»Was denn?«

»Kann ich meinen Eltern eine Postkarte schreiben?«

»Kommt nicht infrage.« Er blickte sie nicht mal an dabei.

»Aber sie machen sich bestimmt Sorgen.«

»Und wenn schon. Du hast doch gesagt, dass du lieber mit mir zusammen bist.«

»Ja, bin ich ja auch. Aber wenn sie wissen, dass es mir gut geht, hören sie bestimmt auf, nach mir zu suchen. Dann müssen wir nicht mehr so vorsichtig sein.«

»Die können die Post aber nachverfolgen. Und wenn die uns erwischen, bin ich dran.«

»Aber ich würde immer sagen, dass ich freiwillig mit dir gegangen bin.« Das stimmte so nicht. Als sie damals in Belgien wieder aufgewacht war und noch immer im Lkw saß, hatte sie furchtbare Angst gehabt und wollte nur weg. Aber Miro ließ sie nicht wieder gehen. Irgendwann hatte sie sich damit abgefunden und mehr und mehr Freude an ihrem neuen Leben gefunden. Miro war lieb zu ihr, und sie mochte ihn von Tag zu Tag mehr. Aber er ließ sie nicht allein fort und auch zu niemandem Kontakt aufnehmen. Immer hatte er gesagt, dass er dann ins Gefängnis müsse, ob sie das wolle. Natürlich wollte sie es nicht, und so hatte sie sich nie gewehrt und nicht versucht zu fliehen, wenn sie zurück in Köln waren. Aber ihre Eltern fehlten ihr, und ihre Freunde. Vor allem jetzt.

»Das spielt keine Rolle, du bist immer noch nicht volljährig. Ich komm in den Knast, willst du das?«

Nein, sie wollte das nicht. »Nur eine Postkarte aus Belgien, die können die doch nie zu uns zurückverfolgen.«

»Wie kommst du denn jetzt auf einmal darauf? Wegen dem blöden Auflauf?«

Natalie lachte. »Nein, du Dummkopf. Ich kann mir nur jetzt besser vorstellen, dass meine Eltern sich Sorgen machen.«

»Und wieso das? Verdammt.« Miroslav bremste scharf. Natalie wurde in den Gurt gepresst. »Durch dein Gelaber wär ich jetzt fast auf das Stauende aufgefahren.«

»Das ist nicht fair. Früher hast du immer gesagt, du magst das. Deshalb hast du mich doch überhaupt mitgenommen.«

»Jetzt ist das eben anders. Gib mir mal eine Flasche Coke. Ich hab Durst.«

Natalie griff hinter den Sitz ins Kühlfach und holte eine Flasche Cola nach vorne. Gab sie ihm. Der Verkehr setzte sich langsam wieder in Bewegung. Wohl nur einer dieser Kurzstaus, die sich nach kurzer Zeit wieder in nichts auflösten und von denen man nicht wusste, warum sie überhaupt entstanden waren. Zum Glück kein richtiger Stau. Wenn die Gefahr bestand, dass sie Verzögerungen bei der Lieferung hatten, bekam Miro immer schlechte Laune. Und sie wollte nicht, dass er schlechte Laune hatte, wenn sie ihm die gute Nachricht erzählte.

Nach einer Weile, als der Verkehr wieder normal lief, fing Miro an, mit der Musik zu pfeifen. Natalie mochte es, wenn er das tat. Er pfiff nie, wenn die Stimmung mies war.

»Weißt du, Miro, ich werde bald öfter kochen müssen.«

»Warum denn?« Er schielte zu ihr rüber und lächelte sie an. »Entschuldige, dass ich eben so reagiert habe.«

Sie lächelte zurück »Schon gut.«

»Also erzähl mir, warum du öfter kochen musst.«

»Weil wir bald auch öfter zu Hause sein werden.«

»Ach ja? Ich hoffe nicht, du bist unter die Weissager gegangen und sagst voraus, dass ich weniger Fahrten habe. Dann haben wir nämlich auch weniger Geld, und du könntest gar nicht genug einkaufen, um so fette russische Gerichte zu kochen.«

Natalie lachte. Er konnte so witzig sein. »Nein, viel besser.«

»Jetzt machst du mich aber neugierig.«

»Wir bekommen ein Baby.« Natalie beugte sich nach vorne, blickte ihn erwartungsvoll an.

»Spinnst du? Wie soll das gehen?«

Die Heftigkeit seiner Reaktion ließ sie zurück in den Beifahrersitz sacken. Ihre Stimme zitterte. »Aber, freust du dich denn nicht?«

»Ich soll mich freuen? Kannst du dir vorstellen, wie teuer so ein Kind ist? Ich weiß, wovon ich rede. Wir waren zu fünft zu Hause, und mein Vater hat Tag und Nacht geschuftet, um uns sattzukriegen.«

»Aber du könntest dir doch eine andere Arbeit suchen, bei der du mehr verdienst.«

»Du hast ja keine Ahnung. Du lässt das wegmachen!«

»Das meinst du nicht ernst! Das ist doch unser Baby.«

»Und ob ich das ernst meine! Gleich morgen nach der Lieferung fahren wir nach Holland. Da geht das problemlos.«

»Ach ja, und woher weißt du das?«

»Weiß ich eben.«

»Das kannst du vergessen. Dafür ist es längst zu spät. Ich bin schon im sechsten Monat!« Sie zog ihren Pullover hoch und präsentierte ihm ihren sichtbar gerundeten Bauch.

Miro glotzte ihn an, der Mund stand ihm auf.

»Wenn du mich mehr beachten würdest, wenn du auf mir rummachst, hättest du das schon längst selbst gemerkt.« Sie zog den Pullover wieder runter.

»Jetzt bist du echt total durchgeknallt. Das wird dir noch leidtun.« Miroslav trat aufs Gas.

20. Kapitel

Helen tupfte sich mit einem Taschentuch den Schweiß von der Stirn und aus dem Nacken. Ihre Haare hatte sie wegen der Hitze zu einem Zopf gebunden. Sie trug zwar nur eine leichte kurzärmelige Bluse zu ihrem grauen Rock, und es war längst nicht so drückend wie die Hitze vom Wochenende, aber auf dem gepflasterten Eingangsbereich vor dem Polizeipräsidium in Ramersdorf gab es nicht das kleinste bisschen Schatten.

Sie wartete auf das Ehepaar Schrader, da sie einen Termin bei Sandhofen ausgemacht hatte. Der Kommissar hatte ihr gestern Nachmittag zugesagt, dass er einen Beamten der Spurensicherung kommen lassen würde, um sich eine DNA-Probe von den Eheleuten Schrader geben zu lassen. Er war nicht begeistert gewesen, als sie ihm gestern das Kreuz, das sie am Tatort gefunden hatte, übergeben hatte. Zuerst schenkte er ihr keinen Glauben. Natürlich. Das hätte man davon, wenn man meinte, selbst auf Spurensuche gehen zu müssen. Kein Beweiswert. Erst als sie Ralf-Peter Voss ins Spiel gebracht hatte, als weiteren Zeugen dafür, dass sie die Kette am Tatort gefunden hatten, war er kleinlaut geworden. Voss' Artikel zeigten offensichtlich Wirkung. Helen nahm an, dass er Druck von oben bekommen hatte.

Sie lief ein Stück in Richtung Eingang. Die Sonne spiegelte sich in den großen Fensterfronten des modernen Gebäudes. Innen würde es kühler sein. Das Präsidium war vollklimatisiert. Eine Wohltat bei diesen Temperaturen und bei der Masse an Fenstern. Ihre Kanzleiräume kamen selbst in so einem heißen Sommer ohne Klimaanlage aus. Ein Vorteil der Altbauten, dicke Mauern, hohe Räume und kleine Fenster.

Helen lehnte sich an eines der Geländer, die den gepflasterten Zuweg zum Haupteingang von einer Rasenfläche abtrennten. Das Geländer war so niedrig, dass selbst sie sich bequem daraufsetzen konnte.

Zum Glück hatte die Erwähnung von Voss ausgereicht, um den Kommissar einlenken zu lassen. Nur ungern hätte sie Anonymus ins Spiel gebracht. Offensichtlich wollte der Unbekannte mit ihr korrespondieren, nicht mit der Polizei. Wenn sie seine Existenz dem Kommissar offenbart hätte, wäre Anonymus vielleicht für immer in den Tiefen des Netzes verschwunden. Er benutzte eine Wegwerf-Mail-Adresse. Man konnte einen Fantasienamen angeben, brauchte keine Anschrift zu hinterlassen. Und wahrscheinlich hatte er sich aus einem Internetcafé eingeloggt, nicht von seinem eigenen Computer aus. Und selbst wenn er diesen benutzt hatte, sie hatte nicht die Möglichkeiten, eine IP-Adresse zu finden. Bestimmt konnte das jemand. Vielleicht sogar die Polizei. Aber die sträubten sich ja schon bei gängigen Ermittlungsmethoden. So blieb ihr zumindest die Hoffnung, dass Anonymus noch einmal Kontakt zu ihr aufnehmen würde. Wenn er die Kette am Tatort gefunden hatte, dann doch nur, wenn er das Verbrechen beobachtet hatte. Einen zufälligen Fund konnte man ausschließen, sonst hätte er es ja nicht mit der toten Frau in Verbindung gebracht. Komisch, dachte sie bei sich. Wenn sie über Anonymus nachdachte, sprach sie von einem »Er«. Aber es konnte doch genauso gut eine »Sie« sein.

Gestern Abend zu Hause hatte sie sogar darüber nachgedacht, ihm zu antworten. Sollte sie sich bedanken? Fragen, ob er mehr wusste? Aber sie hatte die mahnenden Worte von Rabe im Ohr gehabt. Nichts mehr im Alleingang unternehmen. Und er hatte ja recht. Sie konnte nicht ausschließen, dass Anonymus der Täter selbst war, genauso wenig wie sie wusste, ob es sich um einen Er oder eine Sie handelte.

Die Eheleute Schrader kamen Hand in Hand den Weg vom Besucherparkplatz her angelaufen. Helen erhob sich von ihrem Rastplatz und ging ihnen entgegen. »Sind Sie bereit?«

Sie nickten. »Also dann, lassen Sie uns zum Kommissar gehen.«

Sobald sie das Gebäude betraten, wurde die Luft angenehmer. Helen atmete durch. Sie führte ihre Mandanten hoch in die erste Etage, wo Sandhofens Büro lag. Im Gebäude herrschte reger Betrieb. Zeugen saßen in den Gängen vor den Zimmern, der ein oder andere Beamte lief durch den Flur. Türen öffneten und schlossen sich.

Dieses Mal musste sie nicht warten, so hoffte sie. Sie war nicht einer von vielen Terminen. Sie kam mit den

Eltern der Toten, die laut Ermittlungsstand noch immer nicht identifiziert war. Das brachte die Ermittlungen doch unglaublich voran. Das musste auch dieser Kommissar erkennen. Sie waren auf derselben Seite.

Trotzdem war sie alles andere als zuversichtlich, als sie an Sandhofens Tür klopfte. Man wusste einfach nicht, woran man bei ihm war.

»Herein«, ertönte die sonore Stimme, die Helen erneut eine Gänsehaut über die Arme ziehen ließ. Wie konnte ein Mann mit einer so warmen Stimme so unsympathisch sein? Helen ging voran, wollte ihre Mandanten vorstellen.

Sandhofen blieb an seinem Schreibtisch sitzen. Immerhin blickte er zur Begrüßung einmal hoch.

»Herr Sandhofen. Danke, dass Sie Zeit für meine Mandanten haben. Das sind Nadeschda und Erich Schrader.«

Bevor der Kommissar etwas sagen konnte, blaffte Erich Schrader: »Sie sind das?«

Nadeschda Schrader griff nach dem Arm ihres Mannes. Der sah nämlich aus, als wolle er dem Kommissar gleich an den Hals springen.

Helen war sprachlos. Sandhofen aber auch. »Kennen wir uns?«, fragte er nach einem Zögern und zog dabei seine Lippe nach oben, was den angeekelten Gesichtsausdruck noch verstärkte.

»Sie hätten sie suchen müssen …« Schraders Stimme brach.

»Erich … nicht!«

»Ich weiß nicht, wovon Sie sprechen. Können wir zum Wesentlichen kommen? Jemand von der KTU wird gleich hier sein. Wo bleiben die denn?« Sandhofen griff zum Telefonhörer.

Helen versuchte, von Nadeschda Schrader zu erfahren, was hier los war. Sie berührte sie an der Schulter und deutete mit einer Augenbewegung zu Sandhofen. Frau Schrader kam näher und flüsterte ihr zu: »Das ist der Kommissar, der damals unsere Vermisstenanzeige bearbeitet hat.«

Das erklärte Erich Schraders Reaktion. Und die von Sandhofen. Das erklärte auch, warum er die Vermisstenakte bisher nicht mit der Ermittlung verbunden hatte. Dieser scheinheilige Mensch. Er wollte nicht, dass seine damaligen Fehler wieder an die Oberfläche gewaschen wurden. Denn dass er damals den Vermisstenfall falsch beurteilt hatte, stand ja jetzt außer Frage. Das war kein Fall von weggelaufenem Teenager gewesen. Das war durch Natalies Tod offensichtlich geworden. Helen hätte beinahe selbst Lust, es Erich Schrader gleichzutun und Sandhofen an den Hals zu springen. Sie würde gar nicht so weit gehen wollen, ihm vorzuwerfen, dass er von Anfang an die Verbindung gesehen und außer acht gelassen hatte. Aber spätestens seit er die Vermisstenakte hinzugezogen hatte, musste er sich erinnert haben. Er hatte eindeutig die Sache zu vertuschen versucht und die Ermittlungen behindert, zumindest verzögert, indem er die Staatsanwaltschaft nicht informiert hatte.

Sandhofen selbst ging darüber hinweg und telefonierte. »Ja, wir warten. Und ich habe nicht viel Geduld. Gut.« Er legte auf. »So, meine Damen und Herren. Die KTU wird gleich da sein. Dann können wir die Sache hinter uns bringen.«

Helen würde nicht lockerlassen. Jetzt hatte sie etwas gegen ihn in der Hand. Nun musste er in die Ermittlungen einsteigen. »Was ist mit der Vermisstenakte Natalie Schrader? Konnten Sie sie inzwischen lesen?«

»Jaja. Hier ist sie.« Er deutete auf die Akte vor sich auf dem Schreibtisch.

Helen zweifelte, dass es sich bei dem einfachen grauen Schnellhefter, auf dem seine Hand ruhte, um die besagte Akte handelte. »Ich habe inzwischen selbst Ermittlungen angestellt. Und rate Ihnen dringend an, dieser Spur ebenso nachzugehen. Wenn sie jetzt nicht ins Leere geht. Nach zwanzig Jahren.«

»Wovon reden Sie?«

»Von der Zeugenaussage eines Herrn Markus Zellner.«

»Sagt mir nichts.«

»Sollte es aber. Er hat damals beobachtet, dass Natalie Schrader am Tag ihres Verschwindens in einen Lkw eingestiegen ist.«

»Und?«

»Ich konnte zwischenzeitlich feststellen, welcher Spedition dieser Lkw angehörte. Und habe eine Namensliste der damals dort beschäftigten Fahrer.« Sie zog einen Ausdruck aus ihrer Handtasche. »Einer von diesen muss derjenige sein, der Natalie mitgenommen hat.«

»Na und, sie ist also per Anhalter gefahren. Das bestätigt doch nur meine Vermutung, dass sie freiwillig verschwunden ist.«

»Das ist nicht Ihr Ernst. Selbst wenn es so wäre – dann wäre Zellner zumindest ein wichtiger Zeuge. Ich stelle Ihnen die Liste gerne zur Verfügung. Die Fahrer sollten befragt werden.«

»Ich bitte darum. Machen Sie aber keine weiteren Alleingänge! Das ist Aufgabe der Polizei.«

»Dann kümmern Sie sich auch darum.«

»Das werde ich, sobald der DNA-Test bewiesen hat, dass es sich bei unserer Jane Doe – oder, für Laien ausgedrückt, bei unserer Frau Mustermann – um ebenjene Natalie Schrader handelt.«

»Sie sprechen von meiner Tochter!« Erich Schrader hatte sich nach dem anfänglichen Ausbruch zurückgehalten. Bis jetzt jedenfalls. »Nennen Sie sie nicht so!«

Sandhofen verzog nur seinen Mundwinkel.

»Sie zweifeln nicht immer noch daran?« Helens Stimme glitt in die Höhe, wie immer, wenn sie fassungslos war. Sie riss sich jedoch zusammen. So käme sie bei Sandhofen nicht weiter. Sie musste ihn mit Fakten unter Druck setzen, und mit der Presse. »Sie können nicht weitere Zeit unnütz verstreichen lassen. Sonst muss ich noch einen Aufruf an die Öffentlichkeit machen.«

Der Kommissar setzte zu einer Erwiderung an. In diesem Moment klopfte es an der Tür, und ein Polizeibeamter kam herein. Er trug zwei Röhrchen bei sich. Nacheinander nahm er Speichelproben von Herrn und Frau Schrader. Helen atmete durch. Der Mann war zum richtigen Zeitpunkt gekommen.

»Wie lange wird es dauern, bis das Ergebnis da ist?«, fragte sie.

Sandhofen zuckte mit den Schultern. »Wenn wir Glück haben, eine Woche. Kommt darauf an, wie viel das Labor zu tun hat.«

Helen blickte zu ihm und wünschte sich, sie hätte ihm gerade nicht mit erneuter Presse gedroht. »Können Sie das nicht mit einer Priorität versehen?«

Jetzt bekam er wieder Oberwasser, sein Gesicht sprach Bände, und Helen fühlte ihm gegenüber dieselbe Abscheu, die sein Ausdruck ihr vermittelte. »Eine Woche wäre schon schnell. Mal sehen, was ich tun kann.« Er lehnte sich in seinen Stuhl, die Arme vor die Brust verschränkt, und wippte langsam vor und zurück.

Der Beamte von der Spurensicherung verschwand wieder, und Helen versuchte eine andere Herangehensweise. »Eine Woche. Zeit, die Sie schon nutzen können, um die Fahrer zu befragen.«

»Schon gut, schon gut. Geben Sie mir die Liste, und ich werde sehen, was ich tun kann.«

»Danke.« Das auszusprechen, fiel Helen schwer, aber um der Sache willen schluckte sie ihren Ärger herunter und reichte ihm das Papier.

»Sehen Sie, es geht doch.« Sandhofen lächelte glatt.

Nadeschda Schrader legte beruhigend die Hand auf den Arm ihres Mannes. »Komm, Erich. Wir können hier nichts mehr ausrichten. Wir warten draußen auf Sie, Frau Freitag.«

Die beiden verließen das Zimmer. Helen hatte noch eine Frage: »Konnten Sie schon etwas an dem Kreuz feststellen?«

»Sie sind eine sehr hartnäckige Person, wissen Sie das?«

»Das ist mein Job. Machen Sie Ihren?«

»Das lassen Sie mal meine Sorge sein. Und zu Ihrer Frage: Die KTU hat Teilabdrücke von zwei verschiedenen Personen, neben denen der Toten, feststellen können. Wir lassen die gerade durchs System laufen.«

Helen nickte. »Schicken Sie mir die Ergebnisse, wenn Sie etwas finden?«

»Ich werde veranlassen, dass die Staatsanwaltschaft Ihnen einen ergänzten Aktenauszug zusendet, sobald die Ergebnisse da sind. Zufrieden?«

»Noch nicht ganz. Ich muss Einsicht in diese Vermisstenakte bekommen.« Helen deutete demonstrativ auf die Unterlagen auf seinem Schreibtisch. Täuschte sie sich oder verfärbte sich sein Gesicht ein wenig mehr ins Rötliche? »Und informieren Sie mich, sobald ein Ergebnis des DNA-Tests vorliegt.«

»Jaja.« Er lehnte sich wieder zurück und machte eine wedelnde Handbewegung, so als wolle er sie hinauskehren.

Kopfschüttelnd kehrte sie ihm den Rücken, um zu den Eheleuten Schrader aufzuschließen. Sie hatte alles in die Wege geleitet. Nun lag es an Sandhofen, seine Hausaufgaben zu machen. Aber sie würde nicht lockerlassen, würde den Druck auf ihn verstärken. Und wenn sie dazu jeden Einzelnen auf der Fahrerliste selbst befragen müsste.

21. Kapitel

Ein riesiger Turm von Akten lag auf ihrem Schreibtisch. Obwohl Marie schon seit neun Uhr in der Früh den Stapel abarbeitete, Diktat für Diktat, Verfügung für Verfügung, wurde er einfach nicht kleiner. Trotz der ganzen Arbeit lugte sie immer wieder zur anderen Seite ihres Schreibtisches: die Schrader-Akte, inzwischen schon zu einem Ordner angewachsen. Und wenn sie mit ihrem Gefühl richtiglag, wenn ihre Anfälle für irgendetwas gut sein sollten, dann konnte sie auf diesen Seiten dort nicht nur etwas über die tote Frau erfahren, sondern auch über sich selbst.

Natalie Schrader. Natalie Schrader. Sie ließ den Namen immer wieder über ihre Zunge gleiten, durch ihren Kopf fließen. Aber der Name weckte keine Erinnerung. Nur die Bilder der Frau taten das. Die Fotos der toten Frau hatten die Erinnerung entzündet; mit den Fotos der jungen Frau, die die Mandanten Frau Freitag übergeben hatten und die sich jetzt in diesem Ordner befanden, wurde die Erinnerung konkreter, vertrauter. Fast war es, als würde sie in den Spiegel sehen. Ihr eigenes Gesicht war voller und gröber, trotzdem hatte sie das Gefühl, in den Boden versinken zu müssen, wenn sie irgendwer nur anblickte. So offensichtlich erschien ihr die Ähnlichkeit. Schon deshalb war sie fest davon überzeugt, dass die Tote Natalie Schrader war. Sie war drauf und dran gewesen, es Frau Freitag zu erzählen, aber sie konnte nicht. Sie wollte ihre Stelle nicht wieder verlieren. Denn wer würde schon einer, die unter Wahnvorstellungen litt, die Wirklichkeit von Traum nicht unterscheiden konnte, die wirres Zeug redete, als Auszubildende anstellen? Denn das musste man doch von ihr denken. Das, was ohnehin immer alle von ihr gedacht hatten. Die ist ja nicht ganz richtig im Kopf. Dumm wie Brot. Aber mit dieser Stelle war sie so nah dran, mehr über die Tote zu erfahren, die sie bis in ihre Träume verfolgt hatte, mehr über die Tote – und mehr über sich.

Sie zuckte zusammen, als das Telefon klingelte. »Kanzlei Freitag & Vettweiss, Marie Glücklich am Apparat.« Der Begrüßungsspruch war ihr schon so in Fleisch und Blut übergegangen, dass sie sich zusammennehmen musste, ihn nicht auch zu sagen, wenn ihr eigenes Handy klingelte.

»Marie, ich bin es, Friederike Vettweiss. Wollte nur hören, wie es in der Kanzlei aussieht. Viel zu tun?«

»Na ja.« Sie wollte ja jetzt nicht klagen. Auch nicht vor Friederike Vettweiss.

»Sagen Sie schon, ich weiß, wie viel Arbeit sich da regelmäßig auftürmt.«

»Die Telefonate halten sich heute in Grenzen. Nur der Berg Akten auf meinem Schreibtisch wird nicht kleiner. Aber ich komme klar. Machen Sie sich keine Sorgen. Wie geht es denn Ihrem Sohn?«

»Es geht ihm besser. Zumindest körperlich. Er kommt für ein paar Wochen in eine Klinik. Das gefällt ihm nicht.«

»Kann ich mir vorstellen. Haben meine Eltern mit mir auch mal versucht. Aber dann ... Sie sind ja nicht meine richtigen Eltern.« Marie biss sich auf die Lippen.

»Wirklich? Das müssen Sie mir aber mal erzählen. Sind Sie etwa adoptiert?«

Es war ja nichts Schlimmes dabei. Außerdem wusste Frau Vettweiss nicht, dass sie das selbst erst gerade erfahren hatte. Sie würde es herunterspielen. »Ja, schon. Ist aber keine große Sache.«

»Aber schon interessant. Da würde ich gerne noch einmal mit Ihnen drüber sprechen. Und vielleicht können Sie mir ja sogar mit Theo ein paar Tipps geben. Es ist so schwer für mich, seine Gefühle nachzuvollziehen.«

»Weiß nicht. Jeder ist anders.«

»Ja, das stimmt wohl. Trotzdem.«

Da hatte sie sich wieder etwas eingebrockt. Wieso konnte sie ihren Mund nicht halten? Friederike Vettweiss hakte zum Glück jetzt nicht weiter nach. »Na schön. Ich wollte nur sagen, dass ich morgen wieder da bin.«

»Das ist gut.«

»Richten Sie es bitte Frau Freitag aus?«

»Ja, natürlich. Dann bis morgen.«

Nach einer Weile hatte sich Marie in die Akten eingefunden, und die dringenden Fristen wären bald abgearbeitet. Dann könnte sie an der Schrader-Sache weiterarbeiten. Frau Freitag hatte ihr die Liste der Fahrer von dieser Speditionsfirma zur Bearbeitung gegeben. Marie hatte sämtliche Namen und Adressen in die Datenbank der Kanzlei eingegeben. Einer von diesen Männern hatte damals wahrscheinlich Natalie Schrader mitgenommen. Was war danach aus ihr geworden? Sie war damals so alt gewesen wie Marie jetzt. Etwas jünger sogar. Und wieso war sie umgebracht worden, nach so langer Zeit? Und wenn Natalie ihre leibliche Mutter war – wovon sie ausging –, wieso waren sie getrennt worden? Und wer war ihr Vater?

Am Nachmittag war Marie mit der Hälfte der achtzehn Namen umfassenden Liste durch. Es handelte sich um diejenigen Fahrer der Spedition Heinrich, die zu der Zeit von Natalies Verschwinden dort gearbeitet hatten, heute aber nicht mehr dort tätig waren und von denen Frau Freitag über die Firma somit keine aktuellen Adressen oder Familienverhältnisse erhalten konnte. Nur wenige von diesen wohnten noch unter der früheren Adresse, bei manchen war es leicht, an die aktuelle Anschrift zu gelangen. Ein Blick ins Telefonbuch hatte gereicht. Bei anderen hatte sie Auskünfte der Einwohnermeldeämter einholen müssen. Zu drei Männern hatte sie überhaupt keine Informationen gefunden. Die Einwohnermeldeamtsauskünfte brachten kein Ergebnis. Und auch im Netz hatte sie keinen von den Namen finden können.

Marie druckte die überarbeitete Liste mit den kompletten Informationen gerade aus, als Rechtsanwältin Freitag zurückkam. Sie brachte die Eheleute Schrader mit. Ein älteres Ehepaar, er hatte eine Glatze, und die Frau war fast so klein wie Rechtsanwältin Freitag. Ein merkwürdiges Gefühl erfasste Marie. Wenn Natalie ihre leibliche Mutter war, dann wären die Eheleute Schrader …

Marie verkroch sich hinter einer Akte, die sie halb vor ihr Gesicht hielt, und vermied es, die Eingetretenen anzusehen. Helen Freitag führte sie zum Glück direkt in ihr Büro, kam nur selbst kurz zu ihr und fragte nach den Vorkommnissen während ihrer Abwesenheit.

»Frau Vettweiss hat angerufen. Sie kommt morgen wieder her.«

»Das sind ja gute Neuigkeiten.«

»Und ich habe die Namensliste fertig. Bis auf drei habe ich alle Adressen herausgefunden.« Marie reichte ihr die Liste.

»Danke. Tolle Arbeit.« Helen warf einen Blick auf die Liste und nickte anerkennend.

»Die drei, von denen ich nichts herausgefunden habe, sind grün markiert.«

»Brümmer, Scholz und Koszinski. Okay. Die überarbeitete Liste maile ich an die Polizei. Vielleicht finden die etwas über die drei heraus. Die haben ja andere Möglichkeiten. Ich hoffe nur, wir bekommen dann auch die Ergebnisse mitgeteilt.«

Marie nickte. »Ich forsche weiter. Ich könnte mal bei Facebook gucken, ob ich da etwas finde.«

»Ja, hört sich gut an. Versuchen Sie es. Und bringen Sie uns einen Kaffee, bitte.«

Marie fuhr den PC herunter und räumte schnell ihren Platz auf, während der Kaffee lief. Dann klopfte sie und trug das Tablett mit den drei vollen Tassen hinein.

»Stellen Sie es hier auf den Tisch.« Ihre Chefin schob die Akte beiseite, sodass Marie das Tablett mitten auf den Tisch stellen konnte. Als sie es abgesetzt hatte, traf sich ihr Blick kurz mit dem von Nadeschda Schrader. Die hatte die Augen weit aufgerissen und starrte Marie an.

Maries Knie wurden weich. Schnell wandte sie sich von der Frau ab, suchte den Blick von Rechtsanwältin Freitag, die Erich Schrader irgendetwas wegen eines Juweliers und eines Kreuzes fragte. Warum schaute sie denn nicht herüber?

»Kann ich dann gehen?« Ihre Stimme war nicht mehr als ein Flüstern. Sie musste hier raus. So schnell wie möglich. Marie spürte den Blick von Frau Schrader fast körperlich, obwohl sie ihr den Rücken zugewandt hatte. Ihre Augen brannten. Sie verdrängte den Gedanken, wer da womöglich gerade am Tisch saß. Zu früh, zu schnell. Dazu war sie noch nicht bereit. Helen Freitag, die nichts von ihrem inneren Kampf mitzubekommen schien, obwohl die Luft zwischen ihr und Nadeschda Schrader laut knisterte, erbarmte sich endlich. »Ja, danke, Marie. Bis morgen.«

Marie schlich aus dem Büro, ihre Füße waren plötzlich so schwer. Warum ging das nicht schneller? Als sie die Tür endlich hinter sich schloss, lehnte sie sich mit dem Rücken dagegen, atmete tief durch und wartete eine Weile, bis sich ihr Herzschlag normalisiert hatte. Dann schnappte sie sich ihren Rucksack, setzte die Kopfhörer auf und floh aus der Kanzlei.

22. Kapitel

Die Dämmerung hatte sich über das Büro gelegt. Der Monitor als einzige Lichtquelle flackerte in der dunklen Umgebung. Helen starrte auf die E-Mail, die sie geschrieben hatte. Der Cursor schwebte über der »Senden«-Schaltfläche. Sie zögerte. Stand erst einmal auf und schaltete das Licht ein. Machte sich noch einen Kaffee. Seit die Eheleute Schrader gegangen waren, bereits ihr dritter. Während die Maschine brummte, das nachlaufende Wasser gurgelte, dachte sie an das Gespräch mit ihren Mandanten zurück. Sie hatte ihnen von den Fingerabdrücken auf dem Kreuz erzählt und dass es sich um Spuren von zwei verschiedenen Personen handelte. Erich Schrader fragte, ob das hieße, dass es zwei Täter gab. Das könne momentan niemand sagen, hatte sie geantwortet. Obwohl sie zu wissen glaubte, wer eine der Personen war, deren Abdrücke sich auf dem Kettenanhänger befanden. Anonymus. Und die weiteren Spuren mussten demnach vom Täter sein. Zeuge und Täter. Oder doch zwei Täter? Nein, das machte keinen Sinn. Die Kampfspuren, die tödliche Wunde. All das deutete doch auf einen Täter hin. Und sie und Rabe hatten das Kreuz nur mit Taschentuch und Schutzhülle angerührt. Oder hatte der Mann am Glascontainer das Kreuz berührt und nicht nur die Kette?

Sie sollte die E-Mail einfach losschicken. Nur so hatte sie eine Chance, es zu erfahren.

Helen nahm die volle Kaffeetasse, sog den aus ihr aufsteigenden Duft ein und ging zurück an den Schreibtisch. Starrte erneut auf den Monitor, wischte mit einer Bewegung mit der Maus den Bildschirmschoner fort. Las zum wiederholten Male, was sie geschrieben hatte.

»An Anonymus. Ich habe das gefunden, was Sie mir dagelassen haben. Danke für die Hilfe. Wenn Sie mehr wissen, melden Sie sich doch noch einmal. Ich habe der Polizei nichts von Ihnen erzählt. Und das werde ich auch nicht. Freitag.«

Unpersönlich. Sie wollte eine gewisse Distanz aufrechterhalten. Helen nahm an, dass ihm das genauso recht war wie ihr. Schon wieder dachte sie von ihm als Mann. Allein dass in seiner Mail alles kleingeschrieben war, deutete auf einen Mann hin. Das taten Männer öfter als Frauen. Gab es dafür eine psychologische Erklärung? Sie wusste es nicht. Sie handelte hier auf einer Ebene, mit der sie sich nicht auskannte. Das machte sie völlig unsicher. Trial and Error. Das war nicht klug. Ein Fehler konnte in diesem Fall tödlich wirken. Sie brachte sich selbst in Gefahr, wenn Anonymus doch der Täter war.

Es war der Gedanke an die Familie Schrader, der sie dazu brachte, Risiken einzugehen. Sie waren tapfer. Sahen sich alles an. Die Ermittlungsakte. Die Obduktionsergebnisse. Die Fotos. Sie sahen nicht fort, sie schauten hin. So schmerzhaft es war. Ihre Mienen blieben ausdruckslos, als sie die Fotos ansahen, jene vom Tatort mit Natalies Leiche. Die eigene Tochter so zu sehen, neben einem Abfallcontainer in einem Gebüsch unter einer Autobahnbrücke. Helen konnte nicht einmal annähernd nachempfinden, was das für Eltern bedeuten musste. Das konnte man wohl nur, wenn man selbst Kinder hatte. Obwohl der Anblick an ihren steinernen Gesichtern abzuprallen schien, lag gleichzeitig eine tiefe Traurigkeit in ihren Augen. Helen wollte diese Traurigkeit mindern, sie wollte helfen, ihnen Klarheit über das Schicksal ihrer Tochter zu verschaffen.

Sie nahm einen Schluck aus der Tasse. Das brachte einen anderen Gedanken zurück. Marie hatte ihnen Kaffee gebracht, als sie mit den Eheleuten Schrader zusammensaß. Ein Bild sprang Helen in den Sinn. Erst jetzt kam ihr das merkwürdig vor. Die Ermittlungsakte lag auf den Seiten des Obduktionsberichts offen. Helen schlug sie zu, weil es ihr pietätlos vorkam, beim Anblick der Fotos Kaffee zu trinken. Schob sie von der Mitte des Tisches fort, um Platz für den Kaffee zu machen. Aber im Augenwinkel war ihr der Gesichtsausdruck von Nadeschda Schrader haften geblieben. Sie hatte ihn in diesem Moment von sich fortgeschoben, brachte ihn mit dem Entsetzen in Verbindung, das die Fotos in ihr ausgelöst haben mussten. Aber so war es nicht gewesen. Die Gesichter der Schraders waren Stein gewesen, regungslos beim Betrachten der Fotos. Etwas anderes hatte Nadeschda Schraders Miene so in Aufruhr versetzt.

Die Eheleute Schrader waren damals und heute von der Polizei hängen gelassen worden. Helen wollte ihnen beweisen, dass das Rechtssystem, dessen Teil sie war, funktionierte, trotz solcher Kommissare wie Sandhofen. Sie wusste, wie es sich auswirken konnte, wenn ein Rad im System nicht funktionierte. So war es auch bei Dane gewesen. Ein Rädchen hatte geklemmt, sich nicht gedreht, sodass sie auf die Annahme verfallen war, Dane, ihr sanfter irischer Freund, hätte etwas mit dem Verschwinden seines kleinen Halbbruders zu tun gehabt. Um an das Erbe des Vaters heranzukommen, um einen Miterben loszuwerden. Alle Zusicherungen von ihrer Seite, dass Dane daran nichts lag, dass Dane den Lohn seiner eigenen Hände Arbeit schätzte und niemals etwas geschenkt bekommen wollte, dass ihm Besitz an sich nichts bedeute, konnten es nicht ändern. Das eine Rädchen war starr geblieben, ließ sich nicht dazu bewegen, an eine andere Lösung zu denken. Und so war das ganze System lahmgelegt gewesen. Es gab nur diese Annahme, alle Aufmerksamkeit richtete sich auf ihren Freund. Nacheinander fielen alle, die an ihn geglaubt hatten, von ihm ab. Die Polizei, die Presse, seine eigene Mutter, sogar Helen hatte Zweifel bekommen. Was ihn schließlich gebrochen hatte, wusste sie nicht, würde sie nie wissen. Aber es musste möglich sein, solch ein klemmendes Rad zu lösen, zu ölen, damit das Rechtssystem wieder ans Laufen kam. Dafür würde sie kämpfen. Dafür lohnte es sich, Gefahren auf sich zu nehmen. Für Natalie Schrader wie für Dane war es zu spät. Für die Eltern von Natalie noch nicht. Sie verdienten, dass jemand für sie kämpfte.

Helen drückte auf »Senden«.

Als ihr Handy klingelte, zuckte sie zusammen. Einen kurzen Moment glaubte sie, er sei es. Anonymus.

Ein Blick auf ihr Display zeigte aber, dass es Voss war. Erleichtert atmete sie aus. Sie schalt sich innerlich. Anonymus kannte ihre Handynummer nicht. »Ja?«

»Voss hier. Habe ich Sie bei etwas unterbrochen?«

»Nein. Wollte gerade nach Hause fahren.«

»Noch in der Kanzlei? So spät?«

»Ja, kommt vor. Warum rufen Sie an?«

»Ich habe noch mal mit Michael Heinrich gesprochen. Ich glaube, ich habe eine heiße Spur. Können wir uns treffen?«

Helen bekam sofort ein schlechtes Gewissen. Sie hatten vereinbart, sich gegenseitig zu informieren, wenn es neue Erkenntnisse gab. Rabe hielt sich daran.

»Ja, in Ordnung. Wo?«

»Im *Pendel*? Dann erzähle ich Ihnen alles.«

Helen warf einen letzten Blick auf den Monitor. Keine neue Eingangsmail. Sie hatte auch nicht damit gerechnet. Es war fraglich, ob ihr geheimnisvoller Informant sich überhaupt noch einmal auf diesem E-Mail-Account einloggte. Möglicherweise würde er ihre Mail niemals lesen.

»Ich bin in zehn Minuten da.« So konnte sie auch ihren Teil der gemeinsamen Abmachung einhalten und ihm von ihrem eigenen Vorstoß berichten. Er würde nicht begeistert sein. Und wenn schon. Er war ja nicht ihre Mutter.

»Ich nehme auch so einen.« Helen deutete auf sein Glas. »Aber den Johnston, bitte.«

»Einen irischen Whisky, alles klar.« Der saloppe Ton im *Pendel* fing Helen an zu gefallen.

»Schlimmer Tag?« Voss war auch dieses Mal zuerst im *Pendel* gewesen. Saß wieder am gleichen Platz auf der Eckbank in der oberen Etage. War er schon hier gewesen, als sie telefoniert hatten?

»Später. Erst sind Sie dran. Was haben Sie erfahren?«

Er erzählte, dass er wie verabredet nochmals mit seinem alten Fußballkollegen Michael Heinrich gesprochen hatte, ob der etwas über die Fahrer, die seinerzeit bei ihm beziehungsweise seinem Vater angestellt gewesen waren, wusste. Ja, Voss hielt sich an seinen Part ihrer Abmachung. Helen versuchte, ihr schlechtes Gewissen mit einem Schluck Whisky hinunterzuschlucken. Und es wirkte. Der würzig-milde Tropfen wärmte sie sanft und hinterließ einen weichen Film auf Gaumen und Zunge.

Sie entspannte sich ein wenig. Sie würde Voss ja gleich einweihen. Sie war es gewohnt, allein zu arbeiten, allein zu entscheiden. So hörte sie erst einmal an, was Voss ihr zu berichten hatte. Er beugte sich nach vorn. Seine Stimme wurde leiser, auch wenn niemand der anderen Gäste so nah bei ihnen saß, dass jemand hätte mithören können. »Die Spedition musste vor ein paar Jahren einen der damaligen Fahrer entlassen. Es gab polizeiliche Ermittlungen gegen ihn. Sie raten nicht, welcher Art.«

Sie tat ihm den Gefallen und fragte nach. »Spannen Sie mich nicht so auf die Folter, Rabe. Welcher Art?«

Er grinste. »Wegen Kindesmissbrauchs wurde er angeklagt. Kam sogar in Untersuchungshaft deshalb. Ist aber am Ende freigesprochen worden.«

»Wie ist sein Name?«

»Jan Brümmer.«

»Das ist einer der drei, dessen Adresse wir nicht herausgefunden haben. Er ist nirgendwo gemeldet.«

»Das passt doch ins Bild.«

Helen überlegte. Nahm einen Schluck Whisky. Es könnte passen. »Wir müssten die damaligen Ermittlungsakten einsehen.«

»Können Sie die bekommen?«, fragte Voss.

»Über Sandhofen wird das ewig dauern.«

»Ich könnte bei meiner Bekannten nachfragen. Sie hat ganz gute Verbindungen zur Staatsanwaltschaft.« Er prostete Helen zu. »Sie geht mit einem der Staatsanwälte aus.«

»Sie haben offensichtlich ein besseres Händchen im Umgang mit den Ermittlungsbehörden.«

»Wie man es nimmt. Sandhofen ist mit Sicherheit nicht gut auf mich zu sprechen. Und bei meiner Quelle habe ich etwas gut, weil ich sie beim Monopoly habe gewinnen lassen.«

Helen legte ihren Kopf schief.

»Ich gestehe. Sie ist meine Schwester.«

Nun war es Helen, die Rabe zuprostete. Und beneidete. Sie sah ihn vor sich und stellte sich den Jungen vor, der an einem Sonntagnachmittag mit seiner Schwester, Vater und Mutter um den Wohnzimmertisch herum saß. Sie spielten Monopoly, lachten, waren eine ganz normale Familie.

»Und was haben Sie auf dem Herzen?«, fragte Rabe unvermittelt.

Helen schluckte. »Wie kommen Sie darauf, dass ich etwas auf dem Herzen habe?«

»Ich wäre ein schlechter Journalist, wenn ich es nicht täte. Wir Paparazzi können gut beobachten.«

»Ist das so offensichtlich, dass ich was auf dem Herzen habe?«

Er zuckte entschuldigend mit den Schultern.

»Also gut. Ich wollte Sie auch schon anrufen. Aber Sie sind mir zuvorgekommen.«

»Machen Sie es nicht so spannend, Helen.«

»Ich habe ihm geschrieben.«

»Sie sprechen in Rätseln, Gnädigste.« Rabe nahm einen Schluck Whisky.

»Ich habe auf Anonymus' E-Mail geantwortet.«

Er verschluckte sich und musste husten. »Sie haben was? Sind Sie von allen guten Geistern verlassen?«

»Ich hätte es vorher mit Ihnen besprechen sollen. Es tut mir leid.«

Voss wischte sich über das Gesicht, presste Zeigefinger und Daumen in die Augenwinkel und verharrte einen Moment so. Dann blickte er zu ihr. Und sie wünschte sich, es würde nicht das Bedürfnis in ihr hervorrufen, sich vor ihm zu verstecken, diese hässlichen Furchen zu verdecken, die sich in ihrem Inneren verbargen. Bei ihm hatte sie das Gefühl, dass diese Furchen sich nach außen kehrten, sodass er offen in ihrem Gesicht lesen konnte. Er blickte sie unverwandt an. »Wann war das?«

Sie räusperte sich. »Eben. Bevor Sie anriefen.«

»Dann kann er es noch nicht gelesen haben.« Er beugte sich vor und langte nach ihren Händen. Helen zuckte zurück. Aber sein Griff war stärker. »Helen. Warum bringen Sie sich so in Gefahr? Ich dachte, wir wären übereingekommen, das hier gemeinsam durchzuziehen.«

Sie ertrug es nicht, fühlte sich eingeengt. Sie zog sich mit einem Ruck von seiner Berührung frei. Bereute es im nächsten Moment. Sie wollte ihn ja gar nicht von sich wegstoßen.

Voss hob seine Hände entschuldigend und griff stattdessen nach dem Glas. »Helen, ich werde nicht schlau aus Ihnen. Helfen Sie mir. Ich mache mir wirklich Sorgen um Sie. Sie wissen doch gar nicht, wer dieser Informant ist.«

»Es tut mir leid. Es ist nur, dass ich das Gefühl habe, nicht weiterzukommen. Diese Familie musste so viel Teilnahmslosigkeit erleben, keiner hat sie ernst genommen. Es muss ihnen Gerechtigkeit widerfahren. Und da es niemand sonst tut, mache ich das. Ich bin gezwungen, alle Möglichkeiten ausschöpfen, und Anonymus ist jemand, der mehr weiß. Ich kann mir nicht leisten, diese Chance nicht zu nutzen.«

»Sie müssen nicht die ganze Welt retten, Helen. Und vor allem müssen Sie das nicht alleine tun.«

»Ich weiß. Es kommt nicht wieder vor. Okay?« Sie sagte es patziger als gewollt.

Er lächelte, aber das Lächeln erreichte nicht seine Augen. »Ja. Sicher.«

Sie konnte die Situation nicht mehr retten. Sie hatte ihn enttäuscht. Wütend über sich selbst, fühlte sie, wie ihre Augen wässrig wurden. Oh nein! Sie würde nicht so weit sinken! Sie versuchte, die hochsteigende Wut mit dem restlichen Whisky herunterzuschlucken. Legte den Schalter um. Darin war sie doch gut. Warum boten sie eigentlich im Jurastudium keinen Schauspielunterricht an?

»Sie sind der Erste, der es erfährt, wenn er sich bei mir meldet.«

»Na, dann lassen Sie uns hoffen, dass er sich per E-Mail meldet.«

»Wie meinen Sie das?«

»Ihnen ist schon klar, dass er uns beobachtet haben muss, als wir am Tatort waren? Er hat die Kette an den Container gehängt, während wir da waren. Wer weiß denn, ob er uns nicht gefolgt ist?«

Helen wurde heiß. Nein, daran hatte sie nicht gedacht. Die Distanz der E-Mail hatte ihr ein sicheres Gefühl vermittelt. Was konnte schon passieren, wenn Informationen über das Netz ausgetauscht wurden? Unpersönlich und sicher. Wenn man eine gute Firewall hatte, bestand nicht einmal die Gefahr, sich einen Virus einzufangen.

»Aber warum sollte er das? Er wollte mir doch helfen, indem er die Informationen und die Kette übermittelt hatte. Er ist bestimmt nicht der Täter.«

»Und wenn doch, Helen? Wir waren uns doch einig, dass er möglicherweise Täterwissen hat. Und wenn es ihm nicht gefallen hat, dass Sie nicht allein zum Tatort gegangen sind, sondern Begleitung hatten?«

»Sie machen mir Angst.«

»Gut, Helen. Gut. Endlich scheine ich zu Ihnen durchzudringen. Den Panzer, den Sie da um sich aufgebaut haben, der schützt Sie vielleicht vor seelischen Wunden. Nicht aber gegen ein Messer. Von mir, Helen, droht Ihnen keine Gefahr. Sie müssen mir vertrauen. Und wenn nicht mir, dann irgendjemand anderem.«

Sie schlug die Hände vors Gesicht, fuhr sich von da aus durch die Haare und blickte ihn an. »Einen schönen Mist habe ich mir da eingebrockt!«

»Jetzt beruhigen Sie sich erst mal.«

Er bestellte noch zwei Whisky. Bis die Getränke kamen, saßen sie sich schweigend gegenüber.

»Ich denke nicht, dass er die Nachricht überhaupt schon gelesen hat. Aber Sie sollten zumindest nachts nicht allein unterwegs sein. Wie kommen Sie nach Hause? Wohnen Sie allein?«

Helen riss die Augen auf. Senkte sie direkt wieder. Sie musste dieses Misstrauen Voss gegenüber endlich ablegen. Sie blickte auf das zweite Glas Whisky in ihrer Hand. »Ich wollte die Bahn nehmen.«

»Fahren Sie lieber mit dem Taxi, okay? Ich begleite Sie zum Taxistand und warte, bis Sie eingestiegen sind. Und dann machen wir so weiter, wie wir gesagt haben. Ich werde versuchen, an diese Akte von Brümmer heranzukommen. Sobald Sie Neuigkeiten von Sandhofen bekommen, das Ergebnis des DNA-Tests vorliegt oder die Fingerabdrücke auf dem Kreuz etwas ergeben haben, informieren Sie mich.«

Helen nickte.

Er brachte sie zum Taxi. Die Bonner Nacht war mild. Helen spürte durch ihre Sandalen die in der Pflasterung gespeicherte Wärme des Tages. Es machte sie schläfrig. Voss legte ihr die Hand auf die Schulter, bevor sie ins Taxi stieg. Seine Hand war warm. Auch er war freigiebig damit, seine Wärme an sie abzugeben, wie die Pflasterung. Ein wenig brach der Eispanzer um sie herum auf.

»Und … Helen?«

»Ja?« Sie blickte ihn an.

»Sie können mich auf dem Handy erreichen. Tag und Nacht. Wenn Ihnen irgendetwas komisch vorkommt, egal was. Rufen Sie mich an, ja?«

Sie nickte. »Danke.«

Diesmal erreichte das Lächeln seine Augen.

23. Kapitel

Am nächsten Morgen klopfte es an ihrer Wohnungstür. Helen wartete im Bademantel gekleidet in der Küche darauf, dass der Kaffee durchlief. Sie zog den Mantel enger um sich. Bevor sie sich Gedanken machen konnte, wer dort stand, ertönte ein erneutes Klopfen in Verbindung mit der Stimme ihrer Mutter. »Leni? Bist du da?«

Bitte jetzt keine Vorwürfe. Seit dem Wochenende und ihrem Nicht-Erscheinen beim Firmenfest war Helen ihrer Mutter aus dem Weg gegangen. Missmutig öffnete sie die Tür. »Mama, was ist los? Warum kommst du nicht einfach rein, wie immer?«

»Du hast mir durchaus zu verstehen gegeben, dass du deine Privatsphäre gewahrt haben willst.«

Helen verdrehte die Augen und lief zurück in die Küche. »Also, was willst du? Ich muss gleich in die Kanzlei. Bin schon spät dran.«

»Ich wollte dich nur kurz sehen.«

Helen hatte Vorwürfe erwartet, dass sie sich nicht gemeldet hatte, dass sie nicht zum Firmenfest gekommen war. So kleinlaut war Ruth Freitag dagegen selten. Helen machte ihre Mutter gerne für ihre eigenen Miseren verantwortlich, ohne ihr das je von Angesicht zu Angesicht vorzuwerfen. Es war eine Art von Selbstschutz, um die Verantwortung für ihr Leben von sich zu weisen. Es war einfach, aber ungerecht. Das wusste sie. Ruth machte es ihr aber auch leicht, sie von sich zu weisen. Ihre Mutter engte sie ein, bedrängte sie ständig mit Fragen. Wenn Helen dann entsprechend abweisend reagierte, brauste ihre Mutter schon mal auf, war aber nie lange eingeschnappt. Es war wie ein Ritual zwischen ihnen. Ein Schlagabtausch, den sie beide zu brauchen schienen. Denn Ruth ließ sich gerne die Last der Welt aufladen. Nicht nur von ihrer Tochter, auch von ihrem Chef. Aber nie, ohne sich gleichzeitig lauthals darüber zu beschweren. Was Helen nicht von ihrer Mutter kannte, war diese Zurückhaltung jetzt. Als ob sie sich in ihr Schicksal ergab. Plötzlich bekam Helen Angst um sie. »Mama, bist du krank?«

»Ach, Unsinn. Ich habe nur eingesehen, dass ich dich nicht zu deinem Glück zwingen kann. Und ich wollte nur kurz nach dir sehen. Du antwortest mir nicht auf meine Nachrichten, und gestern bist du mit dem Taxi nach Hause gekommen. Das ist nicht deine Art. Ich mache mir Sorgen um dich.«

»Mir geht es gut, Mama. Ich habe nur viel Arbeit.«

»Du musst aber auch mal an dich denken, Kind. Nicht immer nur an die anderen.«

»Mama!« Jetzt fing ihre Mutter auch noch damit an, so wie Rabe gestern.

»Schon gut, schon gut. Willst du denn heute Abend zum Essen herunterkommen?«

An dieser Front konnte sie jetzt nicht auch noch kämpfen. »Danke, Mama. Aber ich muss lange arbeiten und bin dann zum Golfen verabredet. Dann esse ich etwas im Club.«

»Na schön. Wie du willst. Ich meine es nur gut.«

Helen leerte ihren Kaffee. »Ich muss mich jetzt fertig machen.«

»Ist wirklich alles in Ordnung, Leni?«

»Ja, doch.« Das stimmte nicht. Voss hatte ihr Angst gemacht mit seiner Warnung, Anonymus nicht auf die leichte Schulter zu nehmen. Sofort nach dem Aufwachen heute Morgen hatte sie ihr E-Mail-Postfach gecheckt. Aber es gab keine neue Nachricht. Und gestern Abend hatte sie lange gebraucht, um einzuschlafen. Ihre Gedanken kreisten um den Fall. Um die Familie Schrader, um Anonymus und um Rabe. Auch Marie Glücklich drängte sich immer wieder in den Vordergrund. Es gab etwas Wichtiges, das sie ihre neue Auszubildende fragen wollte. Aber sie konnte es nicht greifen. Irgendwann war sie dann eingeschlafen. Aber der Schlaf war nicht erholsam gewesen. Am Morgen war sie nass geschwitzt aufgewacht. Sie hatte von einem Raben geträumt, der sie von einem Baum aus durch das Fenster in ihrem Bett liegend angeblickt hatte. Aber sie hatte sich nicht sicher bewacht gefühlt, sondern beobachtet, bedrängt. Also, natürlich war nicht alles in Ordnung. Aber ihre Mutter war die letzte Person, der sie sich in diesem Fall anvertrauen wollte oder konnte.

In der Kanzlei erwartete sie Friederike Vettweiss an ihrem Arbeitsplatz sitzend. Der gewohnte Anblick tat Helen gut, auch wenn die Freundin blass und übernächtigt wirkte, was ja nur allzu verständlich war. Dennoch hoffte Helen, dass sich mit Friederike die Arbeit wieder ein wenig normalisieren würde. »Frieda! Du hast uns gefehlt. Nicht wahr, Marie?«

Das Mädchen nickte nur. In ihrer Miene spiegelte sich keine Zustimmung. Es war wohl doch nicht alles im Lot. Kurz blitzte eine Erinnerung auf, war aber sofort wieder verschwunden.

Helen winkte Friederike, mit in die Küche zu kommen. Während sie Kaffee durchlaufen ließ, berichtete Friederike erst einmal von Theo. Sie hatten ihn für einen Monat in die LVR-Klinik eingewiesen. Dort gab es ein hervorragendes Jugendhaus. Helen hatte den Vorschlag gemacht. Eine ihrer Mandantinnen war dort schon einmal untergekommen, als deren Leben nach einem schweren Verkehrsunfall, bei dem es zwei Tote gegeben hatte, völlig aus den Fugen geraten war. Es war so ein Diskotheken-Unfall gewesen. Sie und ihre Freundinnen waren nach einem Discobesuch von einem alkoholisierten Bekannten mitgenommen worden. Ohne Fremdbeteiligung überschlug sich das Auto in einer Kurve und prallte gegen eine Hauswand. Der Fahrer und ihre Mandantin überlebten schwer verletzt, zwei der Freundinnen waren bei dem Unfall gestorben. Die Knochenbrüche der Mandantin heilten nach einiger Zeit. Aber psychisch kam sie mit dem Unfall und seinen Folgen nicht klar. Ein Musterfall für Helens Vorlesungen quasi. Depressivität ausgelöst durch ein traumatisches Erlebnis. Die junge Frau konnte die Schule nicht beenden, fand keine Ausbildung. Das Jugendhaus in der LVR-Klinik hatte ihr geholfen, zumindest in ihrem alltäglichen Leben wieder zurechtzukommen. Eine gute

Wahl für Theo also. Helen sprach Friederike daher Mut zu. »Du wirst sehen, nach dem Monat wird es ihm besser gehen.«

»Du hättest sehen müssen, wie er sich dagegen gesträubt hat. So viel Energie hat er in den ganzen Monaten zuvor nicht gezeigt.«

»Auch das ist ein gutes Zeichen. Zumindest darin kenne ich mich etwas aus.«

»Du hättest mal mit ihm sprechen sollen. Dich bei uns blicken lassen können. Vorher. Aber du schlägst ja alle Einladungen aus.«

»Ich bin keine Therapeutin, Frieda.«

»Entschuldige.« Friederike rieb ihre Schläfe. »Aber es ist hart für mich. Ich darf ihn den ganzen Monat nur am Wochenende besuchen. Ich weiß nicht, wie ich das aushalten soll. Und Matthias fehlt mir. Er hat angeboten, die Gastprofessur abzubrechen. Ich hab ihm versichert, dass das nicht nötig ist. Aber es würde mir helfen, wenn du dich nicht auch noch so zurückziehen würdest.«

Hatte Friederike recht? Kapselte sie sich selbst von allen ab? Es stimmte ja schon: Außer der Arbeit gab es nur das Golfspielen für Helen. Und auch dort vermied sie es, zu enge Freundschaften zu ihren Mitspielern aufzubauen. Friederike und Matthias Vettweiss waren ihre einzigen richtigen Freunde. Helen legte den Arm um Friederikes Schulter. »Das wird schon gehen. Und es ist besser so. Die wissen dort, was sie machen.«

Ein Ruf von Marie beendete ihr Gespräch. »Telefon für Sie, Frau Freitag.«

Sie nahm den Anruf in ihrem Büro entgegen. »Freitag.«

»Voss hier. Na, gut geschlafen?«

Helen dachte an ihren Traum vom Raben. Was wollte Voss so schnell wieder von ihr? Kontrollierte er sie? Helen schalt sich, sie wurde langsam hysterisch. »So einigermaßen. War schon mal besser.«

»Vielleicht helfen meine Neuigkeiten. Meine Schwester kann uns die Akten von diesem Brümmer besorgen. Sie kann sie uns aber nicht schicken. Wir könnten sie bei ihr im Büro einsehen. Ist nicht ganz offiziell.«

»Ich hoffe, sie bekommt keine Schwierigkeiten deshalb.«

»Ach was. Wie gesagt, sie kennt einen der Staatsanwälte ziemlich gut.«

Helen sah Rabe quasi vor sich, wie er eine Augenbraue hochzog und sie herausfordernd fixierte. Offenbar vergaß er schnell und war ihr nicht mehr böse. Sie könnte sich eine Scheibe davon abschneiden. Sie selbst war in dieser Beziehung eher der Elefant, der nichts vergisst.

»Also, sollen wir uns heute Mittag im Präsidium treffen? Wir gucken uns die Akte an, und danach könnten wir in die Kantine dort. Die ist ganz erträglich.«

»Hört sich gut an. Was meinen Sie, sollte ich noch einmal bei Sandhofen reinschneien? Ihn an die Vermisstenakte erinnern? Ich habe keine weiteren Informationen von ihm bekommen. Nichts.«

»Hören Sie sich erst einmal an, was mein Schwesterlein weiß. Die Zeitungsartikel und Ihr Fernsehauftritt haben ihn ziemlich unter Druck gesetzt, aber das kann sie Ihnen besser selbst erzählen.«

»Ja, das würde mich interessieren. Also um zwölf Uhr vorm Haupteingang in Ramersdorf?«

Helen hörte, wie Voss im Hintergrund von jemandem angesprochen wurde. Der unwirsche Ton drang bis zu ihr durch, obwohl es sich anhörte, als hielte Voss die Hörermuschel zu. Schien kein freundlicher Umgangston in der Redaktion zu herrschen. Dann war er wieder deutlich zu vernehmen. »Zwölf Uhr geht klar. Bis nachher.«

Gleich darauf war die Verbindung unterbrochen, und Marie stand in der Tür, legte ihr die Postmappe vor. Seit gestern wirkte sie traurig. Wie bei Momo in dem Buch von Michael Ende. Hatten die Zeitdiebe ihr das Lächeln gestohlen?

»Danke, Marie. Sagen Sie, ist alles in Ordnung?«

Das Mädchen, schon wieder auf dem Rückweg ins Sekretariat, drehte sich noch einmal zu ihr um. »Ja klar.«

»Ist nur so ein Gefühl. Sie sagen mir aber, wenn irgendetwas nicht stimmt. Okay?«

Marie nickte. Eine weitere Frage lag Helen auf der Zunge, aber auch jetzt konnte sie sie nicht greifen. Stattdessen erkundigte sie sich nach Maries Nachforschungen bezüglich der Adressen der Heinrich-Fahrer. »Haben Sie über diese drei Fahrer, deren Anschriften unbekannt sind, etwas herausgefunden? Vor allem dieser Jan Brümmer würde mich interessieren. Und setzen Sie sich doch kurz zu mir. Oder sind Sie auf der Flucht?« Es sollte die Stimmung etwas aufbessern. Marie setzte sich zwar zu ihr an den Besprechungstisch, reagierte aber sonst nicht auf die Bemerkung.

»Bei Facebook habe ich von den dreien nur diesen Jakub Koszinski gefunden. Eine genaue Adresse

Fehlanzeige, aber als Wohnort stand da Dresden. Allerdings war der letzte Eintrag von 2014, schon ewig alt.«

»Immerhin. Vielleicht kann die Polizei etwas damit anfangen. Und die beiden anderen haben Sie nicht gefunden?«

»Nein, nicht über Facebook. Da gibt es viele Brümmer und Scholz, aber irgendwie passte das alles nicht, wenn überhaupt etwas angegeben war. Da könnte man Stunden mit verbringen. Meist kann man aber nur an Infos kommen, wenn man auch mit denen befreundet ist.«

Helen nickte. »Dann lassen Sie mal gut sein. Das wird zu aufwendig. Wir müssen eben auf die polizeilichen Ermittlungsergebnisse warten.«

»Glauben Sie denn, dass einer von den Fahrern etwas mit dem Tod der Frau zu tun hat?« Marie blickte auf ihre Finger, die sie in den Schoß gelegt hatte, während sie die Frage stellte.

»Das liegt nahe. Natalie Schrader ist seit dem Tag, an dem sie in einen Lkw von Heinrich gestiegen ist, nicht mehr gesehen worden.«

Jetzt fiel es Helen wieder ein. Der Blick, den Nadeschda Schrader auf Marie geworfen hatte, als diese den Kaffee gebracht hatte. Das war es, was sie die ganze Zeit fragen wollte. Helen hatte nur Nadeschda gesehen, die hatte ihr gegenübergesessen, das Mädchen stand währenddessen hinter oder neben ihr. »Sagen Sie, Marie. Erinnern Sie sich an gestern, als die Eheleute Schrader hier in der Kanzlei waren? Ist Ihnen an Nadeschda Schrader etwas aufgefallen, als Sie den Kaffee gebracht haben?«

Marie blickte auf. »Nein, was soll mir denn aufgefallen sein?«

Ihr Blick strafte sie Lügen. Wie ein verschrecktes Reh, dachte Helen. Aber ehe sie dazu kam nachzufragen, klingelte erneut das Telefon.

»Kann ich dann wieder gehen?«, fragte Marie. »Muss vor Mittag diesen Schriftsatz von gestern fertig machen.«

Helen atmete durch, entließ das Mädchen aber mit einem Nicken. Sie wusste ja selbst, wie es war, mit Fragen bedrängt zu werden. Und sie hatte das Gefühl, dass sie sich dem Mädchen wie bei einem Reh nur langsam nähern durfte, um es nicht zu verschrecken.

Bis zum Mittag lief das Telefon zur Höchstform auf, klingelte ununterbrochen. Helen kam nicht mehr dazu, über Maries Verhalten nachzudenken. Um kurz vor zwölf wollte sie sich auf den Weg zu dem Treffen mit Rabe machen, als sie der Piepton ihres Computers, der den Eingang einer E-Mail ankündigte, zurückhielt. Sie lief zurück zu ihrem Schreibtisch, öffnete das E-Mail-Postfach und erstarrte. Anonymus hatte geantwortet! Mit zitternder Hand bewegte sie die Maus auf den »Öffnen«-Button.

wer war der typ bei ihnen? wenn das ein Bulle war, erfahren sie gar nichts mehr. außerdem gibt es nichts mehr umsonst!

24. Kapitel

Seit Frau Freitag sie heute Morgen auf Nadeschda Schrader angesprochen hatte, war Marie ihrer Chefin aus dem Weg gegangen. Genauso wie sie zu verdrängen versuchte, wem sie da gestern vielleicht gegenübergestanden hatte. Sie hatte gerade erst erfahren, dass sie adoptiert war, dass ihre Eltern nicht ihre Eltern waren. Dass vermutlich Natalie Schrader ihre leibliche Mutter war. Dass ihre leibliche Mutter tot war. Und so musste sie zuerst selbst mehr herausfinden, bevor sie sich dem stellte. Nachdem sie gestern aus der Kanzlei geflohen war, hatte sie sich von zu Hause aus ins Netz versenkt. Hatte nach Natalie Schrader gesucht. Nichts. Das war zu erwarten. Zur Zeit ihres Verschwindens 1996 war das Internet noch nicht allgegenwärtig gewesen. Heute flimmerte alle paar Tage irgendeine Suchanzeige über die Feeds in den sozialen Netzwerken. Von entlaufenen Katzen, zerstreuten Rentnern bis zu verschwundenen Jugendlichen. Heute hängte doch keiner mehr ein Foto an einen Laternenmast. Facebook und Co. waren ja auch viel effektiver. Erreichten mehr Leute, und zwar weltweit. Aber das Foto von Natalie Schrader am Laternenmast von 1996 hinterließ keine Spuren im Netz. Von der ganzen Vermisstensuche von damals tauchte nichts dort auf. Aber auch in der Zeit danach war Natalie Schrader öffentlich verborgen, hatte ein zurückgezogenes Leben ohne viele Kontakte geführt, war nicht Mitglied in einem Sportclub oder einer Laientheatergruppe oder was auch sonst gewesen. Für das Internet war Natalie Schrader schon viel früher gestorben. Nein, sie hatte virtuell niemals gelebt. Insofern war Maries weltweite Suche nicht erfolgreich gewesen. Aber etwas anderes hatte sie herausgefunden.

»Marie? Hallo? Erde an Marie.«

Sie blickte auf. Friederike Vettweiss winkte ihr vom gegenüberliegenden Schreibtisch zu. »Hat Helen so laut diktiert oder träumst du?« Frau Vettweiss hatte ihr heute Morgen das Du angeboten. Sie wäre ja nur ein wenig älter als ihre eigenen Kinder, und es käme ihr komisch vor, sie zu siezen. Marie war es recht. Von ihren Eltern war sie es gewohnt, dass alle Leute sie duzten. »Was? Nein. Ich hab an etwas gedacht. Was ist denn?«

»Ich hatte dich gefragt, ob du auch einen Kaffee möchtest.«

»Ach so. Ja, danke.«

»Ich mache uns einen. Und, Marie?«

»Ja?«

»Ich würde dich gerne etwas fragen. Wegen Theo. Ist das in Ordnung?«

Marie zuckte mit den Schultern. »Okay.«

In diesem Moment öffnete sich die Bürotür, und Helen Freitag spurtete Richtung Ausgang. Friederike rief ihr hinterher. »Helen, darf man erfahren, wohin du gehst?«

»Bin schon zu spät, muss zum Präsidium nach Ramersdorf.«

»Wann bist du ...« Friederike brach den Satz ab, denn die Rechtsanwältin war schon zur Tür hinausgestürmt. Kopfschüttelnd wandte sie sich an Marie. »Uns informiert mal wieder keiner. Und jetzt stehen wir da und wissen nicht, was wir antworten sollen, wenn jemand fragt, wann sie zurück ist.«

Marie hatte die Szene schweigend beobachtet. Vielleicht hatte Friederike ja vergessen, was sie Marie fragen wollte. Sie setzte sich die Kopfhörer wieder auf, um sich den Diktaten zu widmen.

»Um auf meinen Sohn zurückzukommen: Du hast doch neulich erzählt, dass du mal in ein solches Krankenhaus solltest. Magst du mir darüber erzählen? Ich möchte Theo so gerne helfen.«

Was sollte sie darauf antworten? Jeder war doch anders. Und sie war kein Experte, was diese Gemütsschwankungen anging. Sie verstand sich ja selbst nicht in solchen Momenten. Und außerdem wünschte sie, sie hätte so triviale Probleme wie Liebeskummer. Das würde bedeuten, dass sie normal wäre. Plötzlich stiegen ihr Tränen in die Augen.

»Ich weiß nicht. Ich kenne Theo ja gar nicht«, presste sie hervor und versteckte ihr Gesicht hinter dem Monitor.

»Alles in Ordnung, Marie? Ich wollte nicht aufdringlich sein. Bestimmt nicht.«

Friederike Vettweiss stand auf und kam um den Schreibtisch herum auf sie zu. Konnte sie sie nicht einfach in Ruhe lassen?

»Marie? Du weinst ja. Das wollte ich doch nicht. Wenn du nicht darüber sprechen möchtest, verstehe ich das.«

Marie beugte sich zu ihrem Rucksack und holte ein Taschentuch heraus. Warum fing sie jetzt an zu heulen wie ein Schlosshund? Wie peinlich. »Das ist es gar nicht.«

»Möchtest du mir erzählen, was es ist? Ist es wegen der Arbeit? Das war bestimmt alles etwas zu stressig die letzten Tage, so allein hier im Büro und alles neu.«

Marie schüttelte den Kopf. Sie hatte das Bedürfnis, es zu erzählen. Jemandem, der nichts damit zu tun hatte. »Nein, das ist es auch nicht. Die Arbeit macht mir Spaß.«

»Komm, wir gehen mal in die Küche, und dann erzählst du mir, was dich bedrückt. In Ordnung?«

Die kleine Küche der Kanzlei, deren Mittelpunkt der Kaffeevollautomat bildete, war Marie zu einem zweiten Zufluchtsort neben ihrem eigenen Zimmer zu Hause geworden. Allein der Kaffeeduft machte es hier schon gemütlich. Der Raum war klein. Hatte ein Fenster in einen winzigen Innenhof, der mit einer einzelnen Kastanie bestanden war. Spüle, Kühlschrank und ein Tisch mit zwei Stühlen unter dem Fenster. An einer der weißen Wände hing eine alte Wanduhr, die stetig tickte. Sonst nichts. Marie setzte sich, und Friederike ließ Kaffee durchlaufen. Das Telefon im Büro klingelte. Marie wollte schon aufspringen, um es zu bedienen, doch Friederike hielt sie davon ab. »Ich habe den Anrufbeantworter eingeschaltet. Es ist Mittag, und die Mandanten können ruhig mal warten. Und jetzt erzähl, was dir auf dem Herzen liegt.«

Und das tat sie. Natürlich erwähnte sie in keiner Weise ihre Verbindung zum Fall Schrader. Doch es erleichterte sie, einer anderen Person gegenüber auszusprechen, dass sie adoptiert war und dass sie das erst vor zwei Tagen erfahren hatte. Zufällig mitgehört, wie sich ihre Eltern darüber unterhielten, nicht etwa, weil sie es endlich für richtig befunden hätten, ihr aus freien Stücken davon zu erzählen. Das war das Schlimmste. Hatten sie denn nicht gesehen, dass ihr immer etwas gefehlt hatte, etwas von ihrer eigenen Geschichte? Stattdessen wollten sie sie in eine Klinik stecken, weil sie so träge und antriebslos war. Dabei wussten sie doch die ganze Zeit über, was mit ihr nicht stimmte.

Als Marie mit ihrer Erzählung geendet hatte, fühlte sie sich etwas schwach, aber enorm befreit. All das musste einmal aus ihr herauskommen. Jetzt ging es ihr besser. Friederike musste gar nichts dazu sagen, Marie hatte nur mal jemanden gebraucht, der ihr zuhörte. »Danke, Friederike.«

»Schon gut. Und weißt du, du hast mir auch geholfen, Theo ein wenig mehr zu verstehen. Manche Dinge bespricht man besser nicht mit seinen Eltern. Er ist dort gut aufgehoben. Dort kann er sich mal alles von der Seele reden, bei anderen. Und jetzt lass uns mal weiterarbeiten, bevor die Chefin wieder antanzt und nach ihren Schriftsätzen schreit.«

»Friederike, kann ich dich etwas fragen?«

»Ja, sicher.«

»Ich glaube, ich habe da ein paar Dinge herausgefunden zu diesem Fall Schrader, wegen der toten Frau.«

»Ich habe davon nicht so viel mitbekommen. Warum besprichst du es nicht mit Frau Freitag, wenn sie wieder da ist?«

»Ich komme nicht dazu. Sie hat immer etwas anderes. Telefon, Mandanten, und dann ist sie auch schon wieder unterwegs.«

»Du musst dich dazwischendrängen. Wenn du etwas herausgefunden hast, musst du es ihr sagen. Sie mag klare Worte. Du bekommst klare Ansagen von ihr, und genauso erwartet sie das auch von uns. Wenn du aber willst, kann ich ihr sagen, dass du sie sprechen möchtest.«

Marie überlegte. Ihr gefiel ja genau das an Helen Freitag. Sie redete nicht um irgendetwas herum. Ließ nicht wie zufällig die Zeitung mit den Stellenanzeigen aufgeschlagen herumliegen. Sie war eine direkte Person. Damit konnte Marie umgehen. »Nein, ich schaff das schon selbst.«

»Das wird ihr gefallen. Nur Mut.«

25. Kapitel

Voss lief vor dem Polizeipräsidium in Ramersdorf auf und ab. Dort, wo Helen gestern selbst gestanden hatte, um auf die Eheleute Schrader zu warten. Sie war zu spät. Es war nicht mehr so heiß wie am Tag zuvor, trotzdem stach die Sonne an dieser Stelle ohne Schatten genau auf den Wartenden. Rabe trug wieder eine dunkle Jeans und ein schwarzes Shirt. Sein graues Jackett hielt er an einem Finger lässig über den Rücken gehängt. Selbst aus der Entfernung sah man, wie lang er war, im Gegensatz zu ihr. Nicht wie ein Rabe, das Bild eines Reihers kam ihr wieder in den Sinn, und sie verscheuchte es direkt. Rational bleiben, Tiermythologie hilft dir hier nicht weiter, schalt sie sich. Ihre Schritte beschleunigten sich. Voss strahlte Sicherheit aus. Genau das, was sie nach der E-Mail jetzt brauchte. Er änderte seine Richtung, und als er sie kommen sah, hob er kurz die Hand, um sie zu begrüßen.

Helen wartete dieses Mal nicht lange. Ohne Umschweife und ohne eine Begrüßung fiel sie mit der Tür ins Haus. »Er hat sich gemeldet!«

Für einen kurzen Moment schien Rabe überrascht, seine Augenbrauen zogen sich zusammen, bevor sie in die Höhe schnellten und signalisierten, dass er begriff, was sie meinte. »Anonymus? Wann?«

»Gerade eben.« Sie holte ihr Handy aus der Tasche, öffnete die E-Mail und zeigte ihm das Display. Er nahm ihre Hand, mit der sie das Handy hielt, und drehte es so, dass sich das Licht nicht darin spiegelte und er lesen konnte. Helen zuckte vor seiner Berührung nicht zurück, was sie selbst wunderte.

»Er meint mich. Er hat uns beobachtet.« Er sagte das in einem völlig sachlichen Ton. Seine Reaktion war unendlich beruhigend.

»Ja, Sie hatten recht. Ich war dumm. Was mache ich jetzt? Was soll ich ihm antworten? Soll ich ihm antworten?«

Er betrachtete sie von oben, und zu Helens Überraschung lachte er. »Von einem Extrem ins andere. Erst so verschlossen, und nun sprudelt es aus Ihnen heraus. Ich werde nicht schlau aus Ihnen, Helen.«

Helen schluckte. »Sie haben mir Angst gemacht. Glauben Sie, er ist gefährlich?«

Noch einmal nahm er ihre Hand und blickte auf ihr Handy. »Alles, womit er droht, ist ja, dass er nichts mehr sagt. Ich glaube nicht.« Er ließ ihre Hand wieder los. »Aber lassen Sie uns erst mal reingehen. Meine Schwester wartet, und wir haben nachher genug Zeit, um uns Gedanken über die E-Mail zu machen.«

Helen nickte und war fürs Erste erleichtert. Sie wusste nicht, ob darüber, dass Anonymus laut Rabe nicht gefährlich schien, oder darüber, dass Voss ihr offenbar verziehen hatte, dass sie ihn zuvor in ihr Vorhaben nicht mit einbezogen hatte.

Das Büro von Polizeihauptkommissarin Katharina Voss lag im dritten Stock des Präsidiums. Wie Rabe ihr erklärt hatte, arbeitete seine Schwester im Kriminalkommissariat 34, das für Einbruchsdelikte zuständig war. Die nahmen in Bonn und der Region in den letzten Jahren stetig zu, bei immer geringeren Aufklärungsraten. Ein unbefriedigender Job. Sie warteten im Eingangsbereich des Präsidiums auf den Aufzug. Der Kantinengeruch drang Helen in die Nase. Ihr war flau im Magen. Sie war sich nicht sicher, ob sie gleich etwas essen konnte.

Ein Klingelton kündigte das Ankommen des Fahrstuhls an, und die Türen öffneten sich. Drinnen stand die Luft, und Helen merkte, wie sich ein Schweißfilm auf ihrer Oberlippe bildete. Der Fahrstuhl, obwohl relativ geräumig, fühlte sich auf einmal sehr beengt an. Schnell wischte sie die Schweißtröpfchen mit einem Finger fort.

»Sie verstehen sich gut mit Ihrer Schwester.« Es hörte sich an wie eine Feststellung, sollte aber eine Frage sein. Helen reagierte immer so, wenn sie sich beobachtet fühlte. Von sich selbst ablenken und das Gegenüber von sich erzählen lassen. Es funktionierte auch bei Voss. Es funktionierte bei den meisten Leuten. In der Regel erzählten die Menschen gerne von sich.

»Ja, liegt vielleicht daran, dass wir im gleichen Alter sind.« Auf Helens fragenden Blick und unausgesprochene Frage sprach er weiter: »Nein, keine Zwillinge. Sie ist meine Stiefschwester. Meine Eltern haben sich getrennt, da war ich sechs. Meine Mutter hat sich auf einen Selbstfindungstrip begeben.« Er zog die Augenbrauen in die Höhe. »Nach Indien. Ich bin bei meinem

Vater geblieben. Er hat Kathis Mutter kennengelernt. Eine Witwe mit einer Tochter. Das hat sofort gepasst. Mein Vater hat Kathi sogar adoptiert. Im Grunde sind wir wirklich wie Zwillinge.«

Noch bevor sie Katharina Voss kennengelernt hatte, beneidete Helen sie. Ihre Mutter hatte einen neuen Mann geheiratet, Katharina hatte nicht nur ihren Vater ersetzt bekommen, sondern gleich einen Bruder hinzugewonnen.

Der Aufzug blieb stehen und öffnete sich mit demselben Klingeln wie zuvor. Rabe ließ ihr den Vortritt. Das flaue Gefühl in ihrem Magen war stärker geworden.

Katharina Voss sprang von ihrem Schreibtisch auf, als sie das Büro betraten. Im Zimmer gab es einen weiteren Schreibtisch, aber von einem Kollegen oder einer Kollegin war nichts zu sehen, obwohl der Arbeitsplatz nicht unbenutzt aussah. Offene Akten. Eine halb volle Kaffeetasse. Kathi Voss bemerkte ihren Blick. »PK Mommsen habe ich in die Pause geschickt. Das mit der Akte ist nicht so ganz offiziell.« Die Polizistin zog entschuldigend die Schultern hoch und kam dann mit ausgestreckter Hand auf Helen zu. »Sie sind also Dr. Helen Freitag. Ich habe schon viel von Ihnen gehört.« Sie hatte einen festen Händedruck und eine überaus herzliche Ausstrahlung. Ihre langen blonden Haare hatte sie zu einem Zopf geflochten. Dass sie im selben Alter wie Voss war, sah man ihr nicht an. Sie wirkte jünger. Mädchenhaft.

»Danke, dass Sie die Unannehmlichkeiten auf sich genommen haben.«

Katharina winkte ab. »Ach was, keine Unannehmlichkeiten. Erstens mache ich für mein Bruderherz fast alles, und zweitens macht mein Lover für mich fast alles.« Sie sagte es in vollem Ernst, nur ein Blitzen in ihren Augen verriet, dass sie scherzte. »Setzt euch doch. Die Akte liegt schon bereit.« Sie deutete auf einen Besprechungstisch in der Ecke des hellen Raumes. Das Büro ging nach hinten raus auf das Parkhaus, welches vor einem unbebauten Stück Land lag. Dahinter die futuristisch anmutenden Gebäude des neuen Ramersdorfer Gewerbegebiets. Das Polizeipräsidium passte sich dem Gesamteindruck der Gegend an. Bonn bemühte sich, den alten Ruf des Bundesdorfes zu übertünchen.

Im Gebäude ähnelten sich die Büros der ersten Etage, wo Sandhofen residierte, und der dritten bis aufs kleinste Detail. Die gleichen weißen Aktenschränke und Schreibtische. Selbst die Poster an den Wänden, aktuelle Fahndungsfotos der meistgesuchten Täter Deutschlands und Europas. Die muteten aber im Gegensatz zum Gebäude wieder wie aus einer anderen Zeit an. Es hätte Helen nicht gewundert, wenn auf dem europäischen Fahndungsblatt noch das Konterfei von Carlos, dem berüchtigten deutsch-kolumbianischen Drogenbaron, geprangt hätte. Die Kaffeetassen auf den Schreibtischen schienen das einzig Individuelle zu sein. Auf Katharina Voss' Schreibtisch stand eine Tasse mit dem Griff einer Pistole. Passte zum verspielten Gesamtbild. Helen mochte Rabes Schwester vom ersten Moment an.

»Helen, kommen Sie?« Rabe saß schon am Tisch und hatte die Akte aufgeschlagen. Nicht nur die Kaffeetassen brachten Farbtupfer in das überwiegende Weiß des Büros. Auch das Rosa der Ermittlungsakten fiel ins Auge. Sie hatte sich noch nie Gedanken darüber gemacht, aber jetzt schien Helen diese Farbwahl doch gewöhnungsbedürftig. Immerhin ein Merkmal, das die Akten herausstechen ließ. Wenn die Ermittlungsarbeit der Bonner Polizei doch nur auch so herausstechend wäre. Helen setzte sich neben Voss.

»Sagt bloß, ihr siezt euch immer noch? Jetzt bin ich aber platt«, grinste Katharina.

Voss schaute zu seiner Schwester rüber, die sich an ihren Schreibtisch gesetzt hatte und feixte. »Nicht so vorlaut, kleine Schwester. Würdest du uns Erwachsene mal bitte in Ruhe arbeiten lassen?«

Helen ging über das geschwisterliche Geplänkel hinweg. Das ging sie nichts an. Sie zog die Ermittlungsakte zu sich und flog über das erste Drittel, bis sie auf die Anklageschrift traf. Sie war auf fünf Jahre zuvor datiert. Jan Brümmer wurde des sexuellen Missbrauchs in Tateinheit mit Vergewaltigung zum Nachteil der minderjährigen Tanja Gratzfeld beschuldigt. Ein erheblicher Vorwurf. Die Entlassung bei der Firma Heinrich war nachvollziehbar. Vor allem, weil es sich bei dem Opfer um die Tochter einer Angestellten der Firma Heinrich handelte. Helga Gratzfeld war die damalige Lebensgefährtin des Angeklagten gewesen. Helen stieß Voss an und zeigte ihm die Anklageschrift. »Haben Sie das damals mitbekommen? Muss ein ziemlicher Skandal bei Heinrich gewesen sein.«

»Nein.« Er fuhr sich über die Stirn. »Michael war damals noch nicht in der Geschäftsleitung. Er ist erst nach dem Tod seines Vaters so richtig ins Geschäft eingestiegen. Wahrscheinlich hat er selbst nichts davon mitbekommen. Ich werde ihn aber noch mal fragen.«

Helen blätterte weiter. »Vielleicht ist das auch gar nicht mehr nötig. Schauen Sie hier. Brümmer ist verurteilt worden. Zu drei Jahren.« Sie überflog die weiteren Seiten. »Er hat keine Rechtsmittel eingelegt. Ist dann 2015 rausgekommen, die Reststrafe ist zur Bewährung ausgesetzt worden. Aber Anfang dieses Jahres hat er gegen die Bewährungsauflagen verstoßen. Das heißt ...«

Voss beendete den Satz. »Er ist wieder eingefahren.«

»Genau, hier ist der Beschluss der Strafvollstreckungskammer. Seit Mai 2016 sitzt er wieder in der Justizvollzugsanstalt Hamm. Deshalb haben wir keine aktuelle Adresse von ihm gefunden.«

»Er kann also nichts mit Natalie Schraders Tod zu tun haben.« Rabe schüttelte den Kopf.

Katharina Voss stellte sich zu ihnen. »Gefällt euch nicht, was ihr gelesen habt?«

Voss antwortete: »Unsere heißeste Spur hat sich gerade in nichts aufgelöst.«

»Nehmt es nicht so schwer. Das passiert mir täglich. Diebstahlsdelikte verlaufen in achtzig Prozent der Fälle im Sande.«

»Da geben Sie mir gerade das richtige Stichwort.« Helen wandte sich an die Kommissarin. »Das, was wir hier versuchen, wäre doch Aufgabe des KHK *Im-Sand-verlaufen*.«

Katharina Voss lachte kurz auf. »Den habe ich noch nicht gehört. Werde ich mir merken. Aber Sie haben recht, der Sandhofen hat seinen Ruf intern schon länger weg.« Sie griff nach Helens Schulter. »Das habe ich übrigens niemals gesagt.«

»Absolut, auf dem Ohr bin ich völlig taub. Deshalb würde ich es auch nicht hören, wenn Sie ein wenig laut nachdächten, wie man den Herren am besten anpackt. Ich bekomme keinerlei Informationen von ihm. Die Akteneinsicht in diese Vermisstenakte der jungen Natalie Schrader zum Beispiel.«

Die Kommissarin atmete schwer durch. »Für das Folgende sollten Sie bitte auf beiden Ohren taub sein. Das kann mich sonst echt in Schwierigkeiten bringen.«

Helen hielt die Luft an und nickte.

»Der Flurfunk zwitschert, dass er Druck von ganz oben bekommen hat. Aber er geht damit schlecht um. Schlecht in Bezug auf seine Ermittlungstätigkeiten.«

»Also am besten in Ruhe lassen und hoffen, dass er von sich aus etwas rauslässt?«, fragte Helen enttäuscht. Genau das würde ihr schwerfallen.

»Schlimmer.« Jetzt senkte die Polizistin ihre Stimme weiter. »Auf einer exklusiven Frequenz habe ich empfangen, dass er sich die besagte Akte in sein Büro hat schicken lassen.« Pause. »Danach hat sie niemand mehr gesehen.«

»Er bunkert sie?«

Katharina zuckte mit den Schultern. »Oder er hat sie vernichtet. Wenn auch an der technischen Ausstattung in diesem Hause gespart wird, dann nicht an den Schreddern.«

Helen verschlug es die Sprache. Sie blickte zu Rabe, der der Unterhaltung stumm zugehört hatte.

Jetzt ergriff er das Wort. »Dann bleibt uns nur, selbst weiterzuermitteln, und mir ist da gerade eine Idee gekommen. Helen, unsere Fahrerliste ist nicht vollständig oder haben Sie meinen Namen dort drauf gefunden? Ich war zwar nur Aushilfsfahrer bei Heinrich in den Semesterferien, aber ich war nicht der Einzige. Und wenn mein Name dort nicht auftaucht, dann auch nicht die der anderen Aushilfsfahrer.

Helen war immer noch zu schockiert ob der Dreistigkeit von Sandhofen. Sie hörte Rabe nur mit halbem Ohr zu. Das war mehr als Unvermögen, das war Rechtsmissbrauch. Das war aktive Behinderung. Mechanisch schlug sie die Akte zu, die sie ebenfalls nur in eine Sackgasse geführt hatte, und reichte sie Katharina Voss. »Dann bringen Sie die mal wieder zurück, bevor sie vermisst wird. Obwohl das ja nicht so ungewöhnlich zu sein scheint.«

»Mach ich, und verlieren Sie bitte nicht den Glauben an die Bonner Polizei. Wir bestehen nicht nur aus Sandhofens. Und die Herrin des Ermittlungsverfahrens ist immer noch die Staatsanwaltschaft.«

»Das ist mir klar. Und keine Sorge um mich, Frau Voss. So etwas stachelt mich nur umso mehr an.«

»Das habe ich nicht anders erwartet. Und bitte, Helen … Kathi.« Katharina wedelte mit der Hand wie ein Zirkusdirektor, der seine Manege präsentiert. »Ich kann auch mit vielem umgehen, nur nicht damit, wenn man mich siezt. Ich komme mir dann so alt vor, wie ich bin.«

Helen musste grinsen. »Das scheint in der Familie zu liegen, dein Bruder verkehrt offensichtlich am liebsten in Kneipen, wo die Kellner jeden duzen.«

Katharina versetzte ihrem Bruder mit der Akte einen Klaps auf den Allerwertesten. »Sag bloß, du hast sie ins *Pendel* geschleppt?«

Er ließ sich nicht zu einer Erwiderung hinreißen. Stattdessen wandte er sich Helen zu. »Helen, ich weiß nicht, wie es Ihnen geht, aber ich habe Hunger.« Er nahm ihren Arm und zog sie aus dem Zimmer.

Helen drehte sich zu Kathi Voss um und zuckte entschuldigend mit den Schultern. »Vielen Dank für die Akteneinsicht. Sie ... du hast etwas gut bei mir.« Sie sah, wie die Polizistin abwinkte. Dann hatte Voss sie aus dem Büro gezerrt und die Tür geschlossen.

Helen zog ihren Arm zurück. »Geht's noch?« Sie merkte, wie sich auf der Stirn über ihrem rechten Auge ihre Zornesfalte bildete. Er hatte sie aus dem Zimmer gezogen wie ein ungezogenes Kind.

Sofort gab er klein bei. »Es tut mir leid, meine Schwester benimmt sich manchmal unmöglich.«

Helen zog ihre Bluse zurecht und strich ihren Rock glatt. »In diesem Fall war es aber nicht Ihre Schwester, die sich danebenbenommen hat.« Sie funkelte ihn so böse an, wie es ihr in dieser Situation von unten herauf möglich war. Wenn sie sich öfter mit ihm treffen würde, bekäme sie bestimmt Nackenprobleme.

»Klar, da halten sie dann wieder zusammen, die Frauen. Davon abgesehen habe ich wirklich Hunger. Kantine? Ich verspreche Ihnen, dass Sie dort niemand duzen wird.«

Das brachte sie dann doch wieder zum Lachen. »Wirke ich wirklich so steif?«, fragte sie im Aufzug.

Er antwortete nicht, hob nur eine Augenbraue.

»Ich würde mich ja gar nicht sträuben, wenn Sie mir das Du anbieten. Es hat sich doch nur noch nicht ergeben.«

Diesmal lachte er laut auf. »An mir soll es bestimmt nicht liegen.« Er hielt ihr die Hand hin. »Gestatten, Ralf-Peter.«

Helen erwiderte seinen Handschlag, aber als die Fahrstuhltür sich öffnete, ließen sie beide so schnell los, als hätten sie sich aneinander verbrannt.

Die Kantine befand sich im Erdgeschoss. Voss ging voran. Offenbar war er schon öfter hier gewesen. Aber Helen hätte keine Probleme gehabt, sie zu finden. Man musste nur dem typischen Geruch folgen.

»Ralf-Peter?«

»Ja, Helen?«

»Würde es dir etwas ausmachen, wenn ich dich Rabe nenne? Ralf-Peter klingt ein bisschen … hölzern?« Und sie hatte sich inzwischen an den Vogelnamen gewöhnt. Er passte hervorragend zu ihm. Schon wegen seiner überwiegend schwarzen Kleidung.

Er lachte wieder. »Meine Rede.«

»Du schuldest mir aber noch eine Erklärung. Wie kam es denn jetzt zu diesem Spitznamen?«

»Den verdanke ich meiner Volontärszeit. Ich hatte als Kürzel unter die Artikel immer meine Initialen gesetzt. RaPe also. Von da aus war es nicht mehr weit. Schwarz habe ich schon damals gern getragen.« Er zupfte an seinem Shirt. »Als ich dann noch einen Artikel über eine Kolonie von Rabenvögeln mitten in einem Wohngebiet geschrieben hatte, die nicht nur durch das lautstarke Krächzen, sondern auch durch die unschönen Hinterlassenschaften unterhalb der Nistbäume den Unmut der Anwohner auf sich gezogen hatte, hatte ich den Namen weg.«

Helen lachte. »Weil du genauso lautstark auf Missstände aufmerksam machst?«

»Nein, eher weil ich meinen Schreibtisch genauso unschön hinterlasse.« Voss zwinkerte mit einem Auge.

Helen begann seine lockere Art zu mögen. In seiner Nähe taute sie merklich auf. Als sie in der Kantine angelangten, war ihr flaues Gefühl im Magen dann Hunger gewichen. Sie nahmen beim Anblick der üblichen Mittagsgerichte, Marke deftige Hausmannskost, beide einen Salat mit Hähnchenbrustfiletstreifen.

Helen lag nach dem Essen nur eine Sache schwer im Magen. »Was mache ich denn jetzt mit Anonymus?«

26. Kapitel

Rabe hatte Helen geraten, Anonymus zu antworten und ihm die Wahrheit über ihren Begleiter zu erzählen. Offenbar hätte der Unbekannte ein Problem mit der Polizei. Aus welchen Gründen, darüber ließe sich nur spekulieren. Es blieb zu hoffen, dass er nichts mit Natalie Schraders Tod zu tun hatte, aber Rabe hielt es mittlerweile für unwahrscheinlich. Außerdem war da die Frage nach einer Bezahlung, die Anonymus gefordert hatte. Hier war es Rabe gewesen, der den Vorschlag einer Belohnung gemacht hatte. Schon in anderen Fällen war für Informationen aus der Bevölkerung eine private Belohnung ausgesetzt worden. Von Seiten der Polizei oder der Staatsanwaltschaft war diesbezüglich nichts zu erwarten. Über die Zeitung könnte eine Belohnung jedoch bekanntgemacht werden. Sie bräuchte ihm nur Nachricht zu geben, und er würde es morgen in die Zeitung setzen, wenn die Mandanten bereit dazu wären.

So rief Helen zuallererst die Eheleute Schrader an, als sie zurück in der Kanzlei war. Wie sie erwartet hatte, war das Ehepaar gewillt und in der Lage, eine Belohnung zu zahlen. Zweitausend Euro konnten sie kurzfristig anbieten. Helen informierte wiederum Rabe mit einer Kurznachricht, und dann blieb ihr nur eines zu erledigen: die Antwortmail an Anonymus.

»Haben Sie einen Augenblick Zeit für mich?« Marie Glücklich stand in der Tür.

Helen blickte vom Monitor auf. Sie musste erst diese E-Mail schreiben. Sie wusste nicht recht, wie sie die Nachricht formulieren sollte. »Marie, ja, natürlich. Aber geben Sie mir fünf Minuten. Ich rufe Sie dann.«

Nach mehrmaligem Hin und Her entschloss sie sich für eine direkte und kurze Nachricht. So wie sich Anonymus selbst ausdrückte. Keine Umschweife.

An Anonymus.
Der Typ war ein Reporter vom General-Anzeiger. *Von ihm stammen die Artikel über die Tote. Ich arbeite mit ihm zusammen. Ich vertraue ihm. Und nur er weiß von Ihrer Information. Er ist bekannt dafür, seine Quellen zu schützen.*
Wenn Sie mehr wissen und trotzdem zweifeln, ob Sie mir davon erzählen, schauen Sie morgen in den General-Anzeiger.
Helen Freitag

Abgesandt. Jetzt hieß es warten. Auf eine Antwort von Anonymus oder auf Informationen von Sandhofen, wobei sie mit Letzterem spätestens seit den Andeutungen von Kathi Voss nicht mehr rechnete.

Warten lag ihr nicht. Aber es war ja nicht so, dass sie Däumchen drehen musste. Auf ihrem Schreibtisch türmte sich ein Stapel Akten. Und die Unterschriftenmappe war rappelvoll. Zuerst rief sie aber Marie zu sich. Ihre Ausbildertätigkeit hatte sie in den letzten Tagen vernachlässigt. Und gerade am Anfang war es wichtig, den Status quo zu setzen.

»Was haben Sie auf dem Herzen?« Sie setzten sich an den Besprechungstisch. Marie legte die Liste der Heinrich-Fahrer auf den Tisch. Hatte die Auszubildende doch mehr herausbekommen? Aus Quellen, die die Polizei nicht nutzte? Helen dachte an den PC, der in Sandhofens Büro einen Dornröschenschlaf hielt. Obwohl die Hardware auf recht neuem Stand zu sein schien, war der Monitor verstaubt gewesen, die Tastatur hatte abseits unter einer Akte gelegen. Was nutzten die neuesten Gesetze zur Förderung des elektronischen Rechtsverkehrs und die aktuellste Infrastruktur, wenn diejenigen, die sie anwenden sollten, völlig hilflos im Umgang damit waren? Helen nahm sich selbst nicht davon aus. Sie konnte mit E-Mails umgehen, verstand es, im Netz nach Urteilen und Gesetzeskommentierungen zu suchen. Und auch sie verwendete mittlerweile den Begriff »googeln« anstelle von »nachschlagen«. Aber sie bewegte sich nicht in den sozialen Netzwerken. Sie war, wie die überwiegende Mehrheit derjenigen, die in der Rechtspflege arbeiteten, nicht mit Internet und Handy aufgewachsen, nutzte beides nicht intuitiv. Das galt vor allem für die Entscheider, diejenigen, die die Gesetze auf den Weg brachten. Man musste nur an Merkels »Neuland« denken. Marie Glücklich dagegen bewegte sich auf Facebook, Instagram, Twitter und Co. wie ein Fisch im Wasser. Helen war interessiert, was das Mädchen herausgefunden hatte.

»Ich habe mir noch einmal die Liste mit den Fahrern vorgenommen«, berichtete Marie und breitete die Blätter auf dem Tisch aus. Es stellte sich heraus, dass es zwei Listen waren. Von unterschiedlicher Länge.

»Das sieht so aus, als ob Sie sich viel Arbeit gemacht haben. Was haben Sie herausgefunden?«

»Das Spannende ist, glaube ich, das, was ich nicht herausgefunden habe.«

»Das klingt interessant, aber wie ist das gemeint?«

»Es ist doch so, dass die Menschen Spuren im Netz hinterlassen. Vor allem, wenn sie normal sind. Es ist umso auffälliger, wenn über einen Menschen nichts im Netz zu finden ist. Über Natalie Schrader findet man zum Beispiel null. Sie verschwand zu einer Zeit, in der das Internet noch nicht so präsent war. Aber auch nachher taucht sie nirgendwo auf. Sie muss sehr zurückgezogen gelebt haben. Noch mehr als ich, und ich bin schon echt nicht normal, was das betrifft.« Maries Gesicht bekam eine leicht rötliche Färbung. »Egal. Was ich meine, ist: Ich setze über mich gar nichts ins Netz. Aber auch, wenn man selbst keine Informationen über sich preisgibt, weiß das Netz trotzdem etwas über einen. Wenn man meinen Namen googelt, bekommt man einen Link auf mein Facebook-Profil. Das nicht öffentlich ist. Aber auch einen anderen Treffer, sogar mit Foto. Vor zwei Jahren habe ich bei so einem Lesewettbewerb der Gemeindebücherei Ruppichteroth den ersten Platz belegt und ein Buchpaket gewonnen. Und da war Presse, und so ist es ins Netz gelangt.«

»Ich verstehe.« Helen wurde neugierig. »Haben Sie mal nach mir gegoogelt?«

Das Mädchen grinste leicht. »Ja, habe ich. Zuerst tauchen Sie mit der Homepage der Kanzlei auf und über die Anwaltskammer. Aber daneben gibt es persönliche Details, von denen Sie bestimmt gar nichts wissen.«

»Und das wäre?«

»Da gibt es zahlreiche Berichte über eine Gerichtsverhandlung im Zusammenhang mit dem Tod einer Frau Dombach. Aktuell taucht Ihr Name natürlich in den Berichten über die unbekannte Tote auf, mit Link zum WDR und der *Aktuellen Stunde*. Aber über das Netz weiß ich zum Beispiel auch, dass Sie Golf spielen.«

»Wirklich? Das hat Ihnen nicht zufällig Frau Vettweiss erzählt?«

»Die erwähnte es, aber es ist auch für jeden anderen, der nach Ihrem Namen googelt, herauszufinden. Sie haben mal bei einem Turnier des Golfclubs in Eitorf einen Preis gewonnen. Und außerdem joggen Sie.« Das Mädchen grinste, als Helen die Augen aufriss. Ihr war nicht bewusst, dass über ihr Privatleben offenbar so viel öffentlich bekannt war. »Wie das?«

»Letztes Jahr haben Sie beim Zehn-Kilometer-Lauf der Hennefer Europawoche mitgemacht und sind bei den Frauen auf Platz zwei gelandet.«

»Langsam verstehe ich, worauf Sie hinauswollen«, sagte Helen.

»Wenn man ein relativ normales Leben führt, findet man etwas über eine Person im Netz. So habe ich mir die Männer von der Fahrerliste vorgenommen. Da findet man einen Bericht über den Aufstieg des Fußballclubs, bei dem der eine Typ in der Seniorenmannschaft spielt.

Von einem anderen habe ich ein Foto von der Ballettaufführung der Tochter gefunden.«

»Also sind die interessant, über die man nichts findet? Ist das der Unterschied zwischen den beiden Listen?« Helen deutete auf die Ausdrucke, die auf dem Tisch lagen.

Marie nickte. »Genau, die lange Liste hier. Das sind die Fahrer, über die ich etwas gefunden habe, mit den entsprechenden Links. Diese hier …«, sie deutete auf das Blatt, auf dem nur ein paar Namen standen, »sind die großen Unbekannten. Keine Spur. Genauso wenig wie von Natalie Schrader. Und zwei davon gehören zu denen ohne aktuelle Adresse. Die habe ich an den Anfang gesetzt.«

Helen nahm das Blatt in die Hand. Sechs Namen.

Jan Brümmer
Miroslav Scholz
Karlo Wenningshoven
Dietmar ten Brink
Wanja Krakowski
Sandro Sergado-Monita

»Den Ersten können wir schon von der Liste streichen. Er kann nichts mit unserer Sache zu tun haben. Zumindest nicht mit Natalies Tod. Er sitzt im Gefängnis.« Helen erzählte Marie von der Akte, die sie eingesehen hatte.

Marie nahm einen Kuli. »Dann darf ich?«

Helen grinste und nickte ihr zu. Sie strich mit fast zeremonieller Feierlichkeit den ersten Namen auf der Liste durch.

»Marie, Sie sind der Hammer, wenn ich das so sagen darf.« Helen hatte glatt das Bedürfnis, das Mädchen zu umarmen. »Und von allen außer Miroslav Scholz haben wir sogar aktuelle Adressen?« Sie überlegte laut. »Das heißt, wir könnten denen mal einen Besuch abstatten und ihnen auf den Zahn fühlen.«

»Kann ich da mitkommen?«

Helen sah sie an. Sie hätte es sich verdient, aber Helen war sich selbst unschlüssig, ob das so eine gute Idee wäre. Das war wirklich Polizeiarbeit. Aber von Sandhofen war ja diesbezüglich nicht viel zu erwarten. Dennoch würde sie ihm die neuen Informationen vorlegen. Sie würde sich nicht vorwerfen lassen wollen, ihn nicht informiert zu haben. Und Rabe sollte sie sofort informieren. Hatte er nicht sowieso noch eine andere Idee wegen der Fahrerliste gehabt? Bevor sie diese Männer persönlich aufsuchen würde, mussten andere Wege gefunden werden.

»Ich glaube nicht. Ich habe nur laut gedacht. Ich denke, wir müssen das der Polizei überlassen.«

»Aber Sie haben doch gesagt, dass der Kommissar nicht schnell genug ist.«

»Ja, dennoch. Das kann gefährlich sein, und die Polizei hat andere Möglichkeiten und vor allem die Autorisation. Unsere Arbeit hier fängt eigentlich erst an, wenn der Täter gefunden ist und es vor Gericht geht. Das ist nur diesmal alles etwas anders.«

»Verstehe.« Marie blickte trotzdem niedergeschlagen. Der Funke, der in ihren Augen gestrahlt hatte, als sie ihr von den Spuren erzählt hatte, war verschwunden.

»Marie, darf ich Sie etwas fragen?«

Das Mädchen nickte.

»Sie nehmen sich diesen Fall von Anfang an sehr zu Herzen, habe ich das Gefühl.«

Marie schluckte und schaute auf ihre Hände, die sie im Schoß gefaltet hatte. »Das liegt daran, dass ich dem Fall ja meine Ausbildungsstelle verdanke. Wenn ich Sie nicht im Fernsehen gesehen hätte, dann hätte ich mich nicht auf die Stellenanzeige beworben.«

Es klang einleuchtend. Trotzdem spürte Helen, dass da mehr sein musste. Da war ja diese merkwürdige Reaktion von Nadeschda Schrader gewesen. Sie wollte das Mädchen jedoch nicht bedrängen. Und darauf angesprochen hatte sie sie ja schon einmal.

»Ja, aber Sie müssen wissen, dass es nicht immer so spannende Fälle gibt. Die Ausbildung beinhaltet vor allem die übliche Büroarbeit.«

»Das macht mir nichts aus.«

»Und wenn nächste Woche die Schule für Sie anfängt, dann kommen die theoretischen Dinge dazu. Gesetze, Verordnungen, die Organisation des Rechtssystems. Das ist schwierig und kann langweilig sein, wenn man sich nicht dafür interessiert.«

»Ich interessiere mich dafür. Schon immer. Ich mag es ja, Krimis zu lesen.«

»Sherlock Holmes, ich erinnere mich. Na, heute haben Sie Ihrem Idol alle Ehre gemacht. Die Listen hier sind eine echt gute Ermittlungsarbeit, und Sie haben Kombinationsgabe bewiesen.«

Das brachte wieder ein Leuchten in das Gesicht des Mädchens. »Danke.«

»Sie fühlen sich wohl bei uns?«

Marie nickte vehement.

»Und wenn irgendetwas ist, auch privat, wenn Sie einen schlechten Tag haben oder so etwas – das hat ja jeder mal –, dann sagen Sie es mir oder Friederike?«

Wieder nickte Marie, aber ihre Augen wanderten in Richtung Fenster.

»Versprochen, Marie?«

»Versprochen.«

»Die Listen kann ich behalten?«

»Natürlich. Die sind auch in der elektronischen Akte gespeichert.«

Helen blieb einen Moment allein am Besprechungstisch sitzen, blätterte gedankenverloren in der Akte Schrader. Ihr Blick blieb auf dem Foto von Natalie Schrader hängen, jenes, was sie zum Vergleich mit dem Foto der Toten in die Zeitung gebracht hatten. Dann blitzte eine Erkenntnis in ihr auf. Warum war es ihr nicht sofort aufgefallen? Das war es, was Nadeschda Schraders Reaktion ausgelöst haben musste. Maries Haare waren heller, blonder, das Gesicht runder, weicher, insgesamt war ihr ganzer Körperbau kompakter, aber dennoch: Die Ähnlichkeit ließ sich nicht abstreiten, vor allem die Augen. Marie hatte zwar hellblaue, keine grünen, aber wenn sie lachte, hatte sie dieses Leuchten in den Augen. Genau wie Natalie Schrader auf dem Foto. Was gab es doch für merkwürdige Zufälle im Leben!

Zurück an ihrem Schreibtisch, rief Helen Rabe an. Während sie dem Freizeichen lauschte, schmunzelte sie. Nein, er war kein Ralf-Peter. Rabe passte viel besser zu ihm. Sie musste an ihren Traum denken, von diesem Raben, der sie im Schlaf beobachtet hatte. Da war es ihr bedrohlich vorgekommen, sie hatte sich eingeengt gefühlt, nicht einmal im Schlaf konnte sie seinen wachen Augen entkommen. Aber in ihrer Erinnerung bekam er nun eher etwa Beschützendes. Jemand, der ihren Schlaf bewacht hatte, damit sie sich ausruhen konnte.

»Ja? Oh, Helen. Du bist es. Sag jetzt nicht, Anonymus hat sich schon gemeldet?«

Seine Stimme klang gehetzt. Auch er hatte die eigentliche Arbeit schleifen lassen. Wie sie. Aber Helen brauchte eine kurze Rückmeldung von ihm. Wie sehr sie doch in ihren Entscheidungen inzwischen auf seine Meinung Wert legte. Sie erklärte ihm in kurzen Worten, was Marie herausgefunden hatte. Er war der Meinung, dass sich zuerst einmal die Polizei darum kümmern musste.

»Und vielleicht zeigt der Druck ja Wirkung bei Sandhofen. Er muss jetzt Ergebnisse liefern.«

Er bot nochmals an, seine Schwester hinzuzuziehen, aber das wollte Helen nicht. Es war Sandhofens Fall, und er wäre sicherlich nicht erfreut über die Einmischung aus einer anderen Abteilung, zumal einer, die keine Tötungsdelikte bearbeitete. Das würde Kathi nur in Schwierigkeiten bringen. »Aber bei Michael Heinrich frage ich sowieso noch mal nach. Ich hatte dir doch erzählt, dass es ja auch noch die Aushilfsfahrer, wie mich, gegeben hat, die bisher nicht aufgetaucht sind. Sobald ich mehr weiß, melde ich mich bei dir.«

»Okay, dann stürze ich mich erst einmal in meine anderen Akten«, seufzte Helen. »Und dich will ich auch nicht länger von deiner Arbeit abhalten.«

»Bei mir ist einiges liegen geblieben. Aber verstehe mich nicht falsch, du kannst jederzeit anrufen. Dazu stehe ich. Insbesondere, wenn du Nachricht von deinem anonymen Freund bekommst.«

»Wird gemacht.«

»Wenn du willst, können wir uns heute Abend noch mal treffen.«

»Im *Pendel*?« Helen lachte.

»Wir können auch gerne meine Schwester nach einem netten kleinen Restaurant fragen.« Er dehnte seine Stimme bei den Worten. Dennoch fühlte sie sich gleich wieder überrumpelt und blockte ab. »Nein, lass mal. Ich muss mich wirklich in die Akten eingraben, die sich hier türmen. Aber vielleicht morgen?« Dann blieb ihr genug Zeit, sich auf ein solches Date vorzubereiten. Denn das wäre es doch, oder?

Er druckste, antwortete nicht sofort. »Morgen geht bei mir nicht, tut mir leid.«

Für ein Freitagabend-Date war es ihm offensichtlich zu früh. Was hatte sie erwartet? »Ja, ist auch besser. Ich muss dringend an die frische Luft. Morgen Nachmittag mach ich blau.« Sie lachte kurz auf. Schnell schob sie hinterher: »Werde mir gleich eine Startzeit auf dem Golfplatz buchen.« Nach der Woche hatte sie sich das Golfspielen morgen redlich verdient, versuchte sie sich selbst die Alternative schmackhaft zu machen.

»Na dann. Zeig es dem kleinen weißen Ball. Und schönes Wochenende.«

Als sie den Hörer aufgelegt hatte, legte sich die Enttäuschung wie ein schwerer Mantel um ihre Schultern. Sie wischte den Gedanken fort. Was dachte sie eigentlich? Er war nicht der Typ, der am Wochenende einsam zu Hause saß und darauf wartete, dass ihm eine Frau begegnete. Er war wahrscheinlich ausgebucht. Oder hatte Familie. Er trug keinen Ring. Aber was hieß das heutzutage schon?

Sie schüttelte den Kopf, band die Haare zu einem Zopf und zog die erste Akte vom Stapel.

27. Kapitel

Sie schrie. Immerzu. Nein. Nicht immer. Nur, wenn er zu Hause war.

Die Kleine klebte an ihren Beinen. »Ruhig, meine Süße. Du musst ruhig sein.«

Sie legte die Hand auf ihren Kopf. Streichelte den blonden Schopf. Ihre Haare waren weich. Weich wie Puderzuckerschnee.

Die Haustür schlug zu. Er war fort. Erleichtert atmete Natalie aus. Und gleichzeitig liefen ihr die Tränen die Wangen herunter. Er war doch gerade erst wieder zurück.

»Jetzt hast du ihn vertrieben, Marie. Das kommt davon, wenn du immerzu schreist. Warum tust du Mami das an?« Das Mädchen hing noch immer an ihren Beinen, aber sie schrie nicht mehr, sondern schniefte nur noch. Ruckartig sog sie die Luft ein, als ob sie nicht genug davon bekäme, nicht genug Kraft aus ihr heraussaugen konnte.

Natalie versuchte, sich von der Umklammerung ihrer Tochter zu befreien, die ihre Beine immer noch krampfhaft festhielt. Sie nahm ihre Hände und zerrte daran. Die Kleine begann wieder zu schluchzen. Versuchte, ihren Griff zu erneuern. Aber Natalie legte sie auf den Boden und lief zum Fenster. Sie wollte sehen, wohin er ging, obwohl sie es ahnte. Die Straße hinunter und dann um die Ecke. Dort war die Bierstube. Einer dieser Straßenstände, an denen es Zigaretten, Zeitschriften und Bier gab. In Dosen. Er würde sich ein Sixpack besorgen, die erste Dose schon auf dem Rückweg öffnen und leeren. Sie schlug den Vorhang zurück. Sah gerade noch, wie er um die Ecke bog.

»Mami«, schluchzte die Kleine und kam auf sie zugekrochen. Elendig sah das aus, wie eine Verdurstende, die sich zu einer Pfütze schleifte.

»Marie! Steh auf und lauf. Du machst die Strumpfhose kaputt.« Sie hatte nicht so viele Strumpfhosen für ihre Tochter. Nicht viel von allem. Aber warum sollte es dem Kind besser gehen als ihr selbst? Wenigstens wuchs sie selbst nicht mehr aus ihrer Kleidung raus. Marie dagegen schon. Natalie seufzte. Er ließ ihr immer nur so viel Geld da, dass es reichte, um Lebensmittel zu kaufen, während er fort war. Und er war meistens fort, und das lange. Manchmal so lange, dass das Geld selbst fürs Essen nicht mehr reichte. Deshalb war es so wichtig, dass Marie sorgsam mit ihrer Kleidung umging. Sie ging dem Kind entgegen und stellte es unsanft auf die Füße, was nur bewirkte, dass die Kleine wieder anfing zu schluchzen und sich an ihre Beine zu krallen.

»Marie! Lass das.« Sie kniete sich zu ihrer Tochter und schaute ihr in die leuchtend blauen Augen. Wie die ihres Vaters. Marie begann sich die Augen zu reiben. Ganz verquollen. Das würde ihm nicht gefallen.

»Marie. Hör zu: Papa kommt gleich wieder. Du musst ein liebes Mädchen sein. Nicht mehr weinen. Ja? Das mag der Papa nicht. Und wir wollen doch, dass er dieses Mal ein wenig länger bei uns bleibt.«

Es war so trist alleine. Nur mit ihrer Tochter. Wenn Miro da war, dann unternahmen sie manchmal etwas zusammen. Einmal waren sie im Zoo gewesen. Ein paarmal fuhren sie mit dem Lkw nach Dünnwald raus. Dort gab es einen Wildpark. Hirsche gab es da zu sehen und zu füttern, Eulen und Bussarde. Und einen Abenteuerspielplatz. Marie liebte es dort. Und Natalie genauso. Sie waren dann wie eine richtige Familie. Eine Familie, die sich nicht verstecken musste. Wenn Miro auf Tour war, wollte er nicht, dass sie allein mit Marie hinausging, nicht mal auf den Spielplatz um die Ecke. Es wäre zu gefährlich. Sie machte es trotzdem manchmal. Vermied es aber dann, mit den anderen Müttern zu sprechen. Miro fürchtete, man könne sie erkennen. Und dann würde man ihn finden, und er müsste ins Gefängnis. Ob sie das etwa wolle, hatte er sie gefragt. Natürlich nicht. Sie hatte es ihm versprochen. Keine Bekanntschaften schließen. Da kam man nur ins Reden. Das konnte er nicht zulassen. Und sie hielt sich daran.

Aber es war so langweilig. Nur in der Wohnung hocken. Mal zum Einkaufen. Fernsehen. Früher war das alles so schön gewesen, als sie mit Miro auf seine Touren gefahren war. Auch in den ersten Monaten nach Maries Geburt war sie noch ein paarmal zusammen mit dem Baby mitgefahren. Aber er hatte es nicht lange ausgehalten. Die Kleine schrie oft. Und sobald sie anfing herumzukrabbeln, war es nicht mehr auszuhalten mit ihr in der kleinen Fahrerkabine und seinem Kabuff dahinter. Zu zweit war es schon eng gewesen. Mit dem

Kind unmöglich. Sie hatten sich immerzu gestritten. Oft hatten sie alle drei geschrien. Natalie sah ein, dass das nicht mehr ging. Sie musste in Köln bleiben, wenn Miro auf seine Touren fuhr. Aber er hatte ihr versprochen, eine Lösung zu finden. Etwas, wo das Kind unterkommen konnte, damit Natalie wieder mit Miro zusammen fahren konnte. Durch ganz Europa. So wie früher. So lange musste sie es irgendwie aushalten, allein in der winzigen Wohnung, als Gesellschaft nur das Kind.

Es gab ein Bad mit Wanne und Klo, ein Schlafzimmer und die Küche, die zum Glück so groß war, dass sie gleichzeitig das Wohnzimmer war. Irgendwann war die Wohnung so sauber, dass es nichts mehr zu tun gab. Das Einzige, was Natalie am Leben hielt, waren Bücher. Sie hatte nicht genug Geld, um Bücher zu kaufen. Aber sie hatte die Bücherei entdeckt. Der Ausflug zur Bücherei war immer der Höhepunkt ihrer Woche. Wenn Miro auf Tour war, ging sie jeden Dienstag. Auch Kinderbücher für Marie lieh sie aus. Bilderbücher und Vorlesebücher. Natalie kannte inzwischen alle Märchen auswendig. Sogar ein Buch mit russischen Märchen hatte sie einmal gefunden. Und Kochbücher. Neben dem Lesen war das Kochen ihre zweite Leidenschaft geworden. Und die gefiel sogar Miro. Wenn sie wusste, dass er nach Hause kam, kochte sie ein Begrüßungsessen. Sie wollte, dass er gern nach Hause kam. Und jedes Mal hatte sie gehofft, er käme mit einer Lösung für das Kind nach Hause. Sie hatte ihm einmal vorgeschlagen, dass sie Marie ja vielleicht zu ihren Eltern geben könnten. So wütend hatte sie ihn noch nie gesehen. Es war das einzige Mal gewesen, dass er sie geschlagen hatte. Wie von

Sinnen war er gewesen, und Marie hatte so geschrien, dass sie Angst hatte, er würde auch das Kind schlagen, nur damit es endlich ruhig wäre. Wenn sie ihm noch einmal drohte – er würde sich vergessen. Wieder und wieder hatte er zugeschlagen. Danach war er aus der Wohnung gestürmt. Es tat ihm leid, er schämte sich, das wusste sie. Er konnte ihr nicht in die Augen sehen. Deshalb hatte er sich in seinen Lkw gesetzt und war fortgefahren. Wohin? Das wusste sie nicht. Erst eine Woche später war er wiedergekommen. Hatte ihr kein Geld dagelassen. Das war das erste Mal gewesen, dass sie zur Suppenküche gegangen war. Marie hatte sie da noch gestillt.

Sie hatten nie darüber gesprochen. Aber es tat ihm leid. Immer wenn er sie in den Monaten danach angeblickt hatte, sah sie den Schmerz in seinen Augen. Das Blau hatte seinen Glanz verloren. Sie vermisste ihn so, wenn er fort war, und sie sehnte sich danach, wieder mit ihm zu fahren. Die Straßen zu erobern. Aber eines hatte sich geändert, je länger sie sich eingerichtet hatte in ihrem kleinen Leben mit dem Mädchen. Während sie Miro das erste Jahr immer wieder gefragt hatte, ob er eine Lösung gefunden hatte, fürchtete sie mittlerweile den Abschied von der Kleinen. Sie war ein liebes Kind, wenn sie mit ihr allein war. Sie hörte ihr mit großen Augen zu, wenn sie vorlas, und es war niedlich zu hören, als sie selbst erste Worte sprach. *Mama. Bubu* für Buch. Marie liebte die Kleine. Aber sie liebte auch Miro, und sie sah in seinen Augen, dass er auch sie vermisste, wenn er auf Tour war. Trotzdem hörte sie irgendwann auf, danach zu fragen, ob ihm etwas eingefallen war. Sie fürchtete den Moment, an dem sie die Kleine weggeben musste. Als das Kind unterwegs war, hatte sie sich ihr gemeinsames Leben zu dritt so schön vorgestellt. Miro hätte sich eine andere Arbeit suchen können, die ihm erlaubte, zu Hause zu bleiben. Aber er hatte gesagt, dass das nicht möglich wäre. Sie wären keine normale Familie. Sie war immer noch viel zu jung. Noch immer nicht volljährig. Niemand würde das verstehen, und man würde ihn ins Gefängnis stecken und ihr das Kind wegnehmen. Jetzt war sie zwar volljährig, aber er meinte, dass so etwas nicht verjährte. Dass sich nichts geändert hätte. Dass sich nie etwas ändern würde. Die einzige Möglichkeit wäre, das Kind wegzugeben, damit sie wieder mit ihm fahren könnte. Wie früher. Immer wieder sagte er, dass sie Marie nie hätte bekommen dürfen. Bei dem Gedanken musste Natalie schlucken. Es wäre das Beste für alle gewesen. Auch für das Kind.

Heute war Miro überraschend wiedergekommen. Sie hatte nicht viel im Kühlschrank. Vor allem kein Fleisch. Miro liebte Fleischgerichte. Eintöpfe mit fetter Einlage. Das erinnerte ihn an seine Kindheit, sagte er. Heute müsste sie improvisieren mit dem, was da war. Nudeln mit Ei, und es war noch etwas Speck da. »Marie, wir machen Spaghetti Carbonara«, rief sie ihrer Tochter zu, die sich in ihre Spielecke zurückgezogen hatte und in einem Bilderbuch blätterte. Eine Ecke der Wohnküche hatte Natalie mit einem runden Teppich belegt, auf den bunte Tierfiguren gedruckt waren. Sie hatte ihn aus einem Second-Hand-Laden. Das war Maries kleines Reich.

Sie schaltete das Radio ein. Der Fernseher war lange schon kaputt. Immerhin hatte das Radio einen CD-Player. Miro hatte das Teil mal von einer seiner Touren mitgebracht und ihr zu Weihnachten geschenkt. Und in der Bücherei konnte man auch CDs ausleihen.

Natalie setzte Wasser an und schlug Eier auf. Sie hatte keinen Parmesankäse, nur ein wenig Gouda. Das musste reichen. Ein Schuss Sahne würde die Soße noch samtiger machen, obwohl die nicht dazugehörte. Sie hatte das Rezept aus einem italienischen Kochbuch. In Italien war sie nie mit Miro gewesen. Seine Touren führten ihn hauptsächlich nach Österreich und Polen oder Holland und Belgien.

Natalie hörte, wie die Haustür zuschlug. Er war zurück. Kam in die Küche und warf das Sixpack Bier auf den Tisch, das nunmehr nur noch ein Viererpack war. Natalie blickte angstvoll zu Marie rüber, doch das Kind war in das Buch vertieft. Erleichtert atmete sie auf. Wenn die Kleine jetzt wieder anfing zu schreien, wäre Miro endgültig bedient. So setzte er sich an den Tisch. »Was gibt's zu essen?«

»Ich mach uns Spaghetti Carbonara.«

Er brummte.

»Nudeln mit Speck, das magst du doch gerne.«

Statt zu antworten, öffnete er eine weitere Bierdose.

Sie aßen schweigend. Natalie hatte Marie ihre Schale in die Spielecke gebracht. Die Nudeln klein geschnitten, sodass sie alles löffeln konnte. Sie machte das schon so gut. Ganz allein. Natalie würde es ihm gegenüber nie zugeben, aber sie war stolz auf ihre Kleine. Und manchmal, wenn sie ein liebes Mädchen war und nicht schrie, sondern ganz für sich spielte, dann glaubte sie, dass auch Miro sie gern hatte. Manchmal, wenn er nicht sah, dass Natalie ihn beobachtete, blickte er zu dem Mädchen und hatte einen verträumten Ausdruck im Gesicht.

Natalie räumte die leeren Teller ab, Miro öffnete sich noch ein Bier.

»Wann geht deine nächste Tour?«, fragte Natalie.

»Morgen bin ich wieder weg.«

»Oh, schade. Ich hatte gedacht, dass wir vielleicht mal wieder nach Dünnwald fahren ins Wildgehege. Marie hat es da so gut gefallen.« Und mir auch, dachte Natalie.

»Hab eine Lösung gefunden.«

Natalie erstarre. Das Handtuch glitt ihr aus der Hand. »Wie meinst du das?«, fragte sie, obwohl sie genau wusste, was er meinte. Ihre Stimme zitterte.

»Morgen nehme ich sie mit.«

28. Kapitel

War wirklich erst eine Woche vergangen, seit sie hier arbeitete? Marie kam es vor, als wäre sie schon ewig Teil der Kanzlei Freitag & Vettweiss. Der Schreibtisch, der Stuhl, das ganze Sekretariat und vor allem die Küche, in der sie sich gerade aufhielt, um den ersten Kaffee des Tages zu brühen – alles kam ihr so vertraut vor. Und sie fühlte sich trotz der vielen Arbeit, des ständig klingelnden Telefons, des frühen Aufstehens erstaunlich entspannt hier. Das letzte Mal, dass sie fünf Tage hintereinander früh wach war, war zu Schulzeiten, bis vor einem halben Jahr, gewesen. Und selbst da war sie später aufgestanden. Für den Weg von Ruppichteroth bis Bonn mit öffentlichen Verkehrsmitteln brauchte sie eine gute Stunde, wenn sie die Anschlüsse günstig erwischte. Bis zur Schule waren es zehn Minuten gewesen. Selbst an die Bahnfahrten hatte sie sich schnell gewöhnt. Zwar machte sie in der Stadt und im Zug, der wegen der ganzen Pendler jeden Tag voll war, immer noch keinen Schritt ohne Kopfhörer. Aber sie hatte festgestellt, dass vor allem morgens die vielen Pendler alle nur ihren eigenen Gedanken nachhingen. Viele ebenfalls mit Kopfhörern, einem Buch, der Zeitung oder einfach nur starrem Blick ins Nichts. Keiner nahm von dem anderen Notiz. Marie konnte in der Masse eintauchen, wie sie zuvor daheim in ihrem Zimmer Zuflucht gesucht hatte. Nur fiel sie hier sogar noch weniger auf, weil sie zumindest nach außen hin in der Masse der Leute völlig unbekannt blieb. Sie tauchte quasi in der Gleichförmigkeit und Gleichgültigkeit der Menschen unter. In der Pendlerblase interessierte sich niemand für den anderen, jeder hing nur seinen eigenen Sorgen nach. So angepasst, so unsichtbar hatte sie sich im Grunde noch nie gefühlt, obwohl sie nun nicht nur das Gefühl, sondern die Gewissheit hatte, andersartig zu sein. Eigentlich sollte sie doch aus der Masse herausstechen, wie das einzige schwarze Schaf unter einer Menge von weißen.

Die Maschine gurgelte, als der letzte Kaffee in die beiden Becher tröpfelte. Zwei Kaffee, für Friederike und sich. Ihre Chefin, Rechtsanwältin Freitag, hatte sie noch gar nicht gesehen. Die hatte sich in ihrem Büro vergraben. Die Tür war geschlossen, was ungewöhnlich war, wenn kein Mandantenbesuch da war. Aber sie hatte ihre Spur schon hinterlassen. Einen Stapel voller Akten hatte Marie auf ihrem Schreibtisch vorgefunden. Frau Freitag hatte gestern wohl noch lange gearbeitet.

»Es gibt nichts Besseres als Kaffeeduft am Morgen.« Friederike nahm die Tasse von ihr entgegen. Vielleicht fühlte sich Marie ja auch so wohl hier, weil hier scheinbar alle dem gleichen Laster frönten wie sie. Etwas, das sie zu Hause niemals ausleben konnte. Kaffee versäuerte den Körper, war die Überzeugung ihrer Mutter. Davon entstünden angeblich eine Menge Leiden, körperlicher und seelischer Art. Das wüssten die wenigsten. Marie sog den Duft aus ihrer Tasse ein. Sie hatte noch nie so viel Kaffee in ihrem Leben getrunken wie in dieser Woche, und sie hatte sich noch nie so wohl in ihrem Körper gefühlt. So viel zur Überzeugung ihrer Mutter. »Oh ja.« Das kam aus vollem Herzen.

Friederike lachte. »Da hat sich ja ein echter Kaffeeliebhaber zu uns gesellt. Sag mal, du hast noch gar nicht erzählt, ob du deine Theorie Helen vorstellen konntest?«

»Ja.« Marie nickte und nahm einen Schluck von dem wohlriechenden, körperversäuernden Gebräu und genoss es.

»Ja. Und was? Wie hat sie reagiert?«

Marie zuckte mit den Schultern. »Sie fand es ganz gut.«

»Hab ich doch gesagt. Sie mag Eigeninitiative. Gut gemacht.«

Maries Telefon klingelte. Es war Egon Bauers, der mit dem Verkehrsunfall. Marie stellte an Helen Freitag durch und machte sich dann an die Diktate. Auch Friederike Vettweiss hatte ihre Kopfhörer aufgesetzt, und so versanken sie schweigend in ihre Arbeit.

Gegen Mittag kam Frau Freitag aus ihrem Büro ins Sekretariat. Sie beugte sich über die restlichen Akten, die Marie noch nicht bearbeitet hatte.

»Die anderen sind schon fertig?«, fragte sie.

»Ja, alles in der Unterschriftenmappe.«

»Dann machen Sie noch dieses Diktat hier an Herrn Bauers.« Die Chefin reichte ihr die Akte. »Danach unterschreibe ich und bin dann weg für heute.« Sie verschwand wieder in ihr Büro.

Marie blickte fragend zu Friederike herüber.

»Zum Golfspielen verabredet. Sie hat die ganze Woche bis spät abends gearbeitet. Den Nachmittag heute hat sie sich freigenommen. Bin selbst überrascht. Normalerweise arbeitet sie so lange, bis sie umfällt. Ich glaube, die Arbeit mit diesem Reporter tut ihr ganz gut. Da kommt sie auch mal auf andere Gedanken.«

Nachdem Helen Freitag alles unterschrieben hatte, verabschiedete sie sich ins Wochenende. »Marie, machen Sie bitte die Post noch fertig, und dann können Sie auch Schluss machen. Ich denke, für die erste Woche haben Sie schon genug gearbeitet. Was meinst du, Friederike?«

»Unbedingt. Ich habe dir ja gesagt, sie ist Gold wert.« Zu Marie gewandt, prostete sie mit der Kaffeetasse.

Marie wusste nicht mit dem Lob umzugehen und tauchte die Nase tief in den Kaffeebecher. Der Rest Kaffee war kalt und schmeckte scheußlich. Sie war es gewöhnt, dass Mitschüler sich über ihren Kopf hinweg über sie unterhielten. Aber das waren immer Gemeinheiten gewesen.

»Wir hören ja schon auf.« Frau Freitag lachte. Ein angenehmes Lachen, ein gut gemeintes Lachen. Wie sehr sich ihr Leben doch innerhalb einer Woche verändert hatte! »Ich wollte Ihnen nur sagen, dass ich hochzufrieden mit Ihnen bin.« Dann war die Chefin zur Tür raus.

Eine halbe Stunde später stand der Briefträger in der Tür. Neben einer Ladung normaler Briefe reichte er Frau Vettweiss einen großen Umschlag, dessen Erhalt sie abzeichnen musste und den sie sogleich öffnete. Sie zog eine rosafarbene Akte heraus. »Ah, das ist die Ermittlungsakte in der Schrader-Sache.«

»Die haben wir doch schon«, sagte Marie.

»Dann gibt es etwas Neues. Ich weiß, dass Frau Freitag einen ergänzenden Aktenauszug angefordert hatte. Machst du die Post fertig? Ich muss den einen Schriftsatz hier noch zu Ende bringen vor dem Wochenende.«

»Ja, gerne.« Marie nahm den ganzen Poststapel entgegen. Sie hatte es nicht eilig, nach Hause zu kommen. Und das Stempeln der Post hatte so etwas beruhigend Antiquarisches an sich. Die Marie von der Post. Sie lachte in sich hinein.

Die Schrader-Ermittlungsakte nahm sie sich zuletzt vor. Merkte, wie ihr Herzschlag von Schriftstück zu Schriftstück schneller wurde. Sie hielt den Atem an, schloss kurz die Augen und öffnete sie wieder. Sie blätterte an die Stelle, die ihnen schon bekannt war. Der Obduktionsbericht. Danach gab es ein Foto von einem weiteren Asservat. Das Kreuz, das am Tatort aufgefunden worden war und das Helen Freitag zur Akte gereicht hatte. Mutmaßlich gehörte es der Toten. Die Zeugenaussage der Eheleute Schrader folgte und danach ein Ermittlungsbericht des KHK Sandhofen, nach dem die Tote vorbehaltlich der DNA-Analyse als Natalie Schrader identifiziert wurde. Der Bericht der Spurensicherung über die Abnahme der DNA-Proben von den Eheleuten Schrader schloss sich an, dann der Übersendungsbericht an das Rechtsmedizinische Institut der Universität Bonn, mit dem Auftrag, die DNA mit der der Toten abzugleichen.

Frau Freitag würde sich freuen, dachte Marie. Endlich war es offiziell: Die Tote wurde als mutmaßliche Natalie Schrader benannt.

»Marie, ich will dann jetzt weg. Und du hast dir auch dein Wochenende verdient.«

Sie schrak hoch. Sie war so in die Akte eingetaucht, dass sie gar nicht bemerkt hatte, dass Friederike Vettweiss mittlerweile zusammengepackt hatte. Sie beugte sich im Stehen zu ihrer Maus, um den Computer herunterzufahren.

»Ja. Soll ich nicht noch die Akte kopieren?«

»Ich rufe Helen gleich an und sage ihr Bescheid, dass die Akte da ist. Dann kann sie sie sich morgen holen und am Wochenende lesen. Kopier du doch noch schnell die neuen Seiten. Inzwischen räume ich unsere Tassen schon einmal weg.«

Marie reichte Friederike ihre Tasse, ohne hinzusehen, und starrte auf die Akte. Ihre Gedanken rasten, ihr Herz klopfte. Sie fuhr den PC herunter und ging mit der Akte zum Kopierer. Nahm die neuen Seiten heraus und ließ sie durchlaufen. Zurück am Schreibtisch, versuchte sie, beim Wiedereinsortieren in den Hefter weiterzulesen. Nach dem Schreiben an das Labor mit dem Auftrag eines DNA-Abgleichs folgte ihre Liste über die Fahrer. Die erste Version, vor ihrer Überarbeitung. Und zum Schluss ein Gutachten zu dem Kettenanhänger. Einer der Fingerabdrücke konnte identifiziert werden. 78-prozentige Trefferwahrscheinlichkeit!

»Marie, bist du dann fertig?« Friederike stand in der Tür und klimperte mit dem Schlüssel. »Ich will einen Kuchen backen für Theo für morgen. Erster Besuch.«

»Einen Augenblick.« Marie blätterte eine Seite weiter, wo stand das Ergebnis? Was war das für ein Treffer? Da, ganz unten. Ein Name. Miroslav Scholz!

Marie hielt den Atem ein. Einer der Namen aus ihrer Liste der Unauffälligen! Das musste also der Fahrer sein, bei dem Natalie vor zwanzig Jahren in den Lkw gestiegen war. Und wenn jetzt seine Fingerabdrücke auf ihrer Kette waren, musste Natalie doch die ganzen Jahre bei diesem Mann gewesen sein. Das konnte doch nur eines bedeuten: Dieser Scholz könnte ihr leiblicher Vater sein! Gab es eine Adresse? Es folgten zwei weitere neue Seiten in der Akte. Ein Anhörungsschreiben an Miroslav Scholz. Marie schnappte sich einen Zettel, notierte hektisch die Adresse.

»Ich bin schon fertig.« Sie klappte die Akte zu und folgte Friederike Vettweiss zur Tür hinaus.

Den Zettel mit der Adresse von Scholz in ihrer Hosentasche verborgen, ging sie wie in Trance die Treppe hinunter.

Sie lief einfach weiter auf die Straße. Ihre Hand schob sich immer wieder in die Hosentasche, um sich zu vergewissern, dass der Zettel noch da war.

Erst an der S-Bahn-Haltestelle merkte sie, dass sie den ganzen Weg von der Kanzlei bis hierher ohne Kopfhörer gelaufen war. Freitagnachmittag. Bonn war voll. Menschen hetzten in alle Richtungen. Jemand sprintete an ihr vorbei und schaffte es in letzter Sekunde noch, in die Straßenbahn zu springen. Es war ihre. Sie blickte der Bahn nach, ohne Regung. Ihr Herzschlag hatte sich inzwischen beruhigt. Aber ihre Gedanken rasten, sodass sie nichts vom Freitagstrubel um sich herum wahrnahm. Obwohl es in ihrem Kopf geschäftig summte wie in einem Bienenstock, konnte sie keinen der Gedankenfetzen festhalten. Fast mechanisch fuhr ihre Hand regelmäßig in die Hosentasche. Und jedes Mal war sie erleichtert, wenn sie das Papier berührte. Erst als ihre nächste Bahn kam, wurde ihr bewusst, wie lange sie schon an der Haltestelle gestanden haben musste. Aus der Entfernung sah sie die 66 aufblitzen. Je näher sie kam, umso größer wurde die Bahn. Sie spürte den Windhauch auf ihrer Wange. Die Tür öffnete sich genau vor ihr. Mit dem Zischen, das erklang, als die Druckluft entlassen wurde, brachen die ganzen Geräusche dieses Freitagnachmittags über sie ein. »Linie 66 Richtung Siegburg«, erschallte die Computerstimme über die Lautsprecher der Haltestelle. Direkt neben ihr kicherten zwei Mädchen hinter vorgehaltener Hand. Marie taumelte von ihnen weg. Hinter ihr ein Hupen. Bremsen quietschten, noch ein Hupen. Ein Knall blieb aus. Sie stürzte auf die Tür der Bahn zu, fand einen Sitzplatz auf einem der Klappsessel und ließ sich darauffallen. Hastig kramte sie in ihrem Rucksack nach dem iPod, fingerte an den Kopfhörern. Drückte auf »Play«, und die Geräusche um sie herum waren abgewehrt. Sie schloss die Augen. Atmete. Atmete.

Forgetting
all the hurt inside you've learned to hide so well
Pretending
someone else can come
And save me from myself

Chester Bennington. Seine Stimme im Einklang mit ihrem Atemrhythmus. Es wirkte. Und langsam ordneten sich auch ihre Gedanken.

Sie hatte einen Namen.

Ihre Hand ruhte auf ihrer Hosentasche.

Sie hatte eine Adresse.

29. Kapitel

Helen schloss die Augen und genoss die letzten Sonnenstrahlen auf ihrem Gesicht, versuchte vergeblich, auch ihre Ohren zu verschließen. Zumindest auf dem Platz hielt Beate den Mund. Sie war eine konzentrierte Golferin. Aber nach der Runde drehte sie auf. Dabei liebte Helen diese abendliche halbe Stunde auf der Terrasse des Golfplatzes von Eitorf. Der Himmel leuchtete in allen möglichen Rottönen. Als die Sonne hinter dem Horizont verschwand, war es für einen kurzen Moment vollkommen still. Wenn Beate nur nicht ununterbrochen plappern würde. Helen atmete tief durch und saugte am Strohhalm ihres Getränks. Es könnte so perfekt sein. In sicherer Entfernung, am Himmel über Bonn, türmten sich neue Wolkenberge auf. Ein herrlicher Spätsommerabend. Genau das, was sie brauchte, um nach dieser Woche abzuschalten. Die Temperatur war jetzt angenehm. Während des Golfspiels war es noch einmal richtig heiß gewesen, und Helen hatte sich trotz Sonnenmilch und Kappe ein rotes Gesicht eingefangen.

»Um den koketten irischen Teint beneiden wir dich doch alle«, meinte Beate, als Helen nach dem Duschen vor dem Spiegel gestanden und erschreckt das Muster auf ihrem Körper gesehen hatte. Sie konnte nichts Kokettes daran finden. Sie sah eher wie das Negativ einer Komikfigur aus Entenhausen aus. Das T-Shirt zeichnete sich weiß auf ihrer Haut ab, und ihr Gesicht leuchtete wie das von Donald Duck bei einem Wutanfall. Es fehlten nur die Dampfwolken, die ihr aus den Ohren kamen.

Im Grunde war Beate ja herzensgut, zumindest solange sie einem wohlgesonnen war und in der gleichen Mannschaft wie sie selbst spielte. Da das auf Helen zutraf, glaubte sie, dass die Mannschaftskollegin es tatsächlich so meinte, wie sie es sagte. Beate nahm ja auch nie ein Blatt vor den Mund, wenn ihr etwas nicht gefiel. Helen kannte niemanden, der so direkt war. Und niemanden, der so viel redete.

Inzwischen war Beate dazu übergegangen, über den überkandidelten Neuzugang in ihrer Damenmannschaft herzuziehen. Helen versuchte abzuschalten, was nicht gelang. Nadja Schneider-Ristic schien auf den ersten Blick zu halten, was ihr Name versprach. Blondiert, dürr bis auf den üppigen Busen und sonnengebräunt.

»Hast du gesehen, dass sie sogar auf dem Platz mit Schmuck behängt ist wie ein Weihnachtsbaum? Und dann die Schminke! Ich hatte echt Angst, dass sich die Bienen in ihrem Gesicht verirren, weil sie das für Blütenfarben halten.« Helen musste gegen ihren Willen grinsen.

»Kann ich noch etwas bringen?«, fragte die Bedienung und unterbrach für einen Augenblick den Redeschwall von Beate.

Auf diese Frage hatte Helen sich schon die ganze Woche gefreut. »Ich hätte gern ein Chili.« Das Chili hier war klasse. Beate hin oder her, Helen würde sich nicht den Tag verderben lassen. Sie fühlte sich angenehm ausgepowert. Achtzehn Loch in den Beinen, bei denen sie die Arbeit hinter sich gelassen hatte. Und jetzt den Abend hier genießen mit leckerem Essen und halt auch mit Beate.

Die tat es ihr gleich. »Ich nehme auch das Chili.«

Nachdem die Bedienung fort war, ging die Lästerei wieder los. »Weißt du, an wen die mich erinnert? Nadja, meine ich.«

»Nein, aber ich bin sehr gespannt.« Wenn man sich darauf einließ, konnte es lustig mit Beate werden.

»An eine Mischung aus Miss Piggy und Verona Feldbusch. Nur mit noch weniger Talent.«

»Aber Golfen kann sie.«

»Ich möchte nicht wissen, wie viele Stunden Training sie dafür hatte und mit wie vielen Pros sie ins Bett gestiegen ist.«

»Beate! Jetzt hör aber auf! Vielleicht ist sie ja ganz nett. Wir kennen sie doch noch gar nicht richtig.«

»Hast du denn nicht gehört, was Simone über sie erzählt hat? Die …«

Helens Handy klingelte und ersparte ihr diese Geschichte. Es war Friederike. Hoffentlich war nichts mit Theo. »Frieda, was gibt es?«

»Hallo Helen. Ich störe nur kurz.«

»Du störst nicht.« Im Gegenteil, dachte Helen.

»Wie auch immer. Wollte dir nur sagen, dass die Schrader-Ermittlungsakte in der Post war. Du warst schon weg.«

»Da bin ich einmal früher weg …!«

»Ist doch nicht schlimm. Lass sie bis zum Montag liegen und genieße dein Wochenende. Ich habe es dir nur erzählt, damit du mir am Wochenanfang nicht gleich den Kopf abreißt.«

»Zu Recht.« Helen lachte.

»Also, mach dich nicht fertig. Die liegt Montag auch noch da.«

»Du kennst mich doch. Ich bin wahrscheinlich zu neugierig.« Helen blickte in den Abendhimmel. Die Sonne war zwar untergegangen, aber jetzt spielte der Himmel noch einmal ein richtiges Farbkonzert auf. Es war traumhaft. »Aber ich überlege es mir noch. Vielleicht faulenze ich tatsächlich mal.« Sie staunte über sich selbst. »Alles in Ordnung mit Theo?«

»Werde ich morgen sehen. Samstag ist Besuchstag.«

»Wird schon gut gehen. Zumindest hast du ja jetzt im Büro Entlastung. Was sagst du denn zu Marie?«

»Die ist klasse. Arbeitet gut, ist motiviert und passt super zu uns. Ich sag nur, kleine schwarze Bohnen.«

»Ja. Das stimmt. Aber ich fand, sie war die letzten beiden Tage so still. Ein bisschen in sich gekehrt.« Ungefähr nachdem sie auf die Eheleute Schrader getroffen war. Oder war es schon vorher gewesen? Helen war sich nicht sicher, aber Friederike war dichter an ihr dran.

»Möglicherweise hat das mit Theo bei ihr etwas ausgelöst. Sie hat mir erzählt, dass sie auch mal so eine depressive Phase hatte und ihre Eltern sie in eine Klinik hatten bringen wollen.«

»Wirklich?« Helen hatte eine gewisse Traurigkeit an Marie festgestellt, zumindest eben in den letzten beiden Tagen, war sich aber nicht sicher gewesen, ob das nur ihrer eigenen Sensibilität diesem Thema gegenüber geschuldet war, die sie seit Danes Tod gefangen hielt.

»Ja. Aber es kam nicht so weit. Oder es hängt damit zusammen, dass sie adoptiert ist. Ich stell mir das schwierig vor, wenn man seine Wurzeln so gar nicht kennt.«

»Sie ist adoptiert?«

»Ja, interessant, nicht wahr?«

Das Chili kam. Beate fing an zu essen.

»Hat sie dir das alles erzählt? Warum nicht mir?«

»Na, du warst die ganze Woche beschäftigt und viel unterwegs. Deshalb sag ich ja, nimm dir das Wochenende frei.«

Nach dem Telefonat fing Beate wieder an. Von so etwas Banalem wie einem vollem Mund ließ sie sich nicht aufhalten. Helen hörte aber noch weniger zu als zuvor. Friederike hatte ihr einiges zu denken mit auf den Weg gegeben. Sobald sie aufgegessen hatte, verabschiedete Helen sich von ihrer Mannschaftskollegin und machte sich auf den Nachhauseweg.

Bei ihrer Mutter im Wohnzimmer flackerte der Fernseher. Gut, dann würde sie nicht hören, dass Helen nach Hause kam.

Gerade als Helen ihre Wohnungstür aufgeschlossen hatte und den Flur betrat, kündigte der Piepton ihres Handys an, dass sie eine E-Mail bekommen hatte. Sie zog ihre Fleecejacke aus und legte sie über das Sofa. Begab sich direkt zu ihrem Schreibtisch und dem Laptop.

Eine Nachricht von Anonymus! Er hatte Zeitung gelesen.

morgen 15 uhr ubahn halte uni
allein, keine polizei, keine paparazzi
nur das Geld

Schon während sie die Nachricht las, griff sie zu ihrem Handy und wählte die Nummer von Voss.

30. Kapitel

Ein Klopfen. »Marie?« Sie zog sich die Decke über den Kopf. Sie hatte kaum geschlafen. Wieder ein Klopfen. »Marie, Frühstück steht auf dem Tisch. Draußen. Es ist wunderbares Wetter.«

»Lass mich, Gretchen. Ich muss nachdenken.« Und das stimmte. Ihre Gedanken hatten sie die ganze Nacht wachgehalten.

»Darf ich hereinkommen? Bitte?«

Vorher würde ihre Mutter keine Ruhe geben. »Ja, komm halt rein.«

Die Tür öffnete sich, und ihre Mutter steckte den Kopf herein. Als sie sah, dass Marie die Decke zurückschlug und sich auf die Bettkante setzte, huschte ein Lächeln über ihr Gesicht. Sie trat ins Zimmer. »Toll, du bist ja fast fertig. Ich mach mal das Fenster auf und lass Luft rein. Noch ist es nicht so heiß.« Sie zog den innen liegenden Rollladen hoch und öffnete das Dachfenster bis zum Anschlag. Ein erfrischender, aber schon lauwarmer Windhauch flutete das Zimmer zusammen mit der Helligkeit.

»Übertreib es nicht, Gretchen«, murmelte Marie. »Wie spät ist es denn?«

»Schon kurz vor elf Uhr. Du hast geschlafen wie ein Murmeltier. Musst dich bestimmt erst an die regelmäßige Arbeit gewöhnen.«

Wenn Gretchen wüsste, dass sie fast gar nicht geschlafen hatte, würde sie sie nicht mehr in Ruhe lassen, und genau die brauchte sie, um nachzudenken. Deshalb nickte sie nur mit dem Kopf, sagte aber nichts. Außerdem war sie immer noch nicht allzu gut auf ihre Adoptiveltern zu sprechen. Sie fühlte sich betrogen. Warum hatten sie ihr nie die Wahrheit gesagt? Jetzt wollten sie darüber sprechen, jetzt, da sie es durch Zufall mit angehört hatte. Aber nun wollte Marie nicht mehr. Nicht gleich. Erst brauchte sie Abstand von den beiden. Erst musste sie herausfinden, wer sie war. Wer Natalie war und wer Miroslav Scholz. Ihre leiblichen Eltern? Bei Natalie war sie sich mittlerweile sicher. Die Ähnlichkeit wäre ein zu großer Zufall. Außerdem hatte sie vom ersten Moment an gewusst, dass sie die Tote kannte. Gleich, als sie das Foto in der Zeitung gesehen hatte. Und dieser Scholz? War das ihr Vater? Sie musste es herausfinden. Ihn sehen, dann würde sie es wissen.

»Ein Frühstück auf der Terrasse ist genau das Richtige. Da kannst du diese ereignisreiche Woche verarbeiten. Und wir sind für dich da, wenn du willst. Du hast doch bestimmt viele Fragen.« Gretchen sagte es beiläufig, während sie den Teller und die Tasse vom Abendessen zusammenräumte, aber sie spürte die Anspannung in der Stimme ihrer Adoptivmutter. Gestern hatte Marie sich mit dem Abendessen allein auf ihr Zimmer verzogen, hatte die beiden in der Küche sitzen lassen, wo sie darauf warteten, dass sie endlich mit ihnen sprach. Aber so weit war sie nicht. Marie wollte sie etwas zappeln lassen. Schließlich hatte auch sie lange genug auf die Wahrheit warten müssen. Das geschah ihnen recht.

»Gibt's Kaffee?«

Ihre Mutter blickte sie mit offenem Mund an.

»Scherz, Gretchen. Ich dusche, dann komm ich runter.«

Ihre Adoptiveltern saßen auf der Terrasse, die zu dieser Tageszeit im Schatten lag. Angenehm in so einem heißen Sommer. Blickten auf den Garten, hatten ihr den Rücken zugewandt. Marie blieb auf der Treppe stehen. Unschlüssig schaute sie auf die beiden hinunter. Wie immer schienen sie völlig einträchtig, wie sie da nebeneinandersaßen, Gretchen leicht den Kopf zu ihrem Ehemann geneigt. Ihre Hand lag locker auf seinem Oberschenkel. Ein Bild völliger Vertrautheit, Einheit. Nicht zum ersten Mal fühlte sich Marie ausgeschlossen, wie ein Eindringling in dieser so harmonischen Zweisamkeit. Zum ersten Mal aber hatte sie eine Erklärung für dieses Gefühl. Das machte es nicht leichter, sich jetzt zu den beiden zu setzen. Schon aus der Entfernung spürte Marie die unsichtbare Mauer, die Gretchen und Georg umgab, und es kostete sie unglaublich viel Kraft, sich ihnen zu nähern. Die offen stehende Terrassentür war wie eine Grenze, die sie durchbrechen musste.

Sie nahm ihren Mut zusammen. Dachte daran, wie es ihr eine ganze Woche lang gelungen war, allein mit der Bahn nach Bonn zu fahren. Auch wenn das in vielerlei Hinsicht einfacher war, denn sie hatte sich mit

Musik auf den Ohren in ihre eigene Welt zurückziehen können, während sie mit der identitätslosen Masse verschmolz. Unsichtbar. Gretchen und Georg dagegen kannten Maries Identität. Hatten sie die ganzen Jahre über gekannt. Wut stieg in ihr auf. Gerade als sie heraustreten wollte, fing ihr Vater an zu sprechen, und Marie blieb stehen.

»Wo bleibt sie denn?«

»Sie duscht kurz, dann kommt sie. Wir bekommen das schon wieder hin mit ihr, Georg. Nur die Ruhe.«

»Ich bin doch ganz ruhig.« Er nahm einen Schluck Tee und verbrannte sich die Lippen. »Mist.«

»Bist du? Hm?« Gretchen legte den Kopf schief.

»Ja, vielleicht bin ich etwas angespannt. Die ganze Situation mit Marie nimmt mich doch ziemlich mit.«

Die ganze Situation, dachte Marie. Das wird ja immer schöner. Jetzt war sie schon eine Situation.

»Aber wir wussten, dass wir uns dem irgendwann stellen müssen. Ich dachte immer, du wärst der Coolere von uns beiden.«

»Hätte ich auch gedacht. Aber gerade jetzt meint Marie, ihre eigenen Wege gehen zu müssen. Diese neue Stelle.«

»Ich bitte dich, Georg. Das ist doch fantastisch. Endlich zeigt sie Interesse. Das haben wir uns doch immer für sie gewünscht.«

Marie verdutzte die Unterhaltung der Eltern so sehr, dass sie mit offenem Mund dastand. Sie hätte niemals gedacht, dass sie einmal Gretchen zustimmen würde. Was passte ihrem Vater denn bitte jetzt nicht daran? Offensichtlich war sie nur seine kleine süße Marie, wenn sie zu Hause rumhockte und er sie beglucken konnte.

»Ja, aber diese Anwaltskanzlei ist doch nicht das Richtige für sie.«

»Jetzt fang nicht wieder damit an. Nur weil die diesen einen Fall bearbeiten? Das ist eben das Leben. Du kannst sie doch nicht vor jeder üblen Nachricht in der Welt beschützen. Sie muss ihre eigenen Erfahrungen machen, und dazu gehören auch die bösen Dinge.«

Es reichte Marie. Das hier war ihre ureigenste Sache. Ihren Adoptiveltern stand kein Recht zu, sich da einzumischen. Sie trat hinaus, sie war aufgebracht genug, die Konfrontation zu wagen, die sie eigentlich gar nicht wollte. Noch nicht wollte.

»Morgen.« Ihre Stimme, die stark und herausfordernd klingen sollte, war nicht mehr als ein Piepsen.

»Da bist du ja. Ich brühe schnell einen frischen Tee auf.« Gretchen nahm die Kanne vom Tisch und verschwand in die Küche. Marie setzte sich. Sie sah, wie sich ihr Vater zusammennahm und seinen Mund zu einem Lächeln verzog. So als wäre alles in bester Ordnung.

»Na, wie geht's dir, meine Kleine? Gut geschlafen?«

»Nein. Und ich bin nicht deine Kleine.«

Georg hob die Hände und schüttelte den Kopf. »Tschuldigung.«

Jetzt tat es Marie schon wieder leid. Diese Konfrontation war sie nicht gewohnt. Sie hatte sich immer nur zurückgezogen. Und gerade mit Papa und seiner unaufgeregten Art war sie immer klargekommen. Bei ihm hatte sie nie diesen Druck gespürt wie bei ihrer

Mutter. Bei ihm konnte sie sich fallen lassen. Trotzdem war jetzt im Moment er es, dem ihre neue Selbstständigkeit nicht zu passen schien.

Gretchen kam wieder und unterbrach die unangenehme Stille. »Soll ich dir einschenken?«

Marie nickte und nahm sich eins der süßen Vollwertbrötchen mit Rosinen. Noch etwas aus dem »DDT«, das sie gerne mochte. Mit Butter und Käse von der Biokäserei schmeckte es hervorragend. Sie biss kräftig hinein. Eine echte Geschmacksexplosion. Da konnte sie es sogar verschmerzen, dass es nur Tee gab und keinen Kaffee. Außerdem musste sie mit vollem Mund nicht sprechen. Denn so wie Gretchen und Georg sie beobachteten, warteten sie sehnlich darauf, dass Marie das Wort ergriff und ihnen die brennenden Fragen stellte, die ihr doch sicherlich auf der Seele lagen. Marie kam der Gedanke, dass sie nur deshalb so füllig war, weil sie all die Jahre durch ständiges Essen versucht hatte, den Gesprächen mit ihren Adoptiveltern aus dem Wege zu gehen. Insbesondere denen mit Gretchen. Aus den Augenwinkeln sah Marie, wie ihre Mutter beinahe zu platzen drohte ob all der Fragen, die ihr selbst auf der Zunge lagen. Und richtig, es dauerte nicht lange, Marie hatte noch nicht einmal die erste Hälfte des Brötchens verspeist.

»Wie war denn die erste Arbeitswoche? Hast du nette Kollegen? Und deine Chefin, wie ist die? Du hast die ganze Woche gar nichts erzählt.«

»War okay.« Schnell steckte Marie sich den Rest der Brötchenhälfte in den Mund.

»Und wie lange fährst du jetzt genau mit Bus und Bahn?«

»Keine Ahnung. Gute Stunde vielleicht. Kommt drauf an, welche Verbindung ich nehme.« Sie zog die Schultern hoch.

»Vielleicht ist es ja einfacher, wenn Papa dich morgens mitnimmt bis nach Siegburg. Dann musst du nur noch in die Straßenbahn einsteigen.«

»Geht schon so.«

»Aber Papa fährt sowieso da vorbei. Das wäre überhaupt kein Problem, nicht, Georg?«

»Nun lass sie doch in Ruhe. Natürlich könnte ich sie mitnehmen. Aber vielleicht will sie das ja auch mal allein machen. Hast du nicht eben noch gesagt …«

Gretchen stieß ihrem Mann den Ellenbogen in die Seite und unterbrach ihn. »Ja, natürlich. Find ich ja auch gut. Ich dachte nur. Das ist ja ein ganz schöner Weg. Und wenn sie in die Schule muss, ist es noch weiter. Ich habe mir das angeschaut. Die Schule ist in Bad Godesberg. Dann muss sie noch früher raus.«

»Machen wir es eben so, dass ich sie mitnehme, wenn sie Schultage hat.«

»Ja, das ist eine hervorragende Idee. Was meinst du, Marie? Weißt du schon, an welchen Tagen du Schule haben wirst?«

Marie schüttelte den Kopf. Der Schulbeginn war nächste Woche, und dann wurde man in die Klassen eingeteilt. Marie hatte den Gedanken daran, dass sie wieder in die Schule gehen musste, wenn auch nur für zwei Tage die Woche, bisher erfolgreich verdrängt.

»Wann geht die Schule denn überhaupt los?« Gretchen ließ nicht locker. »Das müsste doch bald so weit sein.«

»Bei unseren Azubis läuft die Schule schon seit zwei Wochen«, brachte Georg sich ein.

»Soll der Papa dich denn dann mitnehmen?«

Marie biss lieber in das zweite Brötchen, als zu antworten.

»Marie, jetzt lass dir doch nicht alles aus der Nase ziehen.« Gretchen schenkte ihr Tee nach.

»Merkt ihr eigentlich noch was? Ihr unterhaltet euch die ganze Zeit über meinen Kopf hinweg, als wäre ich gar nicht hier. Und wenn ich dann mal nicht direkt wie aus der Pistole geschossen antworte, schlägt die Stimmung um. Ich habe so was von die Schnauze voll davon. Lasst mich doch einfach in Ruhe. Ich kann es euch ja offensichtlich sowieso nicht recht machen. Keinem von euch.« Marie blickte insbesondere Georg dabei an und warf das angebissene Brötchen auf den Teller, verschränkte die Arme vor der Brust und kämpfte dagegen an, dass ihr die Tränen aus den plötzlich wässrigen Augen schossen. Sie wandte den Kopf ab.

»Aber, Marie ... Liebes. So war das doch gar nicht gemeint.« Gretchens Stimme zitterte, sie hatte wohl mit einem solchen Ausbruch nicht gerechnet.

Georg legte die Hand auf den Arm seiner Frau. »Ist gut. Lass mal. Wir sind wohl alle etwas durch den Wind.«

»Ach ja? Und warum solltet ihr bitte durch den Wind sein? Habt ihr auch gerade erst erfahren, dass ich nicht eure leibliche Tochter bin, oder was?« Jetzt ließ Marie ihren Tränen freien Lauf. War doch eh schon alles egal. Sie wollte gar nicht mit ihnen über das, was ihr seit Tagen keine Ruhe mehr ließ, reden. Genau das Thema war tabu. Sie musste erst selbst mehr erfahren. Gretchen und Georg wussten doch gar nichts. Sie wussten weder etwas über ihre richtigen Eltern noch wie es war, sich ein Leben lang ausgeschlossen zu fühlen, nicht dazugehörig. Eine Fremdheit zu empfinden den eigenen Eltern gegenüber. Sich unverstanden zu fühlen, keine Freunde zu haben. Anders zu sein.

»Das ist jetzt nicht fair, Marie. Für uns ist das auch keine leichte Situation.«

»Ihr tut mir echt leid.« Marie sprang auf. »Ihr könnt mich mal.«

»Marie, bleib hier. Lass uns nicht so hier sitzen.«

»Sonst was?«

»Lass uns doch in Ruhe reden. Ich mach uns noch einen Tee und –«

»Du meinst, mit Tee kann man alles lösen, ja? Du bist so einfältig, Gretchen.«

Sie musste sich das nicht länger antun. Sie fragte sich, warum sie sich überhaupt zu ihnen gesetzt hatte. Sie hatte doch genau gewusst, wie das enden würde. Irgendwann würde sie sich den beiden stellen müssen. Aber jetzt noch nicht. Jetzt musste sie sich erst mal ihrer Vergangenheit stellen. Erst dann könnte sie in die Zukunft blicken.

Marie rannte nach oben. Warf ihr Portemonnaie in den Rucksack, eine Strickjacke, falls es gegen Abend kälter würde. Sie hatte keine Ahnung, wie lange sie unterwegs sein würde. Zuletzt nahm sie ihr Handy mit den Kopfhörern. Sie wäre nicht allein. Chester wäre bei ihr. Die Adresse von Miroslav Scholz hatte sie schon am Vorabend in ihr Handy eingegeben und sich eine Route heruntergeladen. Es ging nach Bonn-Tannenbusch.

Als Marie die Treppe wieder hinunterlief, versuchte Gretchen, sie am Arm zurückzuhalten. »Wo willst du denn jetzt hin?«

»In die Kanzlei.« Das war das Erste, was ihr einfiel.

»Direkt am ersten Wochenende?«

»Ist noch Arbeit liegen geblieben. Will ja einen guten Eindruck machen.« Dagegen konnte Gretchen schlecht etwas einwenden. Marie löste ihren Arm aus Gretchens Griff und verschwand durch die Haustür.

31. Kapitel

Es hatte sich nichts geändert, gar nichts. Nur dass sie jetzt ganz allein war, seitdem er Marie fortgebracht hatte und trotzdem ohne sie auf seine Touren fuhr. Natalie hatte begonnen, zu viel zu trinken. Sich von dem Geld, das sie sparte, weil sie nichts für die Kleine kaufen musste, Sixpacks Bier gekauft. Zuerst hatte sie sich eingeredet, sie würde sie für Miro kaufen. Damit etwas im Kühlschrank war, wenn er wieder zurückkam. Dann hatte sie sie nach und nach selbst getrunken. Neu gekauft, wenn sie leer waren, damit wieder etwas für Miro da wäre, und auch diese dann selbst getrunken.

Zuerst hatte er sie ein paarmal mitgenommen. So wie früher. Sie waren in Belgien gewesen, in Wien. Aber immer seltener wurden diese gemeinsamen Fahrten. Und jetzt saß sie die Hälfte seiner Touren in derselben kleinen Wohnung in Köln herum und hatte nichts, keine Freunde, keine Tochter, kein Geld.

»Du hast eine andere«, hatte sie ihm an den Kopf geworfen. »Sag es, gib es zu.«

Er hatte es abgestritten.

»Dann nimm mich mit.«

Immer andere Ausreden hatte er gefunden. Die Zeit wäre zu knapp, eine besonders dringende Tour, ein anderer Fahrer, den er auf der Hinfahrt mitnehmen musste.

Irgendwann, wenn sie genug getrunken hatte und sich traute, begann sie Fragen zu Marie zu stellen. »Wo hast du sie hingebracht? Ich will sie sehen.«

»Wozu?«

»Sie ist meine Tochter. Unsere Tochter. Ich will sie bei mir haben.«

»Das hättest du dir früher überlegen müssen, aber du wolltest ja wieder dein gemütliches Leben wie vorher. Ich hör dich noch jammern.«

»Aber du nimmst mich ja trotzdem nicht mehr mit. Du hast eine andere.« Und die Streitereien fingen wieder von vorne an. Sie konnte nicht mehr. Hätte einfach fortgehen sollen. Aber sie hatte doch nichts. Wohin hätte sie gehen sollen? Zurück nach Hause? Niemals. Diese Blöße würde sie sich vor ihren Eltern nicht geben. Und sie wollten sie bestimmt auch nicht mehr zurück. Niemand wollte sie. Nur ihre Marie, ihre kleine schöne Tochter, hatte sie gewollt. Und jetzt wollte Natalie sie zurück. »Wo hast du sie hingebracht? Ich will sie sehen.«

Irgendwann im Suff, im gemeinsamen Suff, hatte er ihr eine Antwort gegeben. Er konnte sich jetzt nicht mehr daran erinnern. Aber sie konnte es.

»Kindergarten«, hatte er gebrabbelt.

»Wo?«

»Bonn.«

So nah, hatte sie gedacht. So nah von daheim, so nah bei ihren Eltern!

»Welcher? Wie heißt der?«

»Was weiß ich, wie der scheiß Kindergarten heißt? Da, wo er sie hinhaben wollte.«

»Wer?«

»Na, der Typ, dem ich sie verkauft habe.« Miro hatte laut gelacht. »Da schaust du blöd, was? Ich hab dicke Kohle für das Blag bekommen.«

Natalie wurde schlecht. Was hatte er ihrem Kind angetan? Sie riss sich zusammen. Sie durfte jetzt nicht locker lassen. Musste mehr herausbekommen. Jetzt, da er einmal redete. Und nach einer Weile hatte er es gesagt. Alles, was sie brauchte. Sie kannte diesen Kindergarten genau. Das war der gewesen, den sie selbst besucht hatte. »Direkt an der Ausfahrt ist der. So praktisch. Einen Reifen versteckst du am besten unter Reifen, hab ich ihm gesagt. Der ist clever.« Gelacht hatte Miro und dabei gesabbert, und dann war er eingeschlafen. Aber nicht Natalie. Sie hatte sich alles genau gemerkt.

Sie hatte sich erst lange nicht getraut. Aber jetzt war es so weit. Sie wusste nicht, ob überhaupt eine Chance bestand, Marie dort zu finden. Denn so, wie sie es verstanden hatte, war der Kindergarten nur ein Übergabepunkt gewesen. Aber es war ihr einziger Anhaltspunkt.

Natalie hörte die Kinder schon von Weitem. Lachende, schreiende Kinder, in ihr Spiel versunken, Fangen oder Verstecken. Es kam ihr komisch vor. Natalie zuckte unwillkürlich zusammen. Sie hatte immer versucht, dass ihre Kleine möglichst ruhig war, wenn Miro zu Hause war. Es schien ihr falsch, dass diese Kinder so ungezwungen schreien und toben konnten. Als sie um die

Ecke bog, sprang ihr zuerst das Klettergerüst ins Auge. Es ragte in die Luft wie ein umgefallener Baumriese, der seine Arme in alle Richtungen von sich streckte. Unzählige Stämme, Planken und Seile in den verschiedensten Farben miteinander verwoben. Darauf turnten ebenso bunt angezogen wie das Gerüst, auf dem sie kletterten, mehrere Kinder. Mädchen und Jungs, kleine und größere. Ein Mädchen hing kopfüber von einer der Stangen wie ein Äffchen, ihre langen dunklen Haare, in zwei Zöpfe geflochten, berührten den Sand unter dem Klettergerüst. Dabei sang sie lauthals den Pippi-Langstrumpf-Song. Drei Jungs rauften sich spielerisch um die Vorherrschaft auf einem Netz aus Seilen, das zum Klettergerüst hinaufführte. Andere liefen wild umher, jagten sich. Ein paar von den kleineren Kindern backten in einem überdimensionalen Sandkasten Sandkuchen und bauten Burgen. Am Rand des Spielareals standen zwei Kindergärtnerinnen in ein Gespräch vertieft. Nur ab und zu griffen sie mit mahnenden Worten ein, wenn das ein oder andere Kind im Spiel zu weit über das Erlaubte hinausging. War Marie eines dieser Kinder? Ihre Tochter war jetzt fünf. Natalies Blick schweifte über den Garten der Kindertagesstätte, auf der Suche nach einem Blondschopf wie dem ihren. Das Kind hatte doch noch blonde Haare? Vielleicht waren die Haare ihrer Tochter ja nachgedunkelt. Sie hatte schon davon gehört. Ihre eigene Mutter hatte Natalie Fotos von sich selbst als Kind mit hellblonden Haaren gezeigt. Natalie hätte niemals gedacht, dass das ihre Mutter sein sollte, waren ihre Haare später doch dunkelbraun gewesen. Ob sie mittlerweile schon grau wurden? Wie lange hatte Natalie ihre Mutter nicht gesehen? Sieben Jahre oder acht? Nein, so alt war sie nicht, sicher waren ihre Haare noch dunkel.

Natalies Blick fiel auf ein Mädchen mit hellblonden langen Haaren. Es saß auf einem runden Balken am Rand des Sandkastens bei den kleinen Kindern, die Nase tief in ein Buch gesteckt. Das musste sie sein. Marie.

Natalie passierte den Kindergarten auf der anderen Straßenseite, um sich dann an der von den beiden Kindergärtnerinnen entfernten Seite dem Zaun aus bunt bemalten Latten zu nähern. Dabei ließ sie den Blondschopf nicht aus den Augen. Ein Wonneproppen. Sie hatte allem, was ihr im Leben begegnete, genug entgegenzusetzen. Aber warum saß sie so abseits vom Trubel? Sie war in das Buch vertieft. Ob sie bereits lesen konnte? Manche Kinder konnten das doch schon in diesem Alter, und sie hatte Marie immer mit Büchern aus der Bücherei versorgt. Das Einzige, was Natalie sich an Spielzeug hatte leisten können. Auch wenn es damals natürlich nur Bilderbücher waren, außer den Geschichten und Märchen, die sie ihr vorgelesen hatte.

Die Kleine trug einen bunten Strickrock, ein rosa Shirt, dazu Gummistiefel. Eine merkwürdige Kombination. Aber es schien ihr gut zu gehen. Natalie war ihr jetzt ganz nah. Aber war das wirklich ihre Marie? Sollte sie ihren Namen rufen, um sicher zu sein? Miro hatte gesagt, er hätte ihr das Namensband gelassen, das Natalie ihr als Armband aus Holzklötzchen gefertigt hatte. An dem Tag, als er sie weggebracht hatte. Den Namen hatte er ihrer Tochter gelassen. Das Einzige neben Waldi, ihrem Kuscheltier, das ihr aus dem Leben mit ihrer richtigen Mama geblieben war.

Natalie war dem Mädchen jetzt so nah, wie sie herankommen konnte, ohne das Kindergartenareal direkt zu betreten. Sie würde einen Versuch wagen, nahm all ihren Mut zusammen, da klatschte eine der Kindergärtnerinnen in die Hände. »Mittagszeit, Kinder. Alle hereinkommen.« Der blonde Schatz hob nur kurz seinen Kopf und tauchte wieder in das Buch ein. Wie früher brachte sie so schnell nichts aus der Ruhe. Nur wenn Miro da war, war es anders gewesen. »Los, alle reinkommen.« Noch einmal klatschte die Frau in die Hände, während die andere Erzieherin zu den Kleinen im Sandkasten ging und sie persönlich an die Hand nahm, und rief in Richtung des blonden Mädchens: »Das gilt auch für dich, Marie. Komm schon, kleine Trantüte.«

Ein Lächeln stahl sich auf Natalies Gesicht. Ja, das war ihre Marie.

Das Mädchen schlug das Buch zusammen und schlurffte den anderen hinterher.

Natalie würde warten und sehen, wie lange Marie im Kindergarten blieb. Wer sie abholte. Ja, das wollte sie wissen. Und dann? Es würde sich zeigen.

In einem kleinen Café in der Nähe vertrieb sie sich die Zeit. Hatte sich einen Milchkaffee gegönnt, auch wenn ihr zusammen mit den Ausgaben für die Bahntickets für den Rest des Monats kein Geld übrig blieb. Miro hatte ihr diesmal nicht so viel dagelassen. Zur Abholzeit postierte sie sich auf der gegenüberliegenden Seite der Kindergarten-Eingangspforte an der dortigen Bushaltestelle. Das war unverfänglich. Ab vierzehn Uhr wurden die Kinder nach und nach abgeholt. Um kurz nach drei war Marie an der Reihe. Eine schlanke dunkelblonde Frau, vielleicht zehn Jahre älter als sie selbst, kam, um Marie abzuholen. Sie trug einen ebensolchen gestrickten Rock wie die Kleine. Hand in Hand verließen sie den Kindergarten. Natalie folgte ihnen in geringem Abstand. Vielleicht wohnte sie ja direkt in der Nähe. Die Kleine plapperte drauflos.

»Nein, du Naseweis«, sagte die Frau. »Wir fahren erst einkaufen, und dann besuchen wir Papa auf der Baustelle.«

»Wann können wir denn in dem neuen Haus wohnen?«, fragte Marie. Sie hatte eine hohe Stimme, wie ein kleiner Vogel.

»Bald schon. Und dann können wir sogar zu Fuß zu dem neuen Kindergarten, und später ist es auch nicht weit zur Schule. Du wirst sehen, es wird dir gefallen.«

Die beiden kamen an ein Auto und stiegen ein. Natalie blieb stehen. Tat so, als schnüre sie ihren Schuh. Das Nummernschild prägte sie sich ein. Nach kurzem Moment fuhr das Fahrzeug los, und Natalie fühlte sich völlig verlassen.

Sie würden umziehen, weg von hier. Gerade, als sie Marie gefunden hatte. Es schnürte ihr den Hals zu. Wie ein Mantra wiederholte sie die Buchstaben und Zahlen des Kennzeichens auf dem ganzen Weg zurück nach Köln.

Natalie hatte ihr letztes Geld zusammengeklaubt, weniger eingekauft und dafür eine Monatskarte für den VRS erstanden, sodass sie Marie möglichst oft in diesem Monat sehen konnte.

Ein paarmal hatte sie es sogar geschafft, mit der Kleinen zu sprechen. Über den Zaun hinweg. Sie hatte ihr ein Buch mitgebracht. Eines der alten Bilderbücher von damals, die sie verwahrt hatte. Es hatte nur fünf dicke Seiten und nur einfache Bilder von Tieren, und Marie hatte es nicht haben wollen. Dafür wäre sie schon zu alt. Eine der Kindergärtnerinnen war dazugekommen, und Natalie war schnell fortgegangen. Sie musste vorsichtiger sein. Das hier war ein kleiner Vorort von Bonn, fast ein Dorf. Hier kannte jeder jeden, und ihre Besuche fingen an aufzufallen. Aber sie hatte gesehen, dass es ihrer Kleinen gut ging. Es war so schön, ein paarmal ihre Vogelstimme zu hören, ihre blauen Augen zu sehen. Sie erkannte Miro darin, wenn die Kleine auch ansonsten doch eher ihr glich. Ein stämmiges Kind zwar, aber sie hatte Natalies zierliche Hände und auch ihre hohe Stimme.

Diesen einen Monat besuchte sie sie so oft wie möglich im Kindergarten und versuchte sich alles von dem Mädchen einzuprägen, damit sie es tief in ihrem Herzen immer mit sich tragen konnte. Als sie dann zwei Monate später wieder genug Geld zusammengeklaubt hatte und noch einmal zum Kindergarten fuhr, war Marie nicht da. Auch nicht ein paar Wochen später. Sie wollte es ein letztes Mal versuchen. Vielleicht war das Kind ja nur krank gewesen. Aber auch da war sie in dem ganzen turbulenten Haufen voller Lachen, Weinen und Kindsein nicht zu sehen. Sie waren fortgezogen. Und Natalie fühlte durch all den Trubel, den die Kinder in diesem Moment machten, dass sie ihre Tochter nie wiedersehen würde. Nur einmal hatte sie bei den ganzen Besuchen Marie berühren können, als sie ihr das Buch hatte über den Zaun reichen wollen. Eine zarte Berührung, nur mit ihren Fingerspitzen.

32. Kapitel

Rabe hatte sich nicht gemeldet. Weder ein Rückruf noch eine Nachricht, obwohl sie ihm auf die Mailbox gesprochen hatte. Mehrfach. Kaum ein Auge hatte Helen heute Nacht zugemacht. Erwartete, jeden Moment ihr Handy zu hören. Sie hatte sich einen Spaß gemacht und der Nummer von Voss ein Rabenkrächzen als Klingelton verpasst. Aber nichts. Jetzt war es kurz vor dreizehn Uhr. Voss sollte sich zum Teufel scheren. Wo war er? Von wegen, *du kannst mich jederzeit anrufen*. Anrufen ja, das hieß aber offensichtlich nicht, dass er auch antwortete. Schöner Mist. In zwei Stunden hatte Anonymus das Treffen angesetzt. Sie las sich zum wiederholten Mal seine E-Mail durch.

morgen 15 uhr ubahn halte uni
allein, keine polizei, keine paparazzi
nur das Geld

Allein. Warum auch nicht? Er wollte das Geld, sie wollte Informationen. Ein einfacher Deal. Was sollte passieren? Jede Seite würde gewinnen, nur der Mörder nicht. Wenn die Informationen überhaupt so gut wären, ihm auf die Spur zu kommen. Helen glaubte mittlerweile nicht mehr, dass ihr Gefahr von ihrem anonymen Freund, wie Rabe ihn bezeichnet hatte, drohte. Aber nicht nur Anonymus wusste, wer sie war, sondern auch der Täter. Jeder, der die Nachrichten verfolgt hatte, wusste, dass sie die Eltern der Toten vertrat. Was, wenn der Täter ihre Schritte verfolgte?

Genervt von ihren eigenen sich im Kreis drehenden Gedanken, klappte sie den Laptop zu. Wieder einmal sah sie sich mit Polizeiarbeit konfrontiert. Aber die ließ von offizieller Seite ja nun mal zu wünschen übrig. Die grinsende Fratze von Sandhofen erschien vor ihrem inneren Auge. Sie hatte nichts mehr von ihm gehört. Sie versorgte ihn mit neuen Informationen, aber umgekehrt tat sich nichts. Nur die Ermittlungsakte war mit der Post gekommen. Immerhin. Nur hatte sie noch keinen Blick reinwerfen können. Mit einer Handbewegung wischte sie sich über die Stirn und vertrieb die unerfreuliche Erinnerung an Sandhofens Anblick. Sollte der doch sein Wochenende genießen bei einer Flasche Bier und einer Wurst auf dem Grill und sich weiter auf seinen Ruhestand vorbereiten.

Viel mehr schmerzte sie, dass sich Voss nicht gemeldet hatte. Dann eben allein. Die U-Bahn-Haltestelle Uni/Markt. Die kannte sie zur Genüge. Nicht stark frequentiert, obwohl sie mitten in der Stadt lag. Sie erinnerte sich an den Uringeruch im Abgang zum Bahnsteig, an lieblos auf die Wände geschmierte Graffitis. Allerdings war es schon mehrere Jahre her, dass sie das letzte Mal dort gewesen war. Aber okay. Dann wurde sie eben wieder zur Studentin. Sie zog eine dunkelblaue

Jeans, ein unifarbenes T-Shirt und eine ärmellose Weste an, band die Haare zu einem Zopf. Blieb ungeschminkt, obwohl ein letzter Blick in den Spiegel die schlaflose Nacht in ihrem Gesicht offenbarte. Sie griff nach dem Umschlag mit der Belohnung von zweitausend Euro, den sie von Erich Schrader bekommen hatte, und verließ das Haus.

Besonders präzise war Anonymus ja nicht mit seiner Beschreibung des Treffpunkts gewesen. Meinte er unten in der U-Bahn-Haltestelle? Wenn ja, welcher der beiden Bahnsteige? Oder am Eingang, bevor man hinunterfuhr? Zumindest bei den beiden Eingängen konnte er nur den direkt am Uni-Hauptgebäude meinen. Der andere war im Chaos der Großbaustelle Uni-Tiefgarage untergegangen.

Ansonsten hatte sich nicht viel verändert. Am Eingang unterhalb des großen »U« tauchten die beiden Rolltreppen und die Treppen wie Zahnreihen in einem Drachenschlund hinab in die Tiefe. Samstags war diese Haltestelle noch weniger als ohnehin schon frequentiert. Nur auf der Hofgartenwiese nebenan tummelten sich Studenten in der Sonne, auf Picknickdecken oder beim Quidditch. Harry Potter war eben auch an Bonn nicht spurlos vorbeigegangen. Hier am Eingang zur Haltestelle, kurz vor dem Englischen Institut, kamen nur vereinzelt Spaziergänger auf dem Weg zum Alten Zoll oder ans Rheinufer vorbei.

Trotzdem schwappte der Trubel von der Hofgartenwiese bis hierher. Die Sonne glitzerte durch die säumende Allee. Zu hell und freundlich hier für jemanden, der sich Anonymus nannte. Helen blickte auf die Uhr. Kurz vor fünfzehn Uhr. Noch einmal fühlte sie die Innentasche der Weste, in der sie den Umschlag verborgen hielt. Alles an seinem Platz.

Also nahm Helen die Rolltreppe und fuhr hinab ins dunkle, unterirdische Bonn. Sie hörte gerade noch eine Bahn abfahren. Das Bonner U-Bahn-System war nicht ausgedehnt. Eine Strecke von Godesberg bis zum Hauptbahnhof. Helen erinnerte sich aber daran, einmal in der Zeitung von einem geheimen Bahnsteig gelesen zu haben, und von einer Teilstrecke, bei der zwar mit dem Bau begonnen worden war, die aber nie fertiggestellt wurde. Vielleicht gab es ja weitere geheime Strecken. Schließlich war Bonn ja einmal die Bundeshauptstadt gewesen. Hatte nicht die U-Bahn in Moskau einen geheimen Zugang direkt bis in den Kreml? Warum nicht auch ein bisschen Größenwahn im damaligen Bundesdorf Bonn? Hier unten an der letzten Haltestelle vor dem Hauptbahnhof zogen sich einsam die beiden Schienenstränge gesäumt je von einem Bahnsteig schnurgerade bis zur Ausfahrt. Dort hinten, in etwa hundert Meter Entfernung, ein schwarzes Loch. Kein Licht am Ende des Tunnels. Helen blickte sich um. Ob Anonymus bei den Verkehrsbetrieben arbeitete? Von vergessenen Tunnelsystemen wusste? Würde er von dort aus plötzlich in ihrem Rücken auftauchen?

Die nächste Bahn sollte in einer Minute kommen. Ihre Handy-Uhr zeigte kurz nach fünfzehn Uhr an. Hatte sie Anonymus' Nachricht falsch interpretiert?

Entfernt hallten Schritte in den Tunnel hinein, aber es war niemand zu sehen. Mit dem Rücken zur Wand ließ Helen ihren Blick abwechselnd in beide Richtungen gleiten. Ein paar Minuten nach fünfzehn Uhr fuhr die Bahn ein, begleitet vom Quietschen der Bremsen und einem in der stehenden Luft angenehmen Zugwind. Helen starrte auf die sich öffnenden Türen. Ein Pärchen, Studenten dem Alter nach, stieg aus. Auf dem Bahnsteig nahmen sie einander an die Hände und schlenderten dem Ausgang entgegen, in ein Gespräch vertieft. Weiter hinten ein einzelner junger Mann. Jeans, schwarzes Shirt, Basecap, Rucksack. Er lief schneller als das Paar, verringerte die Distanz zu den beiden, überholte sie und verschwand in Richtung Rolltreppen. Auch er hatte sie keines Blickes gewürdigt. Im Laufschritt eilte aus der entgegengesetzten Richtung ein junger Mann auf den Bahnsteig, kurze Sportklamotten, einen Rucksack in der Hand haltend. Ein Quidditchspieler? Er erreichte die Bahn, sprang hinein, kurz bevor die Türen sich schlossen. Mit einem Ruck setzte sich der Zug in Bewegung, gewann schnell an Fahrt und ließ Helen wieder allein auf dem Bahnsteig zurück.

Helen entsperrte ihr Handy, das sie die ganze Zeit krampfhaft in der Hand hielt wie einen Rettungsanker. Öffnete noch einmal seine letzte E-Mail. Ein Schatten legte sich über das Display, Helen riss ihren Blick vom Handy hoch. Da stand er, nur wenige Schritt von ihr entfernt. Der Typ, der zuvor aus der Bahn ausgestiegen war. Er spähte über den gesamten Bahnsteig. Ein Jugendlicher, vielleicht achtzehn, wahrscheinlich jünger. Er schien unschlüssig. Helen ergriff die Initiative. »Bist du Anonymus?« Ihre Stimme hallte im leeren U-Bahn-Schacht wider, war lauter, als sie beabsichtigt hatte. Der Jugendliche schien es genauso zu empfinden und schloss mit wenigen Schritten zu ihr auf. »Hast du das Geld?« Er flüsterte.

Helen nickte. »Aber zuerst die Informationen.« Die Situation hatte etwas Groteskes. Wie in einem Mafiafilm. Nur dass hier nicht zwei hartgesottene Kerle in dunklen Anzügen schacherten, sondern eine kleine rothaarige Frau und ein schlaksiger Jugendlicher. Anonymus blickte sich noch einmal um. »Haben Sie jemanden mitgebracht?«

»Niemanden. Ich bin allein hier.«

»Was wollen Sie wissen? Wir haben genau fünf Minuten, bis der nächste Zug kommt. Dann bin ich wieder weg … mit dem Geld.« Er verdunkelte seine Stimme. Wollte bedrohlich wirken, tat es aber nicht.

»Jetzt mach mal halblang. Du bekommst das Geld, wenn deine Informationen gut sind, und nur, wenn du bereit bist, diese dann vor Gericht zu wiederholen.«

»Was soll das heißen? So war das nicht verabredet.«

»Es ist eine offizielle Belohnung, so wie es in der Zeitung stand. Du musst wissen, dass deine Aussage nur etwas nützt, wenn du offiziell als Zeuge auftrittst. Dazu brauche ich deinen richtigen Namen, Adresse und Telefonnummer.«

»Nee. Dann sag ich gar nichts mehr.« Er wandte sich zum Gehen.

Mist. »Warte. Vielleicht ist es ja gar nicht vor Gericht verwertbar, was du weißt, aber es hilft weiter. Dann steht dir das Geld natürlich auch zu.«

Er blieb stehen. Unschlüssig.

»Hast du überhaupt etwas gesehen? Oder hast du nur die Kette gefunden?«

»Klar hab ich was gesehen. Sonst hätt ich wohl kaum gewusst, dass diese Kette wichtig ist, oder? Ich bin nicht blöd!«

»Nein, natürlich nicht. Also, was hast du gesehen?«

»Na, erst diesen Typ in seinem Lkw, und da saß die Frau mit drin.« Jetzt druckste er herum. Die Erinnerung legte sich wie ein Schatten über sein Gesicht. Winzige Schweißtropfen bildeten sich auf seiner Stirn. Die Stimme nur noch ein Flüstern. »Um diese Uhrzeit kommen sonst keine Laster dahin. Die stehen schon alle irgendwo zur Nachtruhe. Und der hielt dort eine ganze Zeit lang mitten auf der Straße.«

»Unter der Nordbrücke bei der Ausfahrt Auerberg?«

»Ja, Mann.«

»Und weiter?« Helen hielt die Luft an.

»Der Lkw stand da erst ewig rum. Drinnen ging die Post ab. Lautes Rumgebrülle. Die Frau hat gegen das Fenster gehämmert, so als ob sie rauswollte, aber verriegelt wäre. Dann war es wieder ruhig. Irgendwann öffnete sich die Fahrertür, und der Typ stieg aus, ging um die Front herum und platzierte sich vor der Beifahrertür. Die Frau saß noch drin. Er steckte sich 'ne Fluppe an. Und hat sie da seelenruhig geraucht, als wäre er der King.«

In diesem Moment fuhr die nächste Bahn ein. *Mist.* Anonymus wurde zusehends nervöser. Helen hielt ihn am Arm zurück. »Warte, bleib noch. Lass uns dort auf die Bank setzen, bis zur nächsten Bahn, okay? Die kommt doch schon in zehn Minuten.« Der Junge blickte auf die Anzeige. Nickte. Sie setzten sich. Niemand stieg aus der

Bahn, und die Türen schlossen sich wieder. Trotzdem kam es Helen wie eine Ewigkeit vor, bis die Bahn losfuhr und wieder Stille herrschte. Ihr Mund war trocken. »Kannst du beschreiben, wie der Mann aussah?«

»Na, wie so einer halt aussieht. Ganz kurze Haare, kurzer gerade geschnittener Bart und trainiert.«

»Meinst du muskulös?«

»Ja, der geht bestimmt regelmäßig pumpen.« Der Junge fasste mehr Mut. Er deutete mit der Hand kräftige Oberarmmuskeln an.

»Und was meinst du mit ›so einer‹?«

»Wie ein Ossi halt. So'n Unterkiefer.« Wieder nahm er die Hand zu Hilfe, um ein kantiges Gesicht zu beschreiben.

»Ein Osteuropäer? Würdest du ihn wiedererkennen?«

Anonymus nickte. »Ich glaub schon.«

»Gut, und der Lkw? Wie sah der aus?«

»Großes Teil mit Aufhänger, 40-Tonner.«

»War der rot? Mit Aufschrift?«

»Nein, nicht rot, normal grau, blau oder so was. Aufschrift habe ich nicht gesehen. Ich kann Ihnen aber das Kennzeichen sagen. Reicht das für die Belohnung?«

Helen unterdrückte ein Lächeln. »Na, mal abwarten, was du sonst noch zu erzählen hast.« Sie gab ihm eine kleine Pause. »Wie heißt du eigentlich? Anonymus ist ja wohl nicht dein richtiger Name.«

Er grinste. »Nein. Kannst mich Sim nennen. Damit zeichne ich meine Pieces.«

»Was zeichnest du damit?«

»Meine Bilder, bin ein Aerosol-Junkie.«

Wovon sprach er?

»Ich bin ein Sprayer.« Er gestikulierte, als ob er eine Spraydose in der Hand hielt. »Davon erzählst du aber niemandem, ja? Das hat damit nichts zu tun.«

»Nein. Braucht keiner zu erfahren. Dann warst du deshalb am Tatort. Ich habe da einige Graffitis gesehen.«

»Ja, die waren aber nicht von mir. Da gibt es ja nur Gekritzel. Die Brückenpfeiler schreien nach einem Burner.«

Was immer er damit meinte, interessierte Helen jetzt nicht. Stattdessen fragte sie: »Was ist denn dann weiter passiert?«

»Dann kam der andere dazu.«

»Der andere?« Helen stockte der Atem. Gab es doch zwei Täter?

33. Kapitel

Braute sich am Himmel etwa schon wieder etwas zusammen? Marie betrachtete die sich auftürmenden Wolkenberge. Den ganzen Tag über war es schön gewesen. Gar nicht schwül wie die letzten Tage. Aber unmerklich hatten sich die Watte-Inseln wieder herangeschlichen. Auch wenn immer noch Blau zwischen ihnen hervorlugte. Dunkelblau mittlerweile. Wie tiefer Ozean. Sie war nicht sofort nach Tannenbusch gefahren. War erst durch die Bonner Innenstadt geschlendert, hatte ein Eis gegessen und nachgedacht. Inzwischen war es später Nachmittag geworden. Und Marie fühlte sich so verlassen im Gewirr der Stichstraßen in Tannenbusch, als wäre sie die einzige Überlebende auf einer einsamen Insel mitten im Meer. Gehörte dieser Häuserblock nun noch zur Gebirgsstraße oder war das schon die Schleswigstraße? Häuserblock an Häuserblock reihte sich aneinander, so gleichförmig wie Palmen am Strand. Langsam verzweifelte sie an der Suche. Direkt nach der Straßenbahnhaltestelle Tannenbusch-Süd war sie durch eine Siedlung mit Einfamilienhäusern gekommen. Marie fragte sich schon, ob sie an der richtigen Haltestelle ausgestiegen war. So hatte sie sich Tannenbusch, den berüchtigtsten Bonner

Stadtteil, nicht vorgestellt. Aber mehr und mehr wuchsen die Häuser in die Höhe. Auch wenn sie in der Gebirgsstraße gemessen an der Stockwerksanzahl wieder niedriger wurden. Dafür breiteten sie sich hier flächenmäßig aus. Zumindest das Haus mit der Nummer 1–4. Die Adresse von Miroslav Scholz, die sie aus der Ermittlungsakte kannte. Es entpuppte sich als Komplex von mehreren Häuserblöcken mit verschiedenen Eingängen.

Ein paar Jungen verfolgten sie mittlerweile, nachdem sie das dritte Mal in die gleiche Stichstraße eingebogen war. Sie waren zu jung für die Ausdrücke, die sie ihr hinterherriefen.

»Hast dich verlaufen, Fotze? Ich zeig dir, wo es langgeht.« Wie das Schreien von gehässigen Möwen verfolgte es sie. Geier der Küste. Sie warteten nur darauf, dass sie zusammenbrach und hilflos liegen blieb, damit sie über sie herfallen konnten.

Marie hatte ihre Kopfhörer zwar in den Ohren stecken, um so tun zu können, als höre sie die Rufe nicht. Es lief allerdings keine Musik. Zu sehr fürchtete sie, dass sich ihr von hinten jemand nähern könnte, ohne dass sie es merkte.

Vielleicht sollte sie morgen noch einmal wiederkommen und hier verschwinden, bevor es noch dunkler wurde.

Ein letztes Mal nahm sie den Weg um das Gebäude, an dem vorn an der Straße über einem der Eingänge groß die Hausnummer 1 prangte. Links davon gab es einen Durchgang zum Innenhof. Rasenfläche, kleine Büsche und ein paar Bäume. Eigentlich sogar ganz nett. Nur stand die Sonne mittlerweile so tief, dass der ganze Hof im Schatten lag. Die Kinder folgten ihr hierhin immerhin nicht. Hinter einzelnen Fenstern der Häuser, die den Hof umgaben, brannte schon Licht. Es gab einen weiteren Durchgang, der in eine der Stichstraßen führte. Hatte sie die Klingelschilder dort überhaupt schon angesehen? Nein. Sie war zwar von dort gekommen, aber die Stichstraße hatte einen anderen Namen, wenn sie sich nicht irrte. Deshalb hatte sie die Klingelschilder dort gar nicht beachtet. Das Haus war allerdings direkt mit dem der Nummer 1 von Seiten der Gebirgsstraße verbunden. Konnte ein Häuserblock zu zwei verschiedenen Straßen gehören?

Marie seufzte. Sie hatte sich das Auffinden einer Adresse nicht so schwer vorgestellt. Sie lief durch den nächsten Durchgang, der das Haus auf dieser Seite durchschnitt wie ein Tunnel, und landete wieder in der Marmelstraße. Die Parkplätze, die sich an dieser Straße entlangzogen, waren fast voll besetzt. Ein Lkw bog gerade ein. Doch Marie richtete ihren Blick zum Hauseingang. Die erste Hausnummer hier war die Nummer 4. Das machte alles keinen Sinn. Egal. Sie würde sich jetzt diese Klingelschilder angucken, und wenn dabei nicht der Name Scholz auftauchte, würde sie sich auf den Nachhauseweg machen.

Hinter ihr auf der Straße begann der Lkw zu rangieren und streifte mit seinem Verdeck die Bäume, die unter Protest laut raschelten. Auf der mattgrünen Hauswand neben der Tür prangte ein Graffiti. Trotz einiger Abwaschversuche war ein schwarzes *S* zu erkennen. Es sah so aus, als ob der Sprayer unterbrochen worden war. Vielleicht einer dieser Jungs.

Ein Möchtegern-Cool. Der Anfang von *Sau*, mutmaßte Marie. Ihr Blick streifte von dort zum Klingelbrett. Etwa zwanzig Namen. Bevor sie sich dem Haus so weit näherte, dass sie die Schilder lesen konnte, sah sie, wie oben, im zweiten Stock, ein Fensterschal zurückfiel und den Lichtschein dahinter verdunkelte.

Hinter ihr war der Lkw endlich eingeparkt. Der Motor abgestellt. Es wurde still. Der Wind strich durch die Bäume, aber hier in dieser verlassenen öden Hausecke regte sich kein Lüftchen. Gedämpft klangen die Rufe der Kinder von weiter entfernt. Eine Autotür schlug zu. Marie näherte sich den Klingelschildern. Kowalski, Sinanoglu, Fährmann, und ja, da gab es einen Scholz. War er das? Sollte sie klingeln? Aber was sollte sie sagen? *Hallo, Herr Scholz. Ich bin Marie, könnte sein, dass ich Ihre Tochter bin?*

Schritte näherten sich ihr von hinten. Sie würde morgen wiederkommen und sich vergewissern. Vielleicht brachte sie es dann fertig zu klingeln. Wenn sie sich etwas Vernünftiges zurechtgelegt hatte. Jetzt erst einmal weg hier.

Sie drehte sich um. Ein Mann kam ihr entgegen, lief direkt auf den Eingang zu. Kurz geschorene Haare. Ein Bart lief kantig um sein Kinn. Wie mit dem Lineal gezogen. Weißes T-Shirt ohne Aufdruck. Im Laufen las er eine zusammengefaltete Zeitung, die er in einer Hand hielt. Mit der anderen versuchte er, einen Schlüsselbund aus der engen Jeans zu ziehen. Sie wollte ihm Platz machen. Er schaute nicht, wohin er lief. Doch dann blickte er hoch. Als er sie sah, blieb er abrupt stehen. Seine Augen weiteten sich. Maries ebenfalls. Es musste aussehen, als würde sich ein Pantomimenpärchen vor einem nicht vorhandenen Spiegel gegenüberstehen. Für einen Moment schien ihr Herz stehen zu bleiben. Das war er. Selbst der Bart stimmte mit dem auf dem Foto in der Ermittlungsakte überein. Aber auch er schien etwas in ihr zu erkennen. Der Schlüssel rutschte aus seiner Hosentasche und fiel zu Boden. Reflexartig bückte er sich danach.

Marie warf rasch einen Blick zu beiden Seiten die Straße hinunter. Niemand sonst war zu sehen. Sie musste hier weg. Fort von ihm. Schnell. Bei seinem Anblick fühlte sie sich wie ein Reh vor einem Wolf. Aber genau wie das Reh war sie wie erstarrt. Endlich gab sie sich einen Ruck. Wandte sich nach links. Bog vom gepflasterten Weg ab, wollte den ausgetretenen Pfad über das Stück Rasen nehmen, um ihm nicht zu nahe zu kommen. Sie sah die Kante nicht, stolperte und spürte plötzlich seinen kräftigen Griff um ihren Arm, der sie festhielt. Vor einem Sturz bewahrte.

»Vorsicht, Mädchen.«

Diese Stimme. Sie kannte seine Stimme. Hell und rau wie das Wispern des Windes vor einem Eissturm. Sie versuchte, ihren Arm wegzuziehen, aber sein Griff hielt sie umklammert. Es tat weh. Dieser Geruch. Ein Aftershave? Eine Mischung aus Maggi und Kloreiniger. Sie kannte seinen Geruch! Sie wurde panisch. Zog kräftiger.

»Lass das, Mädchen. Sonst lass ich dich nicht los. Du rennst ja noch vor ein Auto in deinem Zustand.« Er krächzte.

Aber erst als er kräftig an ihr rüttelte, hielt sie still. Die Augen fest zusammengepresst. Sie konnte ihn nicht ansehen.

»Geht doch. Jetzt zeig mir dein Gesicht. Los.«

Marie spürte seine Hand unter ihrem Kinn. Sie machte sich steif. Es gelang ihm dennoch, ihren Kopf zu drehen. Zu ihm hin. Sein Maggi-Atem auf ihrer Haut. Sie würgte.

»Wer bist du? Wie heißt du?« Er flüsterte fast. Seine Stimme bebte.

Die Angst in seiner Stimme machte Marie Mut. Sie öffnete die Augen. Langsam, so als würde sie genau in die Sonne hineinblinzeln. Im Haus sah sie das eine Fenster. Bitte, flehte sie still, bitte zieht den Vorhang noch einmal zurück. Schaut, was sich vor euren Häusern abspielt. Doch nichts regte sich. Da war nur sein Gesicht, schön und schrecklich zugleich. Noch einmal versuchte sie, ihren Arm aus seiner Umklammerung zu befreien. Ruckte heftig, doch sein Griff war zu stark.

Sie schrie. Das hatte sie in irgendeiner Polizeisendung gesehen. Oder gehört. Oder in einem Buch gelesen. Haie und menschliche Angreifer ließen sich von einem spitzen Schrei manchmal vertreiben. Doch der Laut wurde mit dem Wind weggetragen. Direkte Ansprache. »Lassen Sie mich los. Sie tun mir weh.«

»Hör auf!« Er rüttelte an ihr. Ließ sich nicht vertreiben. Reagierte überhaupt nicht auf sie, sondern stellte wieder dieselbe Frage. »Wer bist du?«

Sollte sie es ihm sagen? Sollte sie ihn bestätigen in seiner Vermutung, die ihm so deutlich in das Gesicht geschrieben war, als wären es Buchstaben? Warum war sie nur hierhergekommen? Was hatte sie erwartet? Dass er ihr um den Hals fallen würde? Die wiedergekehrte Tochter? Wohl kaum. Und wenn ihre Mutmaßung stimmte, war dieser Mann nicht nur ihr Vater, sondern er war auch für den Tod ihrer Mutter verantwortlich. Denn von wem, außer dem Täter, konnten die Fingerabdrücke auf dem Kettenanhänger sonst stammen? Und sie, Marie, war die noch lebende Erinnerung an seine Tat. Sie war so dumm gewesen.

»Du siehst aus wie sie!«, krächzte er. Marie sah förmlich, wie die Erkenntnis ihn traf. Zum zweiten Mal weiteten sich seine Augen. Blau wie die ihren. Dann kamen die Jungen um die Straßenecke gelaufen. Grölend. Lachend. Feixend.

Scholz wurde aus seiner Erstarrung gerissen. Blickte zu den Kindern, dann zu den Fenstern des Hauses. Er riss Marie fort. Sie versuchte, sich dagegenzustemmen.

»Lass das!« Sie sah einen Schatten auf sich zu fliegen, hob zu spät den freien Arm. Der Schlag traf sie ins Gesicht. Sie taumelte. Für einen Moment war alles schwarz. Und ihr Widerstand war gebrochen. Er zog sie mit sich. Zu dem Lastwagen. Schob sie, schloss die Tür. In ihrem Ohr wummerte es. Sie musste ihren Kopf an die Seitenscheibe lehnen, er gehorchte ihr nicht mehr. Die Kühle war beruhigend. Nur langsam konnte sie einen konkreten Gedanken fassen. Sie musste hier weg. Noch weniger gehorchten ihre Hände, als sie nach dem Türöffner suchte.

Sie nahm den Ruck an ihrem Arm noch wahr und dass etwas gegen ihr Kinn krachte. Warum war sie denn nicht zu Hause geblieben?

34. Kapitel

Wieder zu Hause, saß Helen wie auf heißen Kohlen und randvoll mit neuen Informationen, die sie mit niemandem teilen konnte. Sie hatte das Gefühl, dass sie sinnlos verpufften, weil sie zur Untätigkeit verdammt war. Sim, der mit wirklichem Namen Simon Togge hieß und in der Nähe des Tatortes in der Bonner Nordstadt wohnte, hatte nicht den nächsten Zug genommen, sodass sie nun ein recht genaues Bild der Tat vor Augen hatte. Und eine recht gute Beschreibung des Lkw-Fahrers. Den zweiten Mann, der mit dem Messer und somit der eigentliche Täter, hatte er nicht genau sehen können. Aber Sim hatte ihr nicht nur das Kennzeichen der Zugmaschine mitgeteilt, sondern auch das des zweiten Fahrzeugs. Aber anfangen konnte Helen damit jetzt gar nichts. Samstagnachmittag. Bei der Polizei war nur der Notruf erreichbar. Das Straßenverkehrsamt, bei dem sie eine Halterabfrage normalerweise durchführen würde, war geschlossen. Voss war weder telefonisch erreichbar noch hatte der Vogel sich überhaupt bei ihr zurückgemeldet. Wo war er? Warum meldete er sich nicht?

Das Klingeln ihres Festnetztelefons schreckte Helen auf. Sie war wohl auf dem Sofa eingenickt. Im Hintergrund lief die BBC-Verfilmung von Jane Austens *Stolz und Vorurteil*, die sie eingelegt hatte, um sich abzulenken. Elizabeth gestand Darcy unter vielen Tränen gerade, dass ihre einfältige jüngste Schwester mit dem Halunken Wickham durchgebrannt war. Ein Drama, und ein Film, der Helen immer wieder in eine andere Welt entführen konnte. Ihr war nichts Besseres eingefallen, um ihre erzwungene Untätigkeit und das Warten auf einen Rückruf von Rabe zu überbrücken. Das war offenbar so gut gelungen, dass sie darüber eingeschlafen war.

Und nun klingelte es endlich, aber es war nicht das Rabenkrächzen des Handys, sondern ein Anruf auf dem Festnetz. Sie rieb sich die Augen und erhob sich vom Sofa. Spürte unvermittelt einen Schmerz im Nacken. Die Entspannung ihrer Rückenmuskulatur, ein schöner Nebeneffekt des Golfspielens, war längst verloren gegangen. Beim vierten Klingeln erreichte sie das Telefon, das im Flur auf einer Anrichte stand. Sie telefonierte äußerst selten hierüber. Und bekam nur wenige Anrufe auf dem Festnetz.

»Freitag?« Sie unterdrückte ein Gähnen. Die Wanduhr im Flur zeigte fünf nach halb acht. Sie hatte volle zwei Stunden geschlafen!

»Bin ich mit Dr. Helen Freitag, der Anwältin, verbunden?«

»Ja, mit wem spreche ich?« Plötzlich war sie hellwach.

»Gretchen Glücklich. Wissen Sie, wo meine Tochter ist? Musste sie heute so lange arbeiten?«

»Nein, samstags haben wir nicht geöffnet. Sind Sie Maries Mutter?«

»Ja. Aber sie hat mir gesagt, dass sie in die Kanzlei musste. Und seitdem sie weg ist, ist sie nicht mehr nach Hause gekommen. Auf dem Handy kann ich sie auch nicht erreichen. Wissen Sie, wo sie ist?«

»Nein. Das tut mir leid. Vielleicht ist sie ja mit Freunden unterwegs. Das Wochenende einläuten.«

»Nein. So ist sie nicht. Marie macht so etwas nicht. Sie geht nie raus.«

»Sind Sie sicher? Vielleicht feiert sie ein wenig. Sie hat schließlich gerade eine Ausbildungsstelle gefunden.«

»Ich bin absolut sicher. Mein Mann ist schon unterwegs, um alle Stellen abzuklappern, wo sie sein könnte. Bisher nichts.«

Helen dachte an Familie Vettweiss. Theo hatte seinen Eltern auch nicht alles erzählt – Jugendliche in dem Alter eben. »Frau Glücklich, ich fürchte, ich kann Ihnen nicht helfen. Aber Marie kommt sicher bald nach Hause.«

»Nein, Sie verstehen nicht. Wir machen uns große Sorgen. Marie macht eine etwas schwierige Phase durch. Wir haben uns zwar nicht gestritten, aber …« Helen hörte die Frau durchatmen. »Sie hat gerade erst erfahren, dass sie nicht unsere leibliche Tochter ist. Sie ist …«

»… adoptiert«, vervollständigte Helen den Satz. Das hatte Friederike ihr doch erzählt. Aber nicht, dass Marie das selbst gerade erst erfahren hatte!

»Ja. Und wir wissen nicht recht, wie sie es aufgenommen hat. Sie weicht uns seitdem aus. Wir wollten nicht auf sie eindringen. Wollen ihr Zeit geben. Aber jetzt machen wir uns Sorgen. Sie hat niemanden, zu dem sie hingeht. Keine enge Freundin. Keine Großeltern.«

»Frau Glücklich, geben Sie mir Ihre Nummer. Ich versuche, mit meiner Kollegin zu sprechen. Sie hat Marie gestern zuletzt gesehen. Dann melde ich mich wieder bei Ihnen.«

Deshalb war Marie in den letzten beiden Tagen so in sich gekehrt gewesen. Und dann diese Reaktion von Nadeschda Schrader. Die Ähnlichkeit mit Natalie. Und sie hatte erfahren, dass sie adoptiert war. Langsam kamen die losen Enden zusammen! Alles hing zusammen! Sie wählte Friederikes Handynummer. Diese war schnell am Apparat.

»Helen. Was ist los?«

»Es geht um Marie.« Sie erzählte kurz von Frau Glücklichs Anruf.

»Marie ist gestern mit mir aus der Tür gegangen. So um halb sechs.«

»Hat sie die Ermittlungsakte Schrader gesehen?«

»Ja, wieso? Sie hat sie kopiert.«

»Dann muss ich sie mir auch noch ansehen.«

»Jetzt noch?«

»Ja, ich habe da so eine Ahnung. Kann dir grad nicht mehr sagen.« Sie hätte so viele neue Infos, aber da machte sich gerade ein irisches Grummeln in ihrem Bauch breit, das sie zur Eile rief. Da stimmte etwas nicht. Ganz und gar nicht.

Sie legte auf. Schaute auf dem Handy nach. Noch immer nichts von Voss. Sie machte sich kurz frisch und setzte sich in den Mini. Sie würde nachsehen, ob in der Ermittlungsakte irgendetwas stand, was das Verschwinden von Marie erklären konnte.

Der Regen peitschte ihr ins Gesicht. Helen zog sich den Kragen der Weste hoch, um zu vermeiden, dass ihr die Feuchtigkeit in den Nacken rann. Die Parkplätze vor der Kanzlei waren um diese Zeit alle belegt. Anwohnerparkplätze. Mit ihrem Mini kam sie in fast jede Lücke, wenn sie denn vorhanden war. Dennoch fand sie erst auf dem Aldi-Parkplatz zwei Straßen weiter etwas. Als sie ausgestiegen war, hatte der Regen eingesetzt. Ein Schauer nur, aber eben genau als sie durch die verlassenen Bonner Straßen rannte. Bei Regen war niemand unterwegs. Dafür waren die Kneipen, die sie passierte, randvoll. Ein typischer Samstagabend in der Bonner Altstadt.

Erst als sie die Kanzleitür hinter sich geschlossen hatte, atmete sie auf. Es war nicht nur Maries Verschwinden, das ihr im Nacken saß. Das Gefühl, beobachtet zu werden, begleitete sie, seitdem sie den Tatort besucht hatte. Jetzt war es nicht mehr Anonymus, aber seine Nervosität, die sich auf sie übertragen hatte. Er hatte die Bluttat so beschrieben, dass sie das Bild nicht aus dem Kopf bekam. Wie sich die weiße Bluse der Frau mit ihrem Blut vollgesogen hatte. Zwei Täter, vier Augenpaare, die sie vielleicht gerade jetzt beobachteten, womöglich die ganze Zeit im Auge gehabt hatten.

Helen schloss hinter sich ab. Die Tür ließ sich zwar von außen nicht ohne Schlüssel öffnen, dennoch: Es gab ihr ein besseres Gefühl, den Schlüssel zusätzlich noch einmal umzudrehen. Obwohl sie gar nicht vorhatte, lange hierzubleiben. Sie behielt ihre Jacke an. Wollte nur die Ermittlungsakte holen. Lesen konnte sie die auch zu Hause. Die Akte lag auf ihrem Schreibtisch, wie Friederike gesagt hatte. Sie nahm sie und warf einen Blick auf Maries Arbeitsplatz. Vielleicht hatte die Auszubildende etwas notiert.

Alles war ordentlich aufgereiht. Die Tastatur gerade vor den Bildschirm platziert, ein Kuli zwischen den Tasten, daneben die Maus auf einem Pad. In einem Ablagekorb lagen Büromaterialien, Klarsichthüllen und Blankopapier. Darunter in einem zweiten Ablagekorb ihre Aufzeichnungen, Arbeitshinweise und in einer Hülle die Ergebnisse ihrer eigenen Ermittlungen zum Fall Schrader. Die Liste der verbliebenen Fahrernamen. Helen nahm sie heraus. Marie hatte die nach ihrer Methode infrage kommenden Fahrer auf einer separaten Liste zusammengetragen. Wie sie gesagt hatte, versuchte sie, mehr über diese Fahrer herauszufinden. Fünf Namen waren es noch. Nur zu einem gab es keine Adresse. Und dieser Name war umkreist.

Miroslav Scholz.

Keine weiteren Informationen. Hatte sie den Namen hervorgehoben, weil sie nichts über ihn herausgefunden hatte?

Helen setzte sich auf Maries Stuhl. Schlug nun doch sofort hier die Ermittlungsakte auf. Die Fahrerliste war in dem ursprünglichen Zustand enthalten, wie Helen sie an die Polizei übermittelt hatte. Keine weiteren polizeilichen Ermittlungen in diese Richtung waren zu erkennen. Aber danach war einiges passiert. Die Aussagen der Eheleute Schrader, die vorläufige Identifizierung des Opfers. Ein Foto des Kreuzes und die Ergebnisse der Spurensicherung. Einer der Fingerabdrücke auf dem Kreuz war identifiziert worden! Helen hielt den Atem an. Da tauchte der Name wieder auf, und jetzt war ihr klar, warum Marie ihn umkreist hatte. Der Abdruck gehörte zu Miroslav Scholz! Der war polizeilich registriert. Irgendeine Zollangelegenheit. Nichts Großes. Aber es gab eine aktuelle Adresse.

In diesem Moment krächzte Helens Handy. Sie zuckte zusammen. Dann schoss Erleichterung durch ihren Körper. Rabe. Endlich!

Ihre Begrüßung spiegelte die Erleichterung nicht wider. »Wo zum Teufel steckst du?«

»Helen, entschuldige, dass ich mich erst jetzt melde. Ich hatte Probleme mit dem Handy. Lange Geschichte.« Er klang müde. Helens Augen flogen über das Foto von Scholz. Ein kantiges Gesicht. Kurz geschorene Haare, modischer kurzer Bart. Blaue Augen. Kräftig gebaut. Entsprach doch genau Sims Beschreibung!

»Ich habe deine Nachricht gelesen. Du hast Anonymus getroffen? Ist alles in Ordnung? Ich habe mir Sorgen gemacht. Was hat er erzählt?«

»Eine Menge. Aber jetzt haben wir ein dringenderes Problem.« Helen riss sich zusammen, um nicht wild drauflos zu sprechen. »Marie ist verschwunden, und ich glaube, sie ist in Schwierigkeiten. Kann ich dich sofort abholen? Wir müssen sie suchen.«

»Deine neue Azubine? Was ist denn passiert?«

»Auch eine lange Geschichte, erzähle ich dir unterwegs. Aber wir müssen sofort los. Ich habe einen Namen und eine Adresse von einem der Täter, und ich glaube, Marie ist dahin.«

»Moment, einem der Täter?«

»Ja, es sind zwei. Sim, also Anonymus, hat alles beobachtet. Das erzähle ich dir auch unterwegs. Wo kann ich dich abholen? Wir müssen ihr hinterher.«

»Helen, ich bin nicht zu Hause.«

»Oh.«

»Ich war in München, sitze jetzt im ICE zurück.«

»Oh.«

»Helen. Überstürze nichts. Warte auf mich. Mein Zug kommt um kurz nach zehn in Siegburg an.«

»Aber das ist fast eine Stunde! Ich muss Marie sofort hinterher. Das kann nicht warten. Sie ist schon seit heute Mittag verschwunden. Wenn sie sofort dorthin ist, ist es vielleicht sowieso schon zu spät.«

»Aber ich verstehe nicht ganz, was deine Auszubildende damit zu tun hat.«

Sie erzählte ihm von ihrer Vermutung, und während sie sprach, wurden ihr die Zusammenhänge erst vollends klar. »Da war schon immer diese Ähnlichkeit. Es ist mir selbst erst später aufgefallen, weil es so abwegig war, Gemeinsamkeiten zu sehen. Aber Frau Schrader hat es direkt gemerkt. Als sie sie gesehen hat.«

»Was für eine Ähnlichkeit?«

»Marie und Natalie Schrader. Ich glaube, Marie ist ihre leibliche Tochter.«

Schweigen auf Rabes Seite.

»Ist jetzt auch egal – Fakt ist, sie ist in Gefahr.«

»Aber wie hängt das mit diesem Scholz zusammen? Und warum glaubst du, ist sie dorthin?«

»Er war doch einer der Fahrer bei Heinrich. Das kann kein Zufall sein. Natalie muss die ganzen Jahre bei ihm gewesen sein. Zuerst vielleicht nicht freiwillig, aber dann. Das Mädchen war damals jünger als Marie jetzt. Sie wird sich in ihn verliebt haben. Er sieht nicht schlecht aus. Selbst nach zwanzig Jahren.« Helens Blick lag immer noch auf seinem Foto. »Und wenn Natalie die ganze Zeit über mit ihm zusammen war und sie in dieser Zeit entbunden hat, dann kann nur er …«

»… der Vater ihres Kindes sein!«, vollendete Rabe den Satz.

»Genau. Und Marie ist clever. Sie wird dasselbe denken.«

»Aber wieso glaubst du, ist er auch der Täter?«

»Da sind die Fingerabdrücke auf der Kette, und außerdem hat Sim ihn ziemlich gut beschrieben.«

»Anonymus heißt Sim. Habe ich das richtig verstanden?«

»Ja, genau.«

»Helen, da fällt mir noch etwas ein. Michael Heinrich hat mir die Liste der Aushilfsfahrer von damals gemailt. Ich habe sie nur kurz überflogen und wollte sie dir weiterleiten, aber dann war mein Handy … ach, andere Geschichte … jedenfalls ist mir ein Name ins Auge gesprungen. Ich hab mir nichts weiter dabei gedacht, da es ja überhaupt keinen Zusammenhang gab. Aber jetzt …« Er machte eine Pause.

»Was jetzt?«

»Pass auf, ich maile dir die Liste gleich zu. Dann sieh selbst, zu welchem Schluss du kommst.«

»Okay. So oder so werde ich jetzt zu dieser Adresse fahren und nach Marie suchen.«

»Ich merke schon, dass ich dich nicht davon abhalten kann. Aber wir bleiben über das Handy in Kontakt, okay? Ich versuche, meine Schwester zu erreichen. Wird nicht einfach werden. Sie tendiert dazu, samstagabends abzufeiern. Aber ich erwische sie schon. Und sobald ich in Siegburg bin, soll sie mich abholen, und wir kommen dir nach.«

»In Ordnung.«

Sie beendeten das Gespräch, Helen blätterte in der Ermittlungsakte zurück zu den Personalien des Beschuldigten, nahm ihr Handy und trug die Adresse von diesem Scholz in die Navi-App ein. Und dann kündigte der Zwitscherton des Handys auch schon den Eingang der E-Mail von Rabe an. Sie öffnete den Anhang. Einer der Namen auf dieser neuen Liste sprang ihr sofort ins Auge!

35. Kapitel

Es war schon fast dunkel. Der Regen hatte jedoch aufgehört. Die Straßenlaternen brannten, aber in der Gebirgsstraße hatten einige von ihnen einen Wackelkontakt, andere waren ganz außer Funktion. In der Ferne grummelte der Himmel, und Wetterleuchten machte den flackernden Laternen Konkurrenz.

Helen fand einen freien Parkplatz direkt vor dem Haus mit der Nummer 4. Es hätten drei von ihren Minis hineingepasst. Sie stieg aus. Warf einen letzten Blick auf das Foto von Scholz in der Ermittlungsakte, bevor sie klingelte. Konnte sie überhaupt um diese Zeit noch klingeln? Es war halb zehn. Sie zuckte mit den Schultern. Jetzt war sie schon hier. Im Haus brannten Lichter hinter den meisten Fenstern.

Es gab zwei Hauseingänge. Sie nahm sich den ersten vor, Hausnummern 4 a und b. Davon hatte in der Ermittlungsakte nichts gestanden. Sie ging die Klingelschilder am ersten Eingang durch. Kein Scholz. Den Zuweg zum zweiten Zugang erreichte sie über eine kleine Rasenfläche, ausgetreten, viel Grün war nicht mehr vorhanden. Ein halbherzig weggewischtes Graffiti prangte neben diesem Eingang. Sie dachte an Sim.

Nur eine Kritzelei, kein Burner. Hier fand sie einen Scholz. Sie schaute sich um, niemand zu sehen. Bevor sie klingelte, kramte sie nach ihrem Anwaltsausweis. Er berechtigte sie zu gar nichts, schon gar nicht dazu, Leute zu befragen, gegen die ein Ermittlungsverfahren lief. Aber das wusste Scholz ja nicht unbedingt. Sie kam sich jedenfalls offizieller vor, wenn sie irgendetwas vorzeigen konnte.

Sie drückte auf den Klingelknopf. Nichts. Sie trat ein paar Schritte zurück und blickte an der Hauswand hoch zu den Fenstern. Sah, wie im zweiten Stock ein Vorhang zurückschnellte. War das Scholz' Wohnung? Sie läutete wieder, hielt den Finger länger auf der Taste.

»Wer ist da?« Eine Frauenstimme. Doch die falsche Wohnung?

»Rechtsanwältin Dr. Helen Freitag. Ich muss mit Miroslav Scholz sprechen.«

»Ist nicht da.«

Es klickte, so als wäre die Sprechverbindung abgebrochen worden.

»Hallo? Sind Sie noch da?«

Keine Reaktion mehr. Aber so schnell würde sie nicht aufgeben. Helen klingelte erneut. Das war die richtige Wohnung. Die Frau hatte nicht gesagt, dass sie keinen Miroslav Scholz kenne. Sie sagte, er sei nicht da.

»Was wollen Sie denn noch? Mein Mann ist nicht da.« Die Stimme der Frau wieder, aber lauter und genervter.

»Frau Scholz? Wenn Ihr Mann nicht da ist, würde ich gerne mit Ihnen sprechen. Es ist wichtig.« Kindergeschrei im Hintergrund. War das überhaupt der richtige Scholz? Verheiratet? Kinder? Sie würde es nur herausbekommen, wenn sie mit der Frau sprechen konnte. Wenn sie sie hereinließ. »Es ist wirklich dringend. Ich bin auf der Suche nach meiner Auszubildenden. Sie heißt Marie. Und sie muss heute hier gewesen sein.«

Keine Antwort, aber auch kein Klicken. Frau Scholz hörte ihr noch zu. »Bitte, Frau Scholz.« In der Ferne wieder das Donnergrollen. Dann endlich hörte sie das Summen des Türöffners. Reflexartig lehnte sich Helen gegen die Tür. Sie sprang auf.

Als sie das Treppenhaus betreten hatte und die Haustür hinter ihr ins Schloss fiel, war es stockfinster. Von einem oberen Stockwerk hörte sie, wie sich eine Tür öffnete; von oben her wurde das Treppenhaus mit Licht durchflutet. Helen ging hinauf. Sie war froh, dass sie Turnschuhe trug und nicht ihre hochhackigen Pumps. Der Fußboden war glatt, ausgetreten. Das Treppengeländer abgegriffen. Auf dem Treppenabsatz der zweiten Etage empfing sie eine Frau, Mitte dreißig. Geblümter Rock und dunkles T-Shirt. Braune Haare, zu einem Zopf zurückgebunden. Sie trug ein Baby auf der Hüfte, das sie wiegte. Sie starrte sie ungeniert von oben bis unten an, drehte sich dann um und ging zurück in die Wohnung. Helen folgte ihr hinein.

Der Flur war nahezu vollständig von einer mit Jacken behängten Garderobe bestanden, unter der sich eine wilde Armee von Schuhen versammelt hatte, überwiegend Kinderschuhe. Es gingen vier Türen ab, von der nur eine offen stand, die Tür zum Wohnzimmer, in das die Frau mit dem Kind verschwunden war und aus dem die Geräusche eines laufenden Fernsehers tönten. Helen betrat das Zimmer. Im Flur hatte die Luft schon gestanden, hier war es furchtbar stickig. Die ganze Sommerhitze schien sich in dem Raum zu stauen. Im Fernseher lief eine Talkshow auf einem Privatsender. Frau Scholz hatte sich auf das davorstehende Sofa gesetzt. Sie sprach, den Blick auf die Mattscheibe geheftet, während sie dem Baby den herunterhängenden Schnuller in den Mund steckte. »Ich kenne Sie.«

Das überraschte Helen, sie hielt es aber für ein gutes Zeichen. Offenbar war die Frau bereit, etwas zu erzählen. »Darf ich mich setzen?«, fragte sie und nahm auf dem neben dem Sofa stehenden einzelnen Sessel Platz, nachdem Frau Scholz genickt hatte.

»Sie sind diese Anwältin aus dem Fernsehen«, stellte die Frau fest.

»Ja, ich vertrete die Interessen der Eltern der Toten, die in der Nordstadt gefunden wurde.«

»Was wollen Sie von Miroslav?«

Sie war direkt. Und offenbar hatte sie keine Ahnung von den Machenschaften ihres Mannes oder seinem Doppelleben, wenn Helen es sich recht überlegte. Wenn er der Mörder von Natalie war und diese die letzten zwanzig Jahre an seiner Seite verbracht hatte, wonach alles aussah, dann hatte er ein Doppelleben geführt. Das wurde Helen jetzt klar.

»Frau Scholz, wissen Sie, wo Ihr Mann jetzt ist?«

»Arbeiten.«

»Um diese Zeit?«

»Er ist Fernfahrer. Da gibt es keine normalen Arbeitszeiten.« Das Baby wurde unruhig, begann zu quengeln. Frau Scholz schaukelte es mechanisch, ohne den Blick vom Fernseher zu nehmen.

Der war so laut, dass Helen die Stimme erheben musste, um zu der Frau durchzudringen. »Wie lange ist er denn jetzt schon fort?« Wenn Scholz auf einer längeren Tour war, konnte Marie ihm heute nicht begegnet sein.

»Ist heute gefahren.«

Also war es möglich, dass Marie ihn getroffen hatte. Helen musste die genaue Zeit wissen. Maries Mutter hatte erzählt, dass Marie gegen Mittag das Haus verlassen hatte.

»Wann war das genau?«, fragte Helen.

Frau Scholz antwortete nicht, schaute aber in ihre Richtung. »Warum wollen Sie das alles wissen?«

»Ich sagte ja schon: Ich suche meine Auszubildende, Marie Glücklich. Ich hatte sie gebeten, Adressen zu überprüfen, und zuletzt muss sie hier gewesen sein.«

»Warum? Was gibt es hier zu überprüfen?«

»Das ist reine Formsache. Wir müssen verschiedene Adressen überprüfen, die im Zuge der Ermittlungen zu der Toten aufgetaucht sind. Es gab Verbindungen zu einem Lkw-Fahrer einer Firma Heinrich. Hat Ihr Mann da mal gearbeitet?« Helen versuchte es so belanglos wie möglich klingen zu lassen.

Frau Scholz hatte ihren Blick wieder dem Fernseher zugewandt, nachdem die Stimmen sich dort überschlagen hatten. Eine der Frauen in der Gesprächsrunde fing hysterisch an zu schreien, bezichtigte einen Mann, der ihr gegenübersaß, eines Seitensprungs.

Frau Scholz antwortete etwas, aber Helen hatte es nicht verstanden. »Bitte, können Sie das wiederholen?«

Frau Scholz blickte wieder zu Helen. »Ja, früher.« Nun sprach sie so laut, als sei Helen schwerhörig. Leiser fügte sie dann hinzu. »Heute fährt er mit seinem eigenen Lkw.«

Helen nickte. Das würde ihm deutlich mehr Freiheiten lassen, um ein Doppelleben zu führen – und zu verheimlichen. Vor allen Parteien. »Und wann ist er heute weggefahren?«

»So kurz vor sieben. Im Fernsehen lief gerade *RTL aktuell*. Da waren Sie übrigens auch drin.«

Helen nickte abwesend. Es war also möglich, dass Scholz Marie noch getroffen hatte. »Haben Sie meine Auszubildende denn heute gesehen? Sie ist siebzehn, lange blonde Haare. Trägt meist so einen Zopf wie Sie, und etwas fülliger?«

»Ja, die ist gekommen, als mein Mann kam. Er hat sie mitgenommen.«

»Wie bitte?« Das durfte nicht wahr sein.

»Ja, sie kannten sich anscheinend. Ist das vielleicht die Schlampe, mit der er was hat? Eine Siebzehnjährige?«

Also ahnte Frau Scholz doch etwas. »Nein, nein. Wie gesagt. Sie hat hier für mich Adressen überprüft. Sie kannte Ihren Mann höchstens von einem Foto in der Ermittlungsakte.« Helen biss sich auf die Zunge. Das hätte sie nicht sagen sollen.

Das Baby spuckte seinen Schnuller aus und fing erneut an zu quengeln. Frau Scholz stand auf und lief umher, um es zu beruhigen. Ging zu einem Sideboard und nahm einen Briefumschlag, reichte ihn mit der freien Hand zu Helen herüber. »Ist es deswegen?«

Es waren das Schreiben und der Anhörungsbogen der Staatsanwaltschaft. Helen durfte nichts sagen, nickte nur. Die Frau wusste offensichtlich mehr. »Frau

Scholz.« Helen stand ebenfalls auf. Reichte ihr den Umschlag zurück. »Was meinten Sie damit, dass Ihr Mann das Mädchen mitgenommen hat?«

Die Frau schaute sie jetzt direkt an. »In seinem Lkw. Er hat sie in seinen Lkw verfrachtet und ist mit ihr weggefahren. Obwohl die neue Tour eigentlich erst am Montagmorgen losgehen sollte. Ich dachte, es wäre seine Schlampe.« Eine Pause, in der sie dem Baby den Schnuller wieder in den Mund steckte. »Hat mein Mann etwas mit dieser Toten zu tun?«

»Es tut mir leid. Aber dazu kann ich Ihnen nichts sagen.«

»Schon in Ordnung.« Sie legte das Baby, das sich beruhigt hatte, auf eine Decke vor dem Fernseher, stemmte erst die Hände in den Rücken und wischte sich dann durch das Gesicht. »Kann ich sonst noch etwas für Sie tun? Ansonsten würde ich jetzt gern die Kleine ins Bett bringen.«

»Ja, bitte, das ist wichtig. Haben Sie eine Ahnung, wohin Ihr Mann gefahren sein könnte?«

Sie zuckte mit den Schultern. »Seine nächste Tour geht wieder nach Holland, Den Haag.«

»Und er ist seit circa sieben Uhr heute Abend weg?«

Sie nickte. »Muss aber vorher die Ladung aus Köln holen.«

»Können Sie ihn anrufen und nachfragen, wo er jetzt ist?«

Sie schüttelte den Kopf. »Unterwegs darf ich ihn nicht anrufen. Das stört ihn beim Fahren.«

»Aber es wäre wichtig.« Helen musste wissen, ob er schon geladen hatte, ob sie ihn noch vor der Grenze würde einholen können. Doch die Frau weigerte sich. Hatte sie Angst vor ihm?

»Frau Scholz, eins noch. Ist das das Kennzeichen des Lkw Ihres Mannes?« Helen hielt der Frau den Zettel hin, auf dem sie das Kennzeichen notiert hatte, das Sim ihr genannt hatte.

»Wozu wollen Sie das wissen?«

»Wir müssen Ihren Mann finden, sonst passiert ein Unglück. Jetzt ist ihm noch zu helfen.«

»Aber keine Polizei.«

»Dafür ist es längst zu spät.«

Das Baby fing wieder an zu schluchzen. Schließlich bestätigte die Frau ihr das Kennzeichen.

»Vielen Dank, Frau Scholz, Sie haben mir sehr geholfen.« Helen verabschiedete sich. Aber die Frau hatte sich wieder dem Kind zugewandt und reagierte nicht mehr. Sie würde noch einiges über ihren Mann erfahren, aber sie schien schon mehr zu ahnen, als Helen gedacht hatte. Helen hoffte, es würde sie nicht allzu hart treffen. Vielleicht wäre sie sogar erleichtert. Waren da nicht blaue Flecke an ihren Armen gewesen? Doch darum konnte sie sich jetzt keine Gedanken machen.

Noch im Treppenhaus griff Helen zu ihrem Handy und wählte Rabes Nummer. Die Fahndung nach dem Lkw musste raus. Und der schnellste Weg lief über seine Schwester.

36. Kapitel

Es war lange her, seit Miro sie mit auf eine seiner Touren genommen hatte. Aber als er ihr erzählte, dass seine nächste Tour wieder nach Belgien ging, wohin ihre allererste gemeinsame Fahrt geführt hatte, da hatte sie ihm so lange in den Ohren gelegen, bis er schließlich nicht mehr Nein sagen konnte.

Ab jetzt würde alles anders werden. Sie würden noch einmal ganz von vorn anfangen. Sie hatte die wundervolle Nachricht so lange für sich behalten, nur darauf gewartet, dass sie wieder gemeinsam unterwegs waren. Die Tage zuvor war sie völlig aufgelöst gewesen. Was sollte sie mitnehmen? Wann sollte sie ihm davon erzählen? Am Brunnen, dort, wo das Manneken Pis stand? Dort hatte er sie zum ersten Mal geküsst, richtig geküsst. Das, was er zuvor mit ihr im Schlafkabuff angestellt hatte, zählte sie nicht dazu. Da war sie sich schäbig vorgekommen. Es war nicht so gewesen, wie sie es sich vorgestellt hatte, ihr erstes Mal. Aber das war es ja nie. Erzählte man sich das nicht? Die Mädchen in der Schule, die es schon gemacht hatten, die hatten das berichtet. Aber seit Brüssel war alles anders gewesen, dort hatte sie die Schmetterlinge gefühlt, dort war sie glücklich gewesen.

Und diesmal würde es genauso sein. Nur besser. Diesmal würden sie alles richtig machen.

»Was grinst du so?« Miros Stimme durchbrach die Stille im Fahrerhaus, nicht einmal das Radio lief. Nur der Funk knisterte hin und wieder.

Natalie schaute zu ihm herüber. »Ich bin einfach glücklich.«

Er zuckte zur Antwort mit den Schultern und richtete seinen Blick wieder auf die Straße. Bevor sie auf die A3 fuhren, mussten sie nach Bonn rein, um Ladung aufzunehmen.

»Ich mach das Radio an, ja?«

»Nur wenn du nicht anfängst mitzuträllern.«

Natalie musste lachen. Er konnte so lustig sein, wenn er wollte. Sie langte nach vorn und drückte den Knopf. Alles war so riesig in einem Lkw, das wurde ihr wieder bewusst. Und ihr Miro war der Herr über das alles, brachte das riesige Gefährt so mühelos unter seine Kontrolle, als wäre es ein Dreirad. Oder so ein Bobbycar. Alles, was sie Marie niemals hatte geben können. Sie schmunzelte. Sie könnten ihrem Kleinen doch ein Bobbycar kaufen, dann könnte er irgendwann in die Fußstapfen seines Vaters treten. Bestimmt würde es dieses Mal ein Junge. Das würde Miro umso mehr gefallen.

Aus dem Radio schallte Helene Fischer. »Atemlos«. Natalie verkniff sich das Mitsingen, obwohl es ihr schwerfiel. Am liebsten würde sie ihre Freude in die Welt hinausschreien. Sie würde es nicht aushalten bis Brüssel.

Sie hielten im Gewerbegebiet, Miro lud auf. Sie sollte in der Fahrerkabine sitzen bleiben, aber sie lugte durch den Seitenspiegel und sah Miro zu. Bewunderte, wie sich seine Muskeln anspannten, wenn er etwas hob. Er war ein schöner Mann. Immer noch. Auch nach all den Jahren. Selbst wenn schon einige graue Haare auftauchten. Das Kind würde ihn wieder jung machen, sie beide.

Die Fahrt ging weiter. Er fuhr auf die Autobahn, und Natalie drehte das Radio auf. Diesmal konnte sie nicht an sich halten. Sie fing an mitzusingen, sie war so glücklich. So glücklich wie lange nicht. Diese ganzen Jahre. Es hätte so schön sein können. Aber natürlich brauchte Miro seine Zeit. Zeit, erwachsen zu werden. Jetzt endlich war er bereit für eine Familie, das spürte sie.

»Hör auf damit.« Er langte nach vorne zum Radio, drehte es aus.

»Was hast du denn schon wieder? Kannst du nicht einmal das Leben genießen? Lachen, die Musik laut drehen.«

»Darum wollte ich dich nicht mitnehmen. Hier auf dem Bock, da hab ich meine Ruhe. Da kann ich kein Rumtönen brauchen.«

»Als ob es ansonsten in deinem Leben so laut ist.« Sie würde sich ihre gute Laune nicht verderben lassen. Wenn das Kind erst da wäre, dann würde es rumtönen, aber das würde ihm schon gefallen.

Er schnaufte und schüttelte den Kopf. »Du hast ja keine Ahnung.«

»Ach nein? Du sitzt doch tagein tagaus in diesem Teil, da hast du doch genug Ruhe. Und wenn du zu Hause bist, schläfst du ja immer nur. Da muss ich auch still sein. Jetzt will ich aber laut sein. Ich will meine Freude rausschreien, raussingen.«

»Ich sag's dir noch mal: Wenn du nicht still bist, kann ich dich immer noch zurück nach Köln bringen. Ist kein Umweg.«

»Du wirst dich bald dran gewöhnen müssen, dass es etwas lauter wird in deinem Leben. Kannst gleich jetzt schon mal damit anfangen.«

»Wie meinst du das?« Er ging auf die Bremse. Natalie blickte automatisch in den Rückspiegel. Der blaue Passat hinter ihnen war zum Glück weit genug entfernt.

»Spinnst du? Los, fahr schon weiter.« Mann, er war echt mies drauf.

»Erst wenn du mir sagst, wie du das meinst.«

»Bitte. Wenn du willst. Es sollte eine Überraschung sein. Ich wollte es dir in Brüssel sagen, an unserem Ort.«

»Unser Ort? Du spinnst ja. Du bildest dir Sachen ein, da fällt einem nichts mehr ein. Du bist doch verrückt! Ich weiß echt nicht, warum ich mir das mit dir überhaupt noch antue.«

Das war jetzt unfair. Wie konnte er das sagen? Sie war doch immer für ihn da. Tat alles, was er wollte. Sie hatte sich ihr Leben auch anders vorgestellt.

»Ich hasse dich.« Sie schrie plötzlich. Schrie all das raus, was sich aufgestaut hatte in all den Jahren. Sie war einsam. Sie sehnte sich nach ihrer Tochter. Sie sehnte sich nach Geborgenheit. Warum machte sie das alles mit? Doch weil er es so wollte. »Ich hasse dich. Immer geht es nur um dich. Aber das wird sich jetzt ändern. Diesmal wird es anders laufen. Diesmal werden wir eine richtige Familie. Jetzt machen wir es mal so, wie ich es will. Das ist auch mein Leben.« Natalies Gesicht war rot angelaufen. Sie schwitzte. Sie fasste sich an den Bauch. Es zog. Sie durfte sich nicht so aufregen. Das war nicht gut für das Baby. Aber er konnte sie so zur Weißglut treiben. Schon immer, nur hatte sie es immer runtergeschluckt. Für Marie, für sich. Damit er sich nicht aufregte. Aber das war jetzt vorbei.

»Sei endlich still. Sonst vergesse ich mich.« Er bog auf eine Ausfahrt ab. Sie hatten noch nicht einmal den Rhein überquert.

»Was machst du?«

»Ich will jetzt erst wissen, was los ist. So nehme ich dich jedenfalls nicht mit. Du bist ja nicht mehr ganz dicht. Schnepfe.« Er fuhr auf einen Parkplatz unter der Autobahnbrücke. Hielt an. Stoppte den Motor. Und langte zu ihr rüber.

»Du tust mir weh.«

»Sag mir jetzt, was los ist. Was soll das Gefasel mit einer richtigen Familie?«

Sie versuchte, ihren Arm, den er wie in einem Schraubstock mit seiner massigen Hand umklammerte, loszuzerren. »Du tust mir weh. Lass mich los.«

Doch stattdessen holte er blitzschnell mit der anderen Hand aus und schlug ihr ins Gesicht. »Erst sagst du es mir. Ich bin nicht blöd. Los, sag es.«

Natalie erstarrte. Was war in ihn gefahren? Warum war er plötzlich so aggressiv? Es lief alles anders, als sie geplant hatte. Tränen stiegen ihr in die Augen. Aber sie wollte nicht weinen. Sie wollte ihn nicht noch mehr verärgern. Er sollte sich doch freuen.

»Natalie, ich warte.« Wieder hatte er seine Hand erhoben.

Natalie kniff die Augen zusammen, und dann presste sie es hinaus: »Wir werden …« Sie schluckte. »Wir … Ich, ich bin schwanger.«

Schweigen.

Natalie hielt die Augen geschlossen. Er sagte nichts. Gar nichts. Sie hörte ihn atmen. Heftig. Sie öffnete die Augen. Seine Hand war zu einer Faust geballt. Angespannt. Er hatte den Mund zu einem Strich zusammengepresst, seine Augen zu Schlitzen. Seine Stirn warf Falten. Es schien ihn unendlich viel Mühe zu kosten, nicht zuzuschlagen. Richtig zuzuschlagen.

»Miro?« Sie konnte kaum atmen. So hatte sie ihn noch nie gesehen. Ja, er hatte sie auch zuvor schon geschlagen. Aber immer nur, wenn er getrunken hatte. Diesmal war es anders. Sie war starr vor Angst. »Miro? Bitte sag doch etwas.«

Sein Blick ließ sie verstummen.

Plötzlich zog er seine Faust zurück. Öffnete sie langsam. Seine Hände zitterten. Er fuhr sich durch das Gesicht.

Natalie wagte kaum zu atmen.

Seine Hände wanderten zur Stirn. Er drückte seinen Kopf fest mit beiden Händen, als wolle er ihn zerquetschen. Er sah so verzweifelt aus. Sie wollte ihn in den Arm nehmen. Ihn trösten. Doch sie selbst war immer noch starr, konnte sich nicht rühren.

»Miro. Was ist denn? Was tust du?«

»Sei still, ich muss nachdenken.«

Sie verstummte.

Die Zeit schien stehen zu bleiben. Er schwieg. Immerhin hatte er aufgehört, seinen Kopf zu zerquetschen.

Dafür fuhr er sich wieder und wieder über die Schenkel bis zu den Knien und wieder zurück. Vor und zurück. Vor und zurück.

Natalie sah einen Schatten am Lkw vorbeihuschen. Im Seitenspiegel sah sie einen der Pfeiler der Brücke. Voller Graffiti. Ein Jugendlicher mit einer Spraydose in der Hand kam hinter Müllcontainern hervor, lief zu dem Pfeiler. Blickte in alle Richtungen. Sah ihren Lkw mitten auf dem Parkplatz stehen und verschwand hinter dem Pfeiler.

Natalie konnte nicht mehr still sitzen. Wagte es aber auch nicht, Miro wieder anzusprechen. Er machte solche Dinge immer mit sich aus. Nie fragte er nach ihrem Rat. Er legte überhaupt keinen Wert auf ihre Meinung. Was bedeutete sie ihm eigentlich? Sie griff nach dem Korb voller Proviant, der in ihrem Fußraum stand, und holte einen Apfel heraus. Das Messer, um ihn zu schälen. Den Korb hatte sie vollgepackt mit belegten Brötchen, Obst und Kuchen. Sie hatte sich alles so schön vorgestellt. Miro sollte sich wohlfühlen, merken, dass es viel schöner war, wenn sie ihn auf seinen Fahrten begleitete. Was zum Teufel war schiefgelaufen, dass sie nun hier unter einer dunklen Brücke in Bonn standen und sich anschwiegen? Was hatte sie falsch gemacht?

»Du wirst es wegmachen.«

Natalie zuckte zusammen. Er sagte das, als würde er von einem Schmutzfleck sprechen. Plötzlich widerte er sie an. Wie konnte sie ihn lieben? Wie konnte sie ihn je geliebt haben?

»Nein.«

»Du wirst es wegmachen.«

»Das. Werde. Ich. Nicht.«

»Sei still. Du kommst mit. Planänderung. Wir fahren nach Holland. Da geht das ohne Fragen. Es wird etwas kosten. Aber alles andere ist noch viel teurer. Ich kann keine weiteren Kinder ernähren.«

Weitere Kinder? Ihre Hände begannen zu zittern. Der Apfel rollte ihr vom Schoß. Sie versuchte nicht, ihn aufzufangen. Weitere Kinder?

Miro atmete durch. »So wird es gehen.« Er nickte, beugte sich nach vorn, um den Lkw zu starten.

Weitere Kinder?

»Was meinst du damit?«

Er hielt in seiner Bewegung inne. Als ob er überrascht wäre, dass sie noch dort saß. Für einen Moment schien er das vergessen zu haben. Das Messer in ihrer Hand fing einen Sonnenstrahl auf, der sich in einer Autoscheibe reflektierte. Das Zittern ihrer Hand ließ für einen Moment Lichtblitze im Fahrerhaus entstehen, wie die Strahlen einer Discokugel. Diesmal sprach sie es aus: »Weitere Kinder? Du meinst Marie?«

»Du bist so dämlich.« Seine Worte ätzten durch die Luft. Vergifteten alles. Das Jetzt. Das, was gewesen war, wenn jemals etwas zwischen ihnen gewesen war, und alles, was sein würde.

»Denkst du etwa, du wärst die Einzige? Denkst du, du bist mein Leben? Ich habe ein Leben, weißt du. Eine echte Frau, drei Kinder. Du bist, du bist …« Er machte eine Pause. Suchte nach dem richtigen Wort. »Du bist nichts. Du hast ja nicht mal ein eigenes Leben. Hängst mir nur am Bein. Und jetzt noch ein Blag. Das eine hat dir nicht gereicht.«

Die Worte ätzten sich in sie hinein. Ihr Magen verkrampfte sich. Alles hatte sie für ihn aufgegeben. Alles. Und für ihn war sie nur ein Relikt aus der Vergangenheit. Sie war stehen geblieben, und er hatte ein Leben gelebt. Ein Familienleben. Und ihres hatte er weggenommen. Hatte ihre Marie weggegeben. Sie hatte auf die Kleine verzichtet für ihn. Und jetzt wollte er ihr auch noch den ungeborenen Sohn wegnehmen. Nein.

Sie langte nach der Tür.

»Oh nein! Du bleibst schön hier.«

Die Verriegelung schnappte zu. Sie rüttelte am Griff. Die Tür bewegte sich nicht. Statt auf die Tür trommelte sie nun auf ihn ein. Der Korb fiel ihr vom Schoß, entleerte seinen Inhalt in den Fußraum vor ihr. »Lass – mich – hier – raus.« Sie schrie und trommelte, kratzte.

»Hexe.« Er versuchte, ihre Arme zu greifen. Bekam erst den einen, dann den anderen zu fassen. Sie wehrte sich. Stieß nach ihm, versuchte, ihre Arme wieder zu befreien. »Hör auf.« Er schüttelte sie. »Hör schon auf.«

Sie spürte, wie die Erschütterungen bis in ihren Bauch wanderten. Das Baby. Er musste damit aufhören. Sie zwang sich, ruhig zu werden. Gab den Widerstand auf. Dem Baby in ihrem Bauch zuliebe. Und es wirkte. Sein Griff lockerte sich. Er hörte auf, sie zu schütteln.

Tränen liefen ihr über die Wangen. Stille Tränen. Sie blickte starr geradeaus. Regungslos.

Er schrie. Die Hände an den Kopf gepresst, saß er da und schrie. Laut. Monoton. Lang gezogen. Wie eine sich paarende Riesenschildkröte. Ein Schrei wie aus einer anderen Zeit. Urzeitlich. Natalie war wie erstarrt. Schaute mit weit aufgerissenen Augen zu ihm. Dann begann er zu brabbeln. Mit sich selbst zu sprechen. »Was soll ich tun? Was? Wie? Er wird mir helfen. Er wird uns helfen. Vielleicht will er noch eins. Ja. Ich werde es wieder verkaufen. Soll er sich mit dem Blag rumschlagen so wie mit dem anderen. Und ich hab auch was davon. Ja. Ja. So wird es gehen.«

»Miro?«

Er fuhr zu ihr herum »Sei du still.«

37. Kapitel

Ist etwas passiert? Gibt es was Neues?« Rabes Stimme schlug ihr entgegen, während sie den Mini startete.

»Ich habe Scholz gefunden. Das heißt, eigentlich nur seine Frau.«

»Seine Frau, sagst du? Was heißt das?«

Helen erzählte Rabe von ihrem Besuch bei Frau Scholz und davon, was sie von ihr erfahren hatte. »Kannst du deiner Schwester Bescheid sagen? Sie muss eine Fahndung rausgeben.«

Helen gab Den Haag in das Navi ihres Handys ein. »Ich werde ihm jetzt nachfahren, und es wäre schön, wenn ich irgendeine Unterstützung im Rücken hätte. Ich weiß nämlich nicht, was ich machen soll, wenn ich ihn einhole.«

»Helen, das macht mich ganz wahnsinnig, du allein da draußen, und ich sitz hier im ICE fest. Hat es einen Sinn, wenn ich dich bitte, auf mich zu warten?«

»Nein, ich habe Angst, dass er dann mit Marie fort ist. Wenn er einmal über die Grenze ist …« Das Navi hatte inzwischen die Route berechnet. Die schnellste führte über die A3.

»Okay, aber wir bleiben ständig in Kontakt. Versprich mir, mich sofort zu informieren, falls es etwas Neues gibt, ja? Ich werde Kathi durchgeben, wohin er unterwegs ist, und sie soll in die Wege leiten, dass die Grenze gesperrt wird.«

»Noch eins: Bitte Kathi doch, so schnell wie möglich den Halter des anderen Autos, dessen Kennzeichen Sim mir genannt hat, mit dem besagten Namen auf der Fahrerliste abzugleichen.«

»Du siehst das also auch so, dass es einen so großen Zufall nicht geben kann.«

Sie bog schon auf die Autobahnauffahrt ein. Es bestand eine Chance, Scholz noch zu erwischen, bevor er die Grenze erreichte. Wenn er gegenüber seiner Frau die Wahrheit gesagt hatte, dann hatte er getankt, seine Ladung geholt, die eigentlich erst für Montag vorgesehen war. Das wäre sinnvoll, allein um ein Alibi für die Fahrt zu haben. Er konnte nicht davon ausgehen, dass er verfolgt wurde. Sie konnte Marie noch retten. Aber was diese neue Erkenntnis mit Marie machen würde, mochte Helen sich nicht ausmalen.

»Ich will das erst einmal bestätigt sehen, vorher möchte ich mir über die Konsequenzen dessen für Marie keine grauen Haare wachsen lassen.« Sie seufzte. »Sag mal, was hast du eigentlich in München gemacht?«

»War eine private Sache. Mein Sohn hatte seine Erstsemesterfeier, und da wollte ich nicht fehlen.«

»Du hast einen Sohn?«

»Ja, stell dir vor. Ich leg jetzt auf und versuche, Kathi an die Strippe zu bekommen. Fahr vorsichtig.«

Vorsichtig ja, aber nicht langsam. Ihr grüner Flitzer war zwar alt, hatte es aber immer noch drauf. Laut Navi dauerte die Fahrt über die A3 zur holländischen Grenze anderthalb Stunden. Sie trat aufs Gas.

Beim Autobahnkreuz Leverkusen setzte erneut Regen ein. Regen? Nein. Ein Wolkenbruch. Sie musste vom Gas herunter. In dem Mini, der so tief auf der Straße lag, hatte sie das Gefühl zu schwimmen. Die Scheibenwischer kamen kaum nach. Ein Lkw war bei so einem Wetter deutlich im Vorteil. Ohne genau zu wissen, wo sich Scholz mit Marie befand, hatte Helen das Gefühl, dass sein Vorsprung größer wurde. Sie schaltete das Radio an, um den Verkehrsfunk zu hören. Sie hoffte auf einen Stau, in den Scholz geraten würde, bevor er die Grenze erreichte. Das würde der Polizei genug Zeit geben, um den Grenzübergang zu sperren. Im Moment fühlte sie sich selbst völlig hilflos. Es musste doch irgendetwas geben, das sie tun konnte! Bei Maries Telefon ging seit Stunden nur die Mailbox ran. Aber sie könnte Scholz anrufen. Eventuell war es möglich, sein Handy zu orten. Sollte sie Rabe das vorschlagen? Sie könnte ihm die Nummer durchgeben, die ihr Frau Scholz gegeben hatte.

Während Helen ein holländisches Fahrzeug mit Wohnwagenanhänger überholte und ihr das Spritzwasser zusätzlich zum Regen auf die Windschutzscheibe platschte, wählte sie erneut Rabes Nummer.

»Ja?«

»Hast du deine Schwester erreicht?«

»Ja, sie meldet sich gleich wieder. Sie hat sich sofort ins Präsidium aufgemacht und will alles in die Wege leiten. Danach holt sie mich in Siegburg ab, und wir kommen dir nach.«

»Kannst du ihr noch die Mobilfunknummer von Scholz durchgeben? Man kann die doch bestimmt orten, was meinst du? Dann wären wir sicher, dass er nach Holland unterwegs ist.«

»Einen Versuch ist es wert.«

Sie gab die Nummer durch.

»Ich melde mich, sobald wir unterwegs sind. Der Zug kommt zumindest pünktlich an, wie es aussieht.«

Sobald Helen aufgelegt hatte, klingelte ihr Telefon. Unbekannte Nummer.

»Ja, Helen Freitag.«

»Haben Sie etwas von Marie gehört?« Es war Maries Mutter.

Wie sollte sie ihr erklären, was passiert war? Und was sie vermutete. »Ja und nein. Ich habe eine Spur. Ich melde mich, sobald ich mehr weiß, in Ordnung? Gibt es bei Ihnen etwas Neues? Hat Ihr Mann etwas gehört?«

»Nein, der ist immer noch unterwegs und sucht sie. Hat bisher keine Spur gefunden.«

Ein Blitz schlug irgendwo neben ihr auf einem Feld ein und erleuchtete den Himmel. Für einen Moment sah Helen nichts mehr. »Verdammt.« Sie lenkte den Mini auf die rechte Spur und drosselte das Tempo.

»Frau Freitag?«

»Ich kann jetzt nicht sprechen, Frau Glücklich. Bitte haben Sie Geduld. Ich melde mich.« Sie legte auf. Sie musste sich aufs Fahren konzentrieren. Warum schüttete es gerade jetzt so, als würde die Welt untergehen?

Nach dem Kreuz Breitscheid ließ der Regen endlich nach, und Helen konnte wieder Fahrt aufnehmen. Es waren nicht viele Lkw unterwegs. Immer, wenn sie sich einem von hinten näherte, lugte sie erwartungsvoll auf das Nummernschild. Aber schon bei den ersten beiden Buchstaben flutete jedes Mal Enttäuschung durch sie. Bisher war nicht einmal ein Bonner Nummernschild darunter gewesen. Als sie unter der Duisburger Zoobrücke hindurchfuhr, schweiften ihre Gedanken ab. Die Bäume auf der Autobahnbrücke waren so geschnitten, dass sie das Wort »Zoo« bildeten. Es war nicht zu übersehen. Irgendwann, wenn das alles hier hinter ihr lag, könnte sie dem Zoo mal einen Besuch abstatten. Sie war eine Ewigkeit nicht mehr dort gewesen. Zuletzt als Kind mit ihrer Mutter und den Großeltern. Ohne den Vater. Sie war nie mit ihrem Vater in einem Zoo gewesen. Sie verscheuchte den Gedanken. Als Kind war ihr Vater nur ein Foto für sie gewesen. Aber was beschwerte sie sich? Plötzlich war sie von Scham erfüllt. Sie hatte immer gewusst, wer ihr Vater war. Ruth hatte nie ein Geheimnis daraus gemacht. Und in Irland, als sie ihn besucht hatte, hatte sie ihren Frieden mit ihm geschlossen. Es waren nur die Umstände gewesen, die ihn damals dazu gebracht hatten, zurück in die Heimat zu gehen und seine Frau und seine Tochter zurückzulassen. Und war es wirklich so schlimm gewesen, ohne ihn aufzuwachsen? Ruth Freitag hatte doch alles für sie getan, war ihr Mutter und Vater zugleich gewesen. Helen hatte es doch gut gehabt. Verglichen mit Marie.

Ihr Handy krächzte. Rabe sprach sofort los. »Ich sitze jetzt bei Kathi im Auto, wir fahren gerade auf die Autobahn. Und es ist alles in die Wege geleitet. Der holländische Zoll lässt keinen Lkw mit deutschem Kennzeichen ungeprüft über die Grenze. Die deutsche Polizei hat Beamte zur Grenze geschickt und übernimmt, sobald sie vor Ort ist. Du kannst es ruhig angehen lassen. Wenn er noch nicht drüber ist, dann erwischen die ihn.«

»Nein, ich fahr weiter. Ich möchte, dass jemand da ist, den Marie kennt. Es muss schrecklich für sie sein. Ich hoffe nur, er hat ihr nichts angetan. Der eigene Vater.«

Kathi Voss rief aus dem Hintergrund: »Der Halter des Fahrzeugs stimmt übrigens überein mit dem Namen auf der Fahrerliste.«

»Das also auch noch.« Helen musste schlucken. Das ganze Ausmaß der Tragik wurde ihr erst jetzt bewusst.

Rabe spürte wohl ihre Beklemmung. »Helen, das ist nicht deine Schuld. Jetzt mach mal halblang. Ich habe dir schon einmal gesagt, dass du nicht die ganze Welt retten kannst.«

»Nicht die ganze Welt. Aber Marie. Das passiert mir nicht noch einmal, dass ich jemanden im Stich lasse, weil ich nicht genug auf ihn eingegangen bin.«

»Du konntest das aber doch nicht wissen.«

»Doch. Ich hätte es merken müssen, dass sie bedrückt ist. Massiv bedrückt.«

»Du hast sie gerade erst kennengelernt. Mach dir keine Vorwürfe.«

»Was weißt du schon davon!« Er maßte sich an, sich ein Urteil zu bilden. Er kannte sie doch überhaupt nicht. Sie legte auf. Es war nicht mehr weit. Sie hatte das Autobahnkreuz Oberhausen erreicht. Holland war ausgeschildert. Laut Navi noch eine halbe Stunde Fahrt.

Kurz nach dem Kreuz tauchte aus dem Dunst wieder ein Lkw vor ihr auf. Helen schloss zu ihm auf. Bonner Kennzeichen. Das war er! Sie setzte sich zuerst hinter ihn. Sollte sie überholen und einen Blick ins Führerhaus werfen? All ihre Muskeln waren angespannt. Erst ließ sie sich wieder zurückfallen. Dann blinkte er. Ausfahrt Hünxe, eine Autobahnraststätte. Was hatte er vor?

Sie folgte ihm. Mist. Hier war sie allein. Die Polizei, der Zoll. Alle warteten darauf, ihn an der Grenze zu stellen. Sie wählte Rabes Nummer. *Verdammt, geh schon ran.* Es klingelte mehrfach. Die Mailbox sprang an. Ein Funkloch? Oder war er etwa sauer, weil sie aufgelegt hatte? *Nicht jetzt, Rabe.* Helen sprach ihm auf die Mailbox. »Er fährt auf eine Raststätte, Hünxe. Ich folge ihm.«

Scholz hielt auf einem der Lkw-Parkplätze an. Sie fuhr an seinem Laster vorbei, weiter bis zu den Pkw-Parkplätzen. Im Rückspiegel sah sie, wie sich die Fahrertür öffnete. Scholz stieg aus. Ging zum Rasthof. Ein schneller energischer Schritt. Selbst aus der Entfernung erkannte sie seinen muskulösen Körperbau. Der Rasthof war hell erleuchtet. Scholz steuerte auf den Nebeneingang zu. Die Toiletten.

Helen stellte ihren Wagen ab. Als Scholz im Gebäude verschwunden war, stieg sie aus, lief geduckt zum Lkw herüber. Zur Beifahrerseite. Abgeschlossen, natürlich. Sie stieg auf die Trittleiter. Warf einen Kontrollblick zum Rasthof. Niemand zu sehen. Sie klopfte gegen die Scheibe an der Beifahrertür. Auf dem Beifahrersitz lag ein Handy. Es hatte diese Tigerhülle. Das war Maries! Sie klopfte noch einmal.

»Marie!«, rief sie erst leise. Dann lauter. »Marie! Ich bin es, Helen. Helen Freitag.« Hinter den Sitzen befand sich ein schwerer Vorhang. Die Schlafkabine. War Marie dahinter verborgen? Der Vorhang bewegte sich. Helen klopfte noch einmal. »Marie, bist du das? Ich bin es, Helen. Kannst du dich bewegen? Kannst du die Tür aufmachen?« Sie schaute zur Raststätte. Scheiße, da kam jemand über den Parkplatz. Helen duckte sich, blickte dann noch einmal hoch. Es war nicht Scholz, der Mann ging zu den Pkw-Parkplätzen. Helen stellte sich wieder auf das Trittbrett. Maries Kopf lugte zwischen den Vorhängen hervor. Sie war geknebelt. Und gefesselt.

»Marie. Hier!«, rief Helen. »Kannst du die Tür aufmachen?« Sie zeigte mit dem Finger auf den Türöffner. Zumindest dort, wo sie ihn vermutete. Sie hatte noch nie in einem Lkw gesessen.

Marie versuchte, sich mit den gefesselten Händen an der Kopflehne des Beifahrersitzes weiter nach vorne zu ziehen. Sie hob den Kopf, und plötzlich weiteten sich ihre Augen. Sie blickte zu Helen und wieder nach vorne, deutete mit den Händen nach vorne. Helen folgte ihrem Blick. Scholz. Er kam zurück. Blitzschnell duckte sie sich und rannte gebückt hinter den nächsten Lkw. »Boosmann« prangte in großen Lettern auf der Plane des Aufliegers. Scholz war weit genug entfernt gewesen, sie glaubte nicht, dass er sie gesehen hatte. Hoffte es nicht. Vielleicht sollte sie den Mann zu Hilfe rufen, der soeben zu seinem Pkw gegangen war. Aber er war bestimmt schon wieder losgefahren. Und selbst wenn er noch da war, würde sie damit die Aufmerksamkeit auf sich lenken. Bisher fühlte Scholz sich sicher, wusste nicht, dass er verfolgt wurde. Und bis sie es zum Rasthof geschafft hätte, um dort Alarm zu schlagen, wäre Scholz längst wieder fort. Nach einer ewig anmutenden Zeitspanne, in der sie gebückt hinter dem Reifen des Boosmann-Lkw hockte und ihr Hirn zermarterte, hörte sie Schritte. Sie guckte unter ihrem Versteck zu dem Lkw von Scholz. Sah seine Füße, er stand neben dem Fahrzeug. Was tat er da? Warum stieg er nicht ein? Dann flog ein Zigarettenstummel herunter, und Scholz trat mit einem Fuß so darauf, als ob er eine Spinne zerquetschte. Helen lief es kalt den Rücken runter.

Er stieg ein. Der Motor lief an. Und der Laster fuhr nach vorne aus der Parkbucht und weiter auf die Autobahn. Helen hechtete zu ihrem Mini und nahm die Verfolgung wieder auf.

38. Kapitel

Als Marie zum ersten Mal wieder zu sich kam, gab es nur Dunkelheit. Die Welt erstarrt. Sie erstarrt. Es gab keinen Spielraum für Bewegungen. Ihre Hände und Füße gefesselt. Ein Knebel schnürte ihren Mund. Aber all das hätte es nicht gebraucht. Seine bloße Anwesenheit lähmte sie. Der Geruch seines Aftershaves waberte drohend in der Luft der gesamten Fahrerkabine und mahnte sie, ein braves Mädchen zu sein. Keinen Mucks zu machen. Sie durfte ihn nicht verärgern. Sie musste still wie ein Mäuschen sein. Sich in ihre kleine Höhle verkriechen. Unsichtbar sein. Aus der Ferne kamen Stimmen durch die Dunkelheit immer näher.

»Was willst du? Wir haben gesagt, keine Telefonate mehr, keinen Kontakt.«

»Aber sie ist zu mir gekommen!«

Die drohenden Vibrationen in den Stimmen, seltsam vertraut und fremd zugleich.

»Wer?«

»Marie!«

Das war ihr Name, alles war gut. Sie war sicher im Auto ihrer Eltern und auf dem Weg in den Urlaub. Sie konnte auf der Rückbank schlafen, während sie sich unterhielten, brauchte nicht zu lauschen, versank wieder in die Dunkelheit. Doch etwas störte, und die Worte spülten an die Oberfläche.

»Ich bring sie nach Holland. Sie hat mich gesehen. Sie weiß zu viel.«

»Das kannst du nicht machen. Tu ihr nichts. Lass sie in Ruhe.«

»Aber –«

»Ich regele das schon.«

»Nein. Ich fahr jetzt nach Holland. Dann hol sie da ab …«

»Gut. Treffpunkt 's-Heerenberg … direkt hinter der Grenze, da gibt es einen Parkplatz …«

So wie die Stimmen gekommen waren, ebbten sie auch wieder ab, und es herrschte Stille. Nur das brummende Fahrgeräusch. Und schwarze Leere. Nichts.

Das nächste Mal, als Marie wach wurde, war das Fahrgeräusch verschwunden. Und plötzlich wurde es hell vor ihren geschlossenen Augen, und sie wusste genau, wo sie sich befand. Er hatte den Vorhang zur Seite gezogen und starrte sie an. Sie kauerte sich in die hinterste Ecke des Kabuffs. Jede Faser ihres Körpers schmerzte, so sehr fühlte sie seinen Blick auf sich ruhen. Dann wurde es wieder dunkel, sie hörte die Tür. Er stieg aus. Aber sie wagte es dennoch nicht, sich zu rühren. Die Augen hatte sie nur kurz geöffnet, um festzustellen, dass der Vorhang zurückgefallen war und die sichere Dunkelheit sie wieder umschloss. Sie ließ sich in diese Unbeweglichkeit sinken.

Ein Klopfen. Jemand klopfte von außen an die Scheibe. Rief nach ihr. Nur ein Trick. Er wollte sie auf die

Probe stellen. Und sie hatte versprochen, lieb zu sein, zu gehorchen. Sie würde alles kaputtmachen, wenn sie sich regte. Doch sie sehnte sich danach, Mamas Nähe zu spüren. Wollte sich an ihr festkrallen. Aber Mama war nicht mehr da. Es gab hier niemanden. Nur ihn. Und seinen Geruch. Wieder das Klopfen. Wieder war da eine Stimme, die sie kannte. Eine Stimme, die sie mochte. Nicht Mama.

»Ich bin es, Helen. Helen Freitag.«

Sie lockten sie. Die Stimme. Das Klopfen. Aber sie musste still wie ein Mäuschen sein. Was, wenn er wiederkäme? Nur einen kurzen Blick würde sie wagen. Robbte mit dem Kopf voraus und steckte ihn durch den Spalt zwischen den beiden Vorhängen. Doch dann kam er zurück. Sie riss die Augen auf, ließ sich in die Dunkelheit zurückfallen. Ganz ruhig liegen bleiben. Die Zeit stand still.

Bis sich die Tür öffnete. Sie spürte die Vibration, als er auf dem Fahrersitz Platz nahm. Eine Welle von Übelkeit überrollte sie, als er den Vorhang zurückzog, um zu sehen, ob sie auch brav gewesen war. In seinen Geruch hatte sich etwas Beißendes gemischt. Zigarettenqualm. Er brannte ihr in der Nase. Sie musste husten. Würgen.

»Endlich wieder wach?«, brummte er, und die Worte hallten schmerzhaft in ihrem Kopf nach. Sie schaute nicht zu ihm. Wenn sie die Augen geschlossen hielt, war es ein wenig wie in ihrer Mausehöhle. Sicherheit. Dunkelheit war Sicherheit. Doch dann griff er zu ihrem Mund. Riss an dem Knebel. Sie zuckte zurück. Presste sich mit dem Rücken an die Wand, so weit von ihm entfernt, wie es ging.

»Ich rühr dich schon nicht an. Hier, wenn du Durst hast.« Eine kleine Plastikflasche landete zwischen ihren Beinen. Er ließ den Vorhang offen. Wollte sie im Auge behalten. Sie kauerte sich hinter seinen Sitz. So konnte er sie nicht sehen, ohne sich umzudrehen. Dann fuhr er weiter. Erst jetzt öffnete sie die Augen. Das milchige Licht der Regennacht drang zu ihr. Dunkelgrau. Der Himmel hinter der Windschutzscheibe wolkenverhangen. Regentropfen liefen wie Tränen die Scheibe hinunter, dort, wo die Wischer das Nass nicht erreicht hatten. Der Anblick ließ sie spüren, wie durstig sie war. Sie zog sich mit den gefesselten Händen den Knebel ganz vom Mund. Langte zur Flasche, die zwischen ihren Beinen auf der Matratze lag, die den gesamten Bereich hier hinten ausfüllte. Der Kabelbinder schnitt schmerzhaft in die Handgelenke, während sie sich mühte, die Flasche aufzudrehen. Aber der Durst war stärker. Als sie den Verschluss endlich gelöst hatte, trank sie gierig.

Was hatte er mit ihr vor? Wohin fuhren sie? Sie erinnerte sich an die Stimmen. An Urlaube an der See. Holland? Die Landschaft, die an den Fenstern vorbeiflog, zog lange Streifen. Braun, grau und schwarz, dann blitzte ein Tupfer gelb im Mondlicht auf. Alles flach. Kaum Häuser. Ab und zu ein Bauernhof. Vereinzelte Bäume, mit mächtigen Stämmen und weit ausladenden Ästen, die wie die Arme einer Krake in den Himmel langten. Auch schlanke Pappeln ragten hinauf. Einzelne Blätter, vom Wind gelöst, schwebten wie an einem unsichtbaren Band daneben, als ob sie sich nicht ganz von ihnen befreien konnten. Ein paar Möwen dagegen tanzten in der Luft, spielten mit dem Wind. Völlige

Freiheit. Nichts hielt sie fest, nichts hatte sie je festgehalten. Marie wünschte sich mit ihnen fort. Sie richtete sich auf, um sie im Auge zu behalten. Doch Maries eigene Fahrt ging weiter, und bald verschmolzen die Vögel mit dem grauen Himmel.

Maries Blick fiel auf den Seitenspiegel. Zwei runde Scheinwerfer blitzten darin, kamen näher. Und plötzlich wurde ihr klar, was das bedeutete. Sie war nicht vergessen. Sie war nicht allein. Sie erinnerte sich an das Klopfen, an die andere Stimme. »Ich bin es, Helen. Helen Freitag.« Die Scheinwerfer. Das musste der Mini ihrer Chefin sein.

»Besser?«, brummte Scholz von vorne. Sein Gesicht plötzlich nah vor ihrem. Ein Schwall seines Geruchs drängte ihr entgegen. Sie zuckte zurück. Drückte sich wieder in die hintere Ecke. Fort von ihm. Sie durfte nicht seine Aufmerksamkeit auf das Fahrzeug hinter ihnen lenken.

Er ließ wieder von ihr ab. Es waren nur wenige Autos auf der Straße. Bald würde er sich wundern, warum das kleine Fahrzeug ihn nicht überholte. Sie musste ihn ablenken. Sie nahm einen weiteren Schluck Wasser. »Was wollen Sie von mir?« Ihre Stimme klang piepsig, wie die einer Maus. Ein Mäuschen. Aber sie gewann seine Aufmerksamkeit.

Er lachte laut auf. Kein fröhliches Lachen. Aggressiv. »Was ich von dir will?«

Eine Welle von Hass schlug Marie entgegen. Sie kniff die Augen zusammen. Warum hasste er sie so? Was hatte sie ihm denn getan? Sie wollte doch nur wissen, woher sie kam. Wer sie war.

39. Kapitel

Helen folgte dem Lkw weiter in Richtung Grenze. Ihr Handy krächzte. Sobald sie ranging, sprudelte er los. »Was ist passiert? Ich war in einem Funkloch. Ist er noch auf diesem Rasthof?«

»Nein. Ist weitergefahren. Ich bin hinter ihm. Steht die Grenzabsperrung?«

»Ja.«

»Er hat Marie. Ich habe sie gesehen!« Sie berichtete von dem Zwischenstopp auf dem Rastplatz.

»Mach nicht noch einmal so einen Mist. Warte das nächste Mal auf die Polizei oder zumindest auf uns. Wir sind gar nicht mehr so weit entfernt. Sind gerade unter der Duisburger Zoobrücke durch.«

Rabe schien wirklich besorgt um sie. Aber seit dem Halt an der Raststätte wusste sie zumindest sicher, dass Scholz Marie hatte, dass sie noch lebte.

»Moment, was macht er denn jetzt?« Der Lkw hatte den Blinker gesetzt. Es kam eine Ausfahrt.

»Was denn?«, fragte Rabe.

»Er fährt ab. Eine Ausfahrt.« Helen setzte ebenfalls den Blinker. »Emmerich.«

»Vielleicht will er über die grüne Grenze? In Emmerich gibt es eine. 's-Heerenberg heißt der holländische

Ort dort. Da gibt es schon lange keine Grenzkontrollen mehr.«

»Woher weißt du das denn?«

»Hatte ich dir das nicht erzählt? Ich bin am Niederrhein geboren und aufgewachsen. Ganz in der Nähe dort.«

»Nein. Das wusste ich nicht.«

»Wir wissen wohl noch nicht viel voneinander.«

»Sollten wir nachholen, wenn das hier vorbei ist.« Sie meinte das ernst, stellte Helen fest, in dem Moment, in dem sie es aussprach. Die letzten Tage hatten sie viel miteinander erlebt, und Rabe war immer für sie da gewesen. Bisher nicht unbedingt eine Stärke der Männer in ihrem Leben. Ihr Vater war ihr nie Vater gewesen. Und Dane hatte sie viel mehr gebraucht als umgekehrt.

»Das wäre schön. Also, halt dich zurück und warte auf die Polizei, ja?« Es war eine Bitte.

»Aber wieso fährt der Typ jetzt hier ab? Über die Autobahn wäre er doch schneller in Holland, und wenn er erst einmal da ist, dann kann er leicht verschwinden.«

»Vielleicht hat er Wind davon bekommen, dass der Autobahngrenzübergang kontrolliert wird. Die Lkw-Fahrer warnen sich bei so etwas gerne mal über Funk.«

»Aber was soll ich denn jetzt machen? Er biegt ab. Ja, da steht dieses 's-Heerenberg. Scheiße, ich kann ihn nicht über die Grenze fahren lassen.«

Sie gab Gas. Wenn er es über die Grenze schaffte, wäre Marie verloren. Er kannte sich in Holland aus. Seine Frau hatte doch erzählt, dass er dort regelmäßig hinfuhr. Der könnte untertauchen, und bis die deutsche

Polizei die Fahndung auf die holländische ausgeweitet hatte, wäre der längst zusammen mit Marie verschwunden. Alles würde sich wiederholen. Wie bei Natalie. Und er würde wieder davonkommen.

»Helen! Was machst du?« Sie hörte Rabe nur noch leise. Der aufheulende Motor ihres Minis übertönte ihn. Helen scherte sich nicht um die Geschwindigkeitsbegrenzung. Fünfziger-Zone. Sie trat das Gaspedal voll durch, war bald auf gleicher Höhe mit dem Lkw. Scholz blickte aus dem Fenster, zeigte ihr einen Vogel. Genau, dachte Helen, dir werde ich das Spielchen verderben. Ich lass dich nicht entkommen. Ich stell mich einfach vor dich. Die Straße war nass vom Regen, rutschig. Der Mini schlenkerte, rutschte quer, als sie vor dem Lkw einscherte. Sie ging in die Bremsen. Blieb quer vor ihm stehen. Verdammt, warum bremste der nicht?

»Helen?« Rabes Stimme schallte durch die eingekehrte Stille. Ihren Blick starr durch das Beifahrerfenster gerichtet, sah Helen, wie der Lkw ungebremst auf sie zukam.

Und dann sah sie nichts mehr.

40. Kapitel

Miro griff zu seinem Handy. Scrollte durch die Namensliste. Vor und zurück. Weiter und weiter. Bis er fand, was er suchte. Eine Verbindung baute sich auf. Ein Freizeichen ertönte über die Freisprechanlage.

»Georg Glücklich hier. Wer da?« Eine fröhliche Stimme flog durch die Fahrerkabine, als hätte der Frühling Einzug gehalten.

»Scholz.« Kalt wie der Winter.

Stille. »Wer?«

»Scholz. Miroslav.«

»Das … Aber … Was willst du?«

»Die Schlampe ist schwanger.«

Natalie durchzuckte jedes seiner Worte und tötete alle Gefühle für ihn.

»Und was geht mich das an? Ruf mich nie wieder an.«

»Warte. Du kannst das Kind haben. Wie damals. Ich will gar kein Geld. Du kannst es umsonst haben.«

»Aber das geht doch nicht. Du bist ja wahnsinnig.«

»Ich muss das aber loswerden. Wie soll ich noch ein Kind ernähren? Ich bin am Ende, Mann.«

»Das ist nicht mein Problem. Lass mich und meine Familie in Ruhe.«

»Deine Familie. Ha! Dass ich nicht lache. Aber wenn du es so willst. Dann geh ich eben zur Polizei und erzähle alles. Wie du Impotenter an dein Kind gekommen bist.«

»Das wirst du bestimmt nicht tun. Dann bist du selber auch dran.«

Miros Hände verkrampften sich. Er schwitzte. Und plötzlich erinnerte Natalie sich. An damals. Was er im Suff ausgeplaudert hatte. Was er mit ihrer Marie gemacht hatte. Mit ihrer süßen kleinen Maus mit Haaren wie aus Puderzuckerschnee.

Und dann brach es aus ihr heraus. »B – N – G – G – 15 – 18.«

Immer wieder, immer schneller wiederholte sie das Kennzeichen, das sich damals in ihr eingebrannt hatte. Das Kennzeichen des Autos, in das Marie gestiegen war.

»B – N – G – G – 15 – 18.«

»BN GG 1518«

»Was sagt sie da? Ist sie vollkommen durchgedreht?«

Und plötzlich lachte Miro. Lachte. »Nein, du hast recht. Ich werde nicht zur Polizei gehen. Aber sie. Das ist doch dein Kennzeichen von damals, oder? BN GG 1518. Sie ist nicht verrückt. Sie ist clever.«

»Aber … warte. Das kannst du nicht zulassen.«

»Ach nein? Ich bin verzweifelt genug. Glaub mir.«

»Wo bist du?«

»Ausfahrt Auerberg. Unter der Brücke.«

»Ich komme.«

»Ist er das? Der, zu dem du Marie gegeben hast?« Natalies Stimme war ganz ruhig. Ihre Gedanken rasten.

Wenn sie es richtig anstellte, dann hätte sie eine Chance, sie wiederzusehen. Ihre Tochter. Vielleicht noch mehr, als sie nur wiederzusehen …

»Ja.«

»Warum er?«

»Ich kenn den von der Spedition, wo ich damals gearbeitet habe.«

»Dann ist er Fernfahrer wie du?« Sie hätte sich ein besseres Zuhause für Marie gewünscht.

»Nee, der hat da nur gejobbt. Hat eigentlich studiert. Und der war immer so verzweifelt, weil seine Frau keine Kinder bekommen konnte. Meinte, er hätte zwar die Frau fürs Leben gefunden, aber das hieße, ein Leben ohne Kinder.« Miro lachte auf. »Das war meine Chance.«

Und hatte ihre Marie verkauft. Und jetzt wollte er auch noch ihr ungeborenes Kind verkaufen. Aber das würde sie nicht zulassen.

»Ich muss eine rauchen. Bleib da sitzen.« Er stieg aus, ging um das Fahrzeug und stellte sich vor die Beifahrertür, steckte sich eine Fluppe an.

Aber Natalie würde nicht weglaufen. Nicht mehr.

Nichts regte sich. Selbst der Zigarettenqualm von Miros Fluppe schien in der stickigen Luft zu stehen. Kein Lüftchen regte sich. Irgendwann sah sie den Pkw frontal auf sie zufahren, bis die beiden Fahrzeuge sich Schnauze an Schnauze gegenüberstanden. Ein Mann stieg aus. Glatt rasiert, mittelgroß, mittelblond, alles mittel. Natalie konnte nichts mit ihm anfangen. Miro trat die Zigarette aus und ging ihm entgegen. Sie blieben schräg vor der

Beifahrerseite des Lkw stehen. Hielten Abstand voneinander, reichten sich nicht die Hände. Natalie suchte nach dem Griff der Fahrzeugtür, ohne den Blick von den beiden Männern zu lassen. Den beiden Vätern ihrer Tochter. Merkte, dass sie das Obstmesser wieder in der Hand hielt. Sie konnte sich nicht erinnern, es aufgehoben zu haben. Endlich fand sie den Türgriff und stieg aus.

»Das ist sie also?«, fragte Glücklich.

Miro drehte sich zu ihr um. Starrte auf ihre Hand. »Was hast du denn vor?«

Sie folgte seinem Blick und sah, dass er das Messer meinte.

Er kam auf sie zu. Schlug es ihr aus der Hand. Es fiel zu Boden. Was regte er sich so auf?

»Hey, was ist denn?« Glücklich kam einen Schritt auf sie zu, und jetzt konnte Natalie sich nicht mehr zurückhalten, es nicht mehr aushalten. Diese Vorstellung, dass Marie so einen mittelmäßigen Vater haben sollte. »Ich will meine Tochter zurückhaben.« Sie schrie es raus. Er wich entsetzt zurück.

»Was? Nein! Das geht doch nicht.« Er streckte beide Hände von sich weg, so als ob sie das aufhalten könnte. »Sie hat es doch gut bei uns. Beruhigen Sie sich doch. Ich kann Ihnen ein Foto von ihr zeigen.«

Ein Foto? Aber nein. Sie wollte mehr als ein Foto. Sie wollte ihr Kind zurück. Genau das schrie sie ihm entgegen. »Ich will zu meiner Tochter. Ich will sie zurück. Sonst gehe ich zur Polizei. Ich werde ihnen alles erzählen!«

Und dann ging alles ganz schnell. Sie verstand nicht mehr, was Miro sagte. Ihr rauschten die Ohren. Er schubste sie zurück. Überall waren seine Hände und stießen sie fort, und sie wehrte sich. Warum stellte er sich zwischen sie und diesen Mann? Sie wollte zu ihrer Tochter. Sie wollte, dass er sie ihr zurückgab. Das war ihre Marie. Er hatte kein Recht. Und dann brüllte dieser Mann: »Hört sofort auf.« Er schrie wildes Zeug, versuchte sie auseinanderzuzerren. »Wie die Hunde. Aufhören! Alle beide. Ich werde mir nicht meine Familie durch euch kaputtmachen lassen.« Die Worte hatten keine Bedeutung für Natalie. Es waren überall nur Arme, Hände, in ihrem Gesicht, von Miro, von diesem Mittelmann. Ihre eigenen. Sie wand sich, versuchte nun nur noch, von beiden fortzukommen, von allem. Sie spürte, wie ihre Kette riss. Die Kette, die ihre Eltern ihr geschenkt hatten zu ihrer Taufe. So lange her. Ein anderes Leben. Eine andere Person.

Und dann lag sie plötzlich am Boden. Ihr Knie schmerzte. Es versetzte ihr einen Stich, als sie versuchte aufzustehen. Der Boden aus Beton. Sie spürte, dass Kiesel sich in ihr Knie gebohrt hatten. Ihr Bein gab nach, als sie sich wieder aufrichtete. Sie fing sich. Schaffte es, ein paar taumelnde Schritte zu machen. Sah die Container vor sich. Bis dorthin, nur bis dorthin. Sie musste weg.

Jemand rief etwas. »Halt sie doch auf!«

Und dann war Miro hinter ihr. Packte sie am Arm, sie wirbelte zurück. Zerrte und zog. Versuchte, sich von ihm zu lösen.

»Halt still, du Schlampe. Warum flippst du denn jetzt so aus?« Er zog sie zurück zum Lkw. Aber eher würde sie sterben, als dass sie zurück in dieses Gefängnis ging. Sie war dumm gewesen. Warum war sie nicht davongestürzt, als Miro mit diesem Mittelmann dort gestanden hatte? Einfach davonlaufen. Aber dann hätte sie Marie wieder im Stich gelassen. Der Gedanke an ihre Tochter gab ihr neue Kraft. Sie würde nicht aufgeben. Sie zerrte, zog, versuchte, sich von ihm zu befreien, und plötzlich ließ er los. Sie fiel zurück. Drehte sich dabei um und stolperte in den anderen Mann hinein. Der hielt das Messer in der Hand. Sie verstand nicht, wieso er das hatte. Es ging alles zu schnell. Sie hob reflexartig den Arm. Das Messer schlitzte ihr in den Unterarm. Sie spürte, dass sie blutete, aber sie fühlte keinen Schmerz, sie sah nur sein Gesicht. Der Schrecken darin schlug in Panik um, als er das Blut am Messer, an seinem eigenen Ärmel sah. Und dann sah sie die Wut darin. Von hinten war plötzlich wieder Miro da und zog sie an den Haaren zurück. Sie trat nach hinten aus, wie ein Pferd, verlor das Gleichgewicht und stürzte nach vorne direkt in das Messer.

Die Zeit blieb stehen. Etwas barst in ihr. Es wurde still. Das Leben in ihr fand keinen Widerstand mehr in den Grenzen dieser Welt. Es floss hinaus. Es tat nicht weh. Es war eine Erleichterung. Ihr letzter Gedanke war der an ihre Tochter. Marie. Sie hätte sie gern noch einmal gesehen. Sie hätte ihr gern ihren kleinen Bruder gezeigt.

41. Kapitel

Ist die total verrückt?« Scholz' plötzlicher Ausbruch erschreckte sie. Und dann ging alles sehr schnell. Er trat voll in die Bremsen. Marie schleuderte nach vorn und fiel gegen seinen Fahrersitz. Reifenquietschen, ein furchtbarer Knall, gefolgt von blechernen Aufschlägen, so als spiele ein Riese Fußball mit einer gigantischen Dosenbüchse. Und dann Stillstand.

Sie musste das Bewusstsein verloren haben. Erst die Sirenen weckten sie wieder. Von überallher schienen sie sich zu nähern. Marie richtete sich auf, Schmerz fuhr ihr in den Nacken, in Rücken und Kopf, sodass sie an Ort und Stelle verharrte, Angst vor jeder kleinsten Bewegung. Scholz war nicht zu sehen. Die Fahrertür stand offen. Kurze Erleichterung durchströmte sie, löste ihre Muskeln und ein wenig auch den Schmerz. Aber ein Blick durch die Frontscheibe auf die Straße ließ sie wieder erstarren. Wie ein strampelnder Laubkäfer lag der Mini ihrer Chefin auf dem Rücken mitten auf der Straße. Blaulicht reflektierte sich in dem regennassen grünen Blech wie Discolicht, das die Musik der Sirenen begleitete. Polizisten oder Feuerwehrleute tanzten dazu um den verbeulten Wagen.

»Alles in Ordnung mit Ihnen? Sind Sie verletzt?« Eine blonde Frau in einer grellgelb-orangenen Weste schob sich zwischen sie und die grausige Choreografie, wie ein Störbild. Mechanisches Nicken, was den Schmerz in ihrem Nacken zurückbrachte. Sie fasste sich an den Hals.

»Moment. Bin sofort wieder da. Nicht bewegen, okay?«

Einige Sekunden später war die Ärztin wieder da, legte ihr eine Halskrause um und half ihr, aus dem Fahrerhaus auszusteigen. Sie führte sie zu einem von mehreren Krankenwagen. Im Hintergrund sah sie, wie am Mini von Frau Freitag geschweißt wurde. Die Funken sprühten und erhellten die Szenerie.

»Wo ist Scholz?«, fragte sie die Ärztin. »Der Fahrer des Lkw?«

Ein Polizist trat hinzu. »Wie ist Ihr Name? Sind Sie Marie Glücklich? Können Sie Angaben zum Unfallhergang machen?«

Die Ärztin ging dazwischen. »Lassen Sie mich erst einmal meine Arbeit machen.«

»Nein, ich will aussagen.« Sie schob die Ärztin sanft beiseite. »Ja, ich bin Marie Glücklich. Sie müssen den Fahrer des Lkw festnehmen, er hat mich entführt. Und hat Frau Freitag in dem Mini dort einfach umgefahren. Sie wollte mich retten. Frau Freitag! Wie geht es ihr?«

»Um die Fahrerin des Minis wird sich gekümmert, und der Fahrer des Lkw ist bereits in Gewahrsam genommen. Und Sie sind das Entführungsopfer, ja?«

»Aber woher …?«

»Es war eine Fahndung ausgeschrieben. Die Autobahngrenze war gesperrt, deshalb konnten wir so schnell hier sein. Können Sie mir sagen, wie sich der Unfall genau ereignet hat?«

Marie kam nicht dazu zu antworten. Mit quietschenden Bremsen kam ein kleiner schwarzer BMW herangerauscht und zog die Blicke des Polizisten auf sich. Ein Mann hechtete aus der Beifahrertür hinaus, noch bevor das Fahrzeug zum Stehen kam, und rannte auf den Mini zu. »Helen. Helen!«

Zwei Polizisten hielten ihn zurück. »Sie können da jetzt nichts tun. Lassen Sie die Kollegen ihre Arbeit tun.« Sie führten ihn wieder zurück. Inzwischen war auch eine Frau aus dem BMW ausgestiegen und nahm den Mann in Empfang. »Mensch, Rabe. Du weißt doch, wie das läuft. Du störst dort nur. Die machen das schon.«

Er fuhr sich durch die dunklen Haare und erblickte dann Marie am Krankenwagen, nahm die Frau an den Arm und zog sie mit sich. »Sie müssen Marie sein. Marie Glücklich?« Sie nickte, soweit ihr das mit der Halskrause möglich war.

»Alles in Ordnung mit Ihnen?«

Wieder nickte sie. Das musste dieser Reporter sein. Rabe.

»Und was ist mit Scholz?«

»Wer sind denn bitte Sie?«, unterbrach der Polizist, der Marie befragt hatte.

Die Frau trat dazwischen. Hielt dem Polizisten einen Ausweis vor. »PHK Voss. Ich habe die Fahndung eingeleitet. Konnten Sie den Lkw-Fahrer festnehmen?«

»Ja«, der Polizist deutete auf einen Polizei-Kastenwagen ein paar Meter entfernt. »Er wird gerade über seine Rechte aufgeklärt. Er wird zum Unfall hier noch befragt werden. Denn der zählt in unseren Zuständigkeitsbereich. Aber dann wird man ihn sofort nach Bonn überstellen.«

Marie lauschte dem Austausch der Beamten nur mit halbem Ohr. Irgendetwas nagte an ihr. Das alles war noch nicht vorbei. Das Telefonat von Scholz. Er wollte sich mit jemandem treffen. Auf einem Parkplatz. Der Reporter stand immer noch neben ihr. Er versuchte, an ihr vorbei einen Blick auf das Fahrzeug von Helen Freitag zu erhaschen. Inzwischen war ein Krankenwagen an die Stelle herangefahren. Marie zupfte den Reporter am Ärmel seines Jacketts. Einmal, zweimal.

Endlich reagierte er. »Ja?«

»Da muss noch ein anderer Mann sein. Ein Komplize.«

»Was sagst du?«

»Scholz. Er hat mit jemandem telefoniert. Sie haben einen Treffpunkt ausgemacht. Da wollte er mich an den übergeben.« Sie berichtete so genau wie möglich von dem Telefonat. An alles, woran sie sich erinnerte. Das war doch richtig so? Warum aber fühlte sie sich, als ob sie gerade ihre eigene Seele dem Teufel verkauft hätte?

»Das ist gleich hier, direkt hinter der Grenze«, warf der uniformierte Polizist ein.

Die Polizistin, die mit dem Reporter gekommen war, griff nach ihrem Handy. »Ich informiere die holländischen Kollegen.«

»Ich komme mit, Kathi. Ich muss irgendwas tun. Sonst halt ich das nicht aus.« Die Polizistin nickte. Noch einmal wandte der Mann sich an Marie. »Danke. Du hältst dich super, Marie. Helen wäre stolz auf dich.« Er fuhr sich noch mal durch die Haare.

Dann verschwanden beide im Laufschritt Richtung holländische Grenze. Den sich mit Blaulicht in die entgegengesetzte Richtung schnell entfernenden Krankenwagen nahmen sie nicht mehr wahr.

42. Kapitel

Sieben Monate später.

Schon halb fünf. Marie hatte aufgehört zu zählen, wie oft sie auf die Wanduhr geschaut hatte. Sie konnte sich nicht mehr auf den Bildschirm konzentrieren. Die Verhandlung dauerte heute lange. War das ein gutes Zeichen? Es wurde dämmrig. Friederike Vettweiss hatte schon vor einer halben Stunde das Licht eingeschaltet. Marie hielt es nicht länger aus. Sie stand auf.

»Ich mache schon mal Kaffee«, beantwortete sie den fragenden Blick ihrer Kollegin. Friederike nickte und schaute wieder auf den Monitor vor sich. Ihre Finger huschten über die Tastatur wie wimmelnde Ameisen, deren Hügel durch einen Vogel aufgewühlt worden war. Marie war fest entschlossen, irgendwann einmal so schreiben zu können. Sie hatte echte Lust an ihrer Ausbildungsstelle gewonnen. Und als Helen Freitag nach den ganzen Ereignissen vom letzten Sommer ihr die Frage gestellt hatte, ob sie bleiben wolle, hatte sie ohne groß nachzudenken Ja gesagt. Sicher, sie hatte die Stelle ursprünglich nur angenommen, um dem Geheimnis der Toten auf die Spur zu kommen. Aber dann war es so viel mehr geworden. Sie mochte die Menschen hier. Niemand hatte sie hier verlacht. Auch den zweiten Partner der Kanzlei, den

Mann von Friederike, Matthias Vettweiss, hatte sie mittlerweile kennengelernt. Er war vor einigen Wochen von seinem Australienaufenthalt zurückgekehrt. Das Kanzleiteam war damit komplett. Marie schmunzelte. Allesamt waren sie kaffeesüchtig. Das brachte die nicht unerhebliche Nebenwirkung mit sich, dass sie sich mittlerweile auf den Tee daheim mit ihrer Mutter freute.

Auch sonst war zu Hause alles anders. Ihr Verhältnis zu Gretchen hatte sich umgekehrt. Marie war nun diejenige, die darauf achtete, dass ihre Mutter sich nicht zu Hause verkroch. Nachdem ihr Vater durch Maries Hinweis an der Grenze hatte verhaftet werden können, saßen beide Täter in Untersuchungshaft. Gretchen hatte ihren Mann nur einmal während der ganzen Monate des Prozesses besucht. Und Marie musste ihre Mutter drängen, zumindest ihren Job im *BBT* nicht aufzugeben. Eine verkehrte Welt.

Gerade als sie die Tassen aus dem Schrank holte, hörte sie den Schlüssel im Schloss. Helen Freitag tauchte in der Tür auf, und Marie nahm sich zusammen, ihr nicht stürmisch entgegenzuspringen. Stattdessen stellte sie die Tassen vor die Kaffeemaschine und drückte auf »Start«. Erst dann ging sie ihrer Chefin entgegen, wollte ihr die Aktentasche abnehmen. Aber Frau Freitag winkte ab.

»Danke, Marie. Es geht schon. Ich sehe, der Kaffee läuft.« Wie zur Bestätigung gluckste die Maschine. »Gut. Es gibt viel zu erzählen.«

Frau Freitag schritt voraus in ihr Büro. Sie zog das rechte Bein immer noch leicht nach. Der Crash hatte seine Spuren hinterlassen. Aber immerhin ging sie schon wieder zum Golfspielen. Dennoch verursachte der Anblick des unrunden Gangs ihrer Chefin bei Marie immer noch ein schlechtes Gewissen. Das hätte auch ganz anders ausgehen können. Beinahe hätte Helen Freitag ihr Leben geopfert. Für sie. Sie mochte gar nicht darüber nachdenken. Bis jetzt war ihr nicht klar, warum jemand so etwas für sie, Marie, tun sollte. Es würden viele Therapiestunden bei ihrem Psychologen notwendig sein, bevor Marie auch vor sich selbst erkennen würde, dass sie etwas wert war. Denn allen Zusprachen von Frau Freitag zum Trotz sah sie sich immer noch in den Augen von Scholz. Ein nichtsnutziges kleines Ding, das nur Ärger machte und Geld kostete. Nach der entsetzlichen Begegnung mit ihrem leiblichen Vater waren die Erinnerungen an ihre Kindheit mit Wucht wieder zurückgekommen. Seine Wutausbrüche. An Mama, die ihr immer sagte, sie müsse still sein wie eine Kirchenmaus, wenn er da war. Diese zurückkommende Erinnerung sei zwar der erste Schritt für Marie, hatte Frau Freitag gesagt, dennoch hatte sie darauf bestanden, dass sie sich in Therapie begab. Sie hatte ihr einen befreundeten Psychologen empfohlen.

Maries Verhältnis zu ihrem Adoptivvater war dagegen eine völlig andere Sache. In ihren Erinnerungen an ihn gab es nichts, was sie belastete. In der Retrospektive musste sie eingestehen, dass ihre Kindheit so war wie der Name, den er ihr gegeben hatte. Glücklich. Umso weniger konnte sie begreifen, was er getan hatte. Zwar waren sowohl Scholz als auch Georg Glücklich wegen Totschlags angeklagt worden, aber ihr Adoptivvater sollte derjenige gewesen sein, der das Messer führte, mit dem ihre leibliche Mutter getötet worden war. Und nach allem, was während des Prozesses ans Licht gekommen war, musste es sich so abgespielt haben. Aber vorstellen konnte sie es sich nicht. Er wollte sie sprechen, es ihr erklären, hatte er ihr direkt nach seiner Verhaftung zugerufen, während Marie noch im Krankenwagen behandelt wurde und die Polizei ihn daran vorbei abgeführt hatten. Aber das konnte sie nicht. Das, was ihr im Lkw von Scholz bei dem Telefonat offenbar wurde, als sie nur halb bei Bewusstsein seine Stimme gehört hatte, hatte sich bewahrheitet. Georg Glücklich war derjenige, der am vereinbarten Treffpunkt in Holland gewartet hatte und dort verhaftet wurde. In diesem Moment der Erkenntnis und im Grunde auch jetzt noch überstieg die ganze absurde Situation ihr Fassungsvermögen. Ihre beiden Väter waren Verbrecher. Beide Väter waren für das Schicksal von Maries leiblicher Mutter verantwortlich. Und beide Väter waren damit verantwortlich für Maries verkorkstes Inneres. Der eine, weil er sie nicht wollte, und der andere, weil er sie wollte. Das war zu viel. Sie hatte ihrem Adoptivvater seit diesem Tag an der Grenze nicht mehr von Angesicht zu Angesicht gegenübergestanden.

»Marie, kommst du?« Die Kaffeemaschine gab letzte Glucksläute von sich, und mit zwei vollen Tassen folgte Marie dem Ruf ihrer Chefin. Ihre Hände zitterten leicht angesichts dessen, was diese zu erzählen hatte. Heute war der entscheidende Verhandlungstag im Prozess gegen Miroslav Scholz und Georg Glücklich gewesen. Die Schlussplädoyers der Angeklagten.

»Setz dich.«

Marie nickte. Sie war froh, die Kaffeetassen abzustellen. Setzte sich und wischte sich die schwitzigen Hände an ihren Hosenbeinen ab.

»Marie … Es ist so gelaufen, wie es sich nach den bisherigen Aussagen abgezeichnet hat.«

Sie blickte zu Frau Freitag. »Sie haben es zugegeben?«

»Nicht alles. Die Anwälte haben die strafmildernden Umstände in den Plädoyers für ihre jeweiligen Mandanten herausgehoben, aber im Endeffekt haben sie es eingestanden. Scholz die Entführungstatbestände und die Körperverletzung in deinem Fall, die Mitschuld an der Tötung von Natalie bestreitet er allerdings, und die ergibt sich ja auch nicht durch Sims Aussage. Zumindest nicht, wenn man es rein juristisch bewertet. Und was deinen Adoptivvater anbelangt: Er gibt die fahrlässige Tötung zu, aber nicht mehr. Er hat bis zum Ende bestritten, das Messer in der Absicht aufgenommen zu haben, Natalie an der Flucht zu hindern, und ihren Tod billigend in Kauf genommen zu haben. Was das Gericht jetzt daraus macht, bleibt abzuwarten.«

Frau Freitag hatte Marie angeboten, nach ihrer eigenen Aussage ganz zu Beginn des Prozesses auch weiterhin an der Verhandlung teilzunehmen. Die drei Tage, an denen sie im Zeugenstuhl saß, hatten ihr alles abverlangt. Sie hatte den Blickkontakt zu beiden Angeklagten vermieden, wie es Frau Freitag ihr geraten hatte. Aber Scholz' Geruch hing im gesamten Gerichtssaal, sodass ihr allein deshalb übel wurde. Es war eine Qual gewesen. Die Albträume waren wiedergekommen, schlimmer als zuvor. Bildlicher als zuvor. Und schmerzhafter, weil sie nun wusste, dass sie echte Erinnerungen waren. So war ihre Kindheit gewesen. Bevor Georg Glücklich sie gekauft hatte. Auch das versetzte ihr jedes Mal einen Stich, wenn sie nur darüber nachdachte. Gerade über diesen Punkt war auch noch Gretchen während des Prozesses ausführlich befragt worden, obwohl Georg Glücklich vehement wiederholte, dass seine Frau gar nichts darüber wusste. Und Marie glaubte ihm. Sie sah täglich, wie sehr Gretchen diese Erkenntnis aus der Bahn geworfen hatte. Wie sie die Tat ihres Ehemanns in ihren Grundfesten erschüttert hatte. Und Marie begann alles das, was Gretchen für sie getan hatte, mehr und mehr zu schätzen. Ihre Mutter hatte sie ganz und gar ohne Vorbehalte als ihre Tochter angenommen. Und sie bekam ein schlechtes Gewissen, wenn sie daran dachte, wie sie sich gegen Selbstgestricktes und Vollwertkost gewehrt hatte, nur weil sie deshalb bei ihren Schulkameraden nicht so toll ankam.

Die Anwesenheit von Scholz ertrug sie nicht. Und ihrem Adoptivvater konnte sie nicht in die Augen blicken, vielmehr bei dem Gedanken daran, was er Gretchen angetan hatte. Was er ihren beiden Müttern angetan hatte. So hatte sie sich nach diesen ersten Verhandlungstagen lieber alles erzählen lassen. Ihrer Chefin war es recht gewesen. Das hatte sie zumindest gesagt. So könne sie den jeweiligen Verhandlungstag aufarbeiten. Nur ihre Großeltern – das klang immer noch komisch: Großeltern – hatten jeden der Verhandlungstage mitverfolgt. Sie waren die Nebenkläger im Fall um den Tod ihrer Tochter. Marie hätte ebenfalls eine solche Nebenklägerin werden können. Schließlich war sie sowohl als Entführungsopfer als auch als leibliche Tochter von Natalie Schrader direkt betroffen. Das war inzwischen alles durch DNA-Analysen bestätigt worden.

»Haben sie sich nicht mehr gegenseitig beschuldigt?« Das war zu Anfang so gewesen. Den Vorwurf des Kinderhandels hatten beide nicht abgestritten. Frau Freitag hatte ihr erklärt, dass sie deswegen nicht mehr angeklagt werden konnten, weil dieser Tatbestand verjährt sei. Und zu allen Umständen zum Verschwinden von Natalie vor zwanzig Jahren und ihre gemeinsame Zeit hatte Scholz beharrlich geschwiegen. Wegen der Übergabe des Kindes hatten beide Angeklagte denselben Ablauf geschildert. Bei den Umständen der Tötung von Natalie Schrader aber hatten beide zunächst die Aussage verweigert. Eine aus juristischer Perspektive nachvollziehbare Strategie, wie Helen Freitag ihr ebenfalls erklärte. Denn es gab keine Tatwaffe mehr. Die konnte nie gefunden werden, und somit machte jeder der beiden Angeklagten sich die berechtigten Zweifel zunutze, dass es auch der andere gewesen sein konnte.

»Nein, spätestens nach Simon Togges Aussage konnten sie daran nicht mehr festhalten«, antwortete Helen. »Er hat den Tathergang bis ins Kleinste schildern können. Nur die Tötungsabsicht wird man wohl nicht nachweisen können.«

»Und Scholz?«

»Er wird vor allem wegen deiner Entführung verurteilt werden und der damit einhergehenden Körperverletzung. Und wegen der gemeinschaftlich begangenen Freiheitsberaubung in Bezug auf Natalie, als es zu dem Zusammentreffen an der Nordbrücke kam. Wegen des Tatvorwurfs Totschlag wird man ihn aber freisprechen müssen.«

»Kommt er dann überhaupt ins Gefängnis?«

Marie schluckte. Sie befürchtete, dass sie erst richtig würde entspannen können, wenn Scholz endgültig hinter Gittern war. Was, wenn er gar freikäme? Mit der Untersuchungshaft seine Strafe schon abgesessen hätte? Würde sie je damit klarkommen, dass er sie einfach weggegeben, sie nur als Ware gesehen hatte, woraus er Profit schlagen konnte? Auch wenn er dafür nicht mehr belangt werden konnte, hoffte sie zumindest, dass er wegen der anderen Sache dafür umso härter bestraft würde.

Sie spürte einen Arm um ihre Schultern. Frau Freitag stand neben ihr. Hatte sie ihr in den Kopf geblickt?

»Das ist schwer zu sagen. Ich denke, deine und Sims Aussagen waren stark genug für eine entsprechende Verurteilung. Und Richter sind ja auch Menschen, die sich wegen der Höhe des Strafmaßes durch die Gesamtumstände beeinflussen lassen, wenn sie rein rechtlich auch nicht ins Urteil einfließen dürfen. Bis zu fünf Jahre heißt es im Gesetz für eine derartige Tat. Und nur wenn es mehr als zwei Jahre werden, dann kann es keine Bewährungsstrafe geben.«

»So wenig? Ich werde mein ganzes Leben mit seinen Taten zu tun haben, er hat mich einfach verkauft! Das ist nicht gerecht. Es fühlt sich nicht richtig an.«

»Nein. Das tut es nicht. Glaub mir, ich weiß, es ist schon schwer zu verstehen, dass man überhaupt sein Kind weggeben oder zurücklassen kann, auch ohne dass es eine Straftat ist. Ich habe selbst lange gebraucht, das zu überwinden.«

Marie schaute Helen in die Augen. »Sind Sie auch adoptiert?«

»Nein, das nicht.« Helen setzte sich wieder. Nahm einen Schluck aus der Kaffeetasse. »Aber mein Vater hat uns verlassen, da war ich vier. Er ist Nordire. War als Soldat der britischen Besatzungstruppen nach Deutschland gekommen. Hat meine Mutter kennengelernt, und ich wurde geboren.«

»Aus Irland?«

»Ja, ich denke, das ist der Ursprung meiner Haarfarbe, obwohl mein Vater selbst nicht rothaarig ist.« Sie lachte und fuhr fort zu erzählen: »Als ich vier war, musste er zurück nach Irland. Meine Mutter erfuhr, dass dort eine andere Frau auf ihn wartete. Er hatte nie vorgehabt, meine Mutter zu heiraten. Sie hat das weggesteckt, sie ist eine unglaubliche Frau, wenn man das bedenkt. Damals, für diese Zeit. Erstaunlich.« Frau Freitag sah aus, als würde sie zu sich selbst sprechen. Sie schaute gar nicht mehr in Maries Richtung, sondern ihr Blick fiel auf die letzten Lichtstrahlen draußen. »Ich aber war am Boden zerstört. Ich dachte, er hätte mich nicht lieb. Hat mich einfach zurückgelassen. Dabei sind die Iren doch angeblich so kinderlieb. Ich dachte, ich wäre keine gute Tochter gewesen. Hätte ihn verärgert. Es war schrecklich. Es hat lange gedauert, bis ich darüber hinweggekommen bin. Manchmal glaube ich, dass ich es noch immer nicht bin.« Sie machte eine Pause. »Ihn wiederzutreffen hat geholfen.«

»Er ist wieder zurückgekommen?«, fragte Marie.

»Nein, ich bin nach Irland gefahren. Nach meinem vierten Semester. Bin einfach rüber, ohne Vorwarnung, und hab ihn konfrontiert.«

»Und?«

»Er war froh, mich zu sehen. Wenn er nachdenkt, bekommt er die gleiche Stirnfalte über dem rechten Auge wie ich. Es ist komisch. Mit einem Mal war meine Wut auf ihn verflogen. Er liebte mich. Und er liebte meine Mutter. Aber er liebte auch seine andere Familie und die ihm von Jugend an versprochene Frau. Er wollte niemanden enttäuschen, niemandem wehtun. Es waren einfach die Umstände. Ich habe seine Familie kennengelernt. Seine Kinder. Plötzlich hatte ich drei Geschwister.«

»Wie ich.«

»Ja, wie du.«

Sie saßen schweigend da. Jeder hing seinen Gedanken nach. Bis Helen die Stille durchbrach: »Was ich sagen will, ist: Du bist nicht allein. Aber es hilft, dass du nun etwas über deine Vergangenheit weißt, dass sich die Dinge aufklären. Nicht sofort, aber irgendwann.«

Marie nickte. »Haben Sie Ihren Vater danach einmal wiedergesehen?«

»Ja, schon. Ein paarmal. Aber so ganz warm sind wir nicht geworden. Mit meinen Geschwistern habe ich mehr Kontakt. Wir halten uns auf dem Laufenden. Aber viel wichtiger: Ich habe eine andere Liebe gefunden.«

Als Marie sie fragend anblickte, ergänzte Helen: »Die Liebe zu dem Land. Irland. Es ist, als fühle ich seitdem, dass in meinen Adern irisches Blut fließt. Es ist ein Gefühl, das ich nicht richtig erklären kann. Etwas Mystisches. Und ich bin eigentlich überhaupt nicht so veranlagt. Dachte ich immer.«

»So wie Rußpelz.«

»Wer?«

»Ach, nichts. Das ist eine Katze aus *Warrior Cats*.«

»Ah, das Buch, was du immer in der Mittagspause liest.«

»Es ist eine ganze Serie, es gibt ganz viele Bände. Aber ich will nur sagen, dass ich glaube, dass ich verstehe, was Sie mit mystisch meinen.«

Helen lachte. »Dann verstehst du mehr als ich. Vielleicht sollte ich das Buch auch mal lesen.«

»Jetzt wollen Sie mich veräppeln. Sogar ich bin ja eigentlich schon zu alt für diese Bücher.« Marie verzog den Mund.

»Nein, nein. Ich meine das ganz ernst. In einem guten Arbeitsverhältnis lernt jeder von jedem. Und ein Buch, egal welches, kann niemals schaden.«

»Dann bringe ich Ihnen morgen mal den ersten Band mit, okay?« Sie fragte vorsichtig, war sich nicht sicher, dass Helen es wirklich ernst meinte.

»Gerne. Wir sehen uns dann morgen.«

»Aber ich muss noch den Schriftsatz in der Verkehrsunfallsache fertig machen.«

»Das reicht auch morgen. Deine Großeltern warten auf dich.«

»Hm?«

»Hast du es vergessen? Heute wäre der Geburtstag deiner Mutter. Und ihr habt euch doch verabredet. Frau Schrader hat extra einen russischen Eintopf vorbereitet. Sie meinen, du musst unbedingt etwas von deinen russischen Wurzeln erfahren.«

»Stimmt ja. Das ist heute.« Marie sprang auf, drehte sich noch einmal zu Frau Freitag um. »Vielleicht verliebe ich mich ja auch.«

Jetzt blickte Frau Freitag sie mit schief gelegtem Kopf an.

»In Russland. So wie Sie und Irland.«

43. Kapitel

Nach den Schlussplädoyers hatte das Gericht die Urteilsverkündung eine Woche später auf heute terminiert.

Es war ein langer Tag gewesen. Helen nahm ihre Weste vom Kleiderständer und warf einen Blick durch die leeren Kanzleiräume, bevor sie Feierabend machte. Friederike und Matthias Vettweiss waren schon vor einer Stunde verschwunden. Die beiden wollten mit Theo über das Wochenende wegfahren. Gerade Matthias hatte nach seiner mehrmonatigen Abwesenheit viel mit dem Sohn aufzuarbeiten. Theo hatte der Aufenthalt in der LVR gutgetan. Helen hatte ihnen aber geraten, jetzt als Familie an die Therapie anzuknüpfen und nicht wieder in alte Muster zu verfallen. Ein gemeinsamer Wochenendausflug war der Anfang.

Helen löschte das Licht und schloss ab. Auch Marie war schon längst gegangen. Helen hatte ihre Auszubildende zusammen mit der Mutter nach Hause geschickt. Gretchen Glücklich war bei der Urteilsverkündung dabei gewesen. Beiden hatte sie die Konsequenzen des Urteils erklärt. Jetzt mussten sie alles erst einmal zusammen verarbeiten.

Das Urteil war in rechtlicher Hinsicht relativ hart ausgefallen. Der Richter hatte in seiner Urteilsbegründung erklärt, beim Strafmaß die Gesamtumstände seit der Entführung von Natalie Schrader miteinbezogen zu haben, auch wenn sich Scholz hierzu niemals erklärt hatte. Helen hatte trotzdem versucht, durch Zeugen wie Zellner diese lang vergangenen und verjährten Taten mit in den Prozess einzuführen. Und sie hatte damit Erfolg gehabt. Scholz war zu drei Jahren, Glücklich zu dreieinhalb Jahren verurteilt worden. Das bedeutete für beide keine Bewährungsstrafen. Es stand ihnen aber die Berufung offen. Trotzdem war das landgerichtliche Urteil zunächst ein Abschluss, der auch bei Helen jedes Mal eine Leere zurückließ. Für Marie, die in diesem Fall selbst betroffen war, würde diese Leere umso schwerer wiegen. Und Abschlüsse eröffneten nicht nur neue Möglichkeiten, sondern führten oft dazu, dass man in einen Abgrund fiel. Und das wollte sie verhindern. Sie hatte Marie und ihrer Mutter geraten, die Chancen zu sehen. Sie hatten ja auch Familie hinzugewonnen. Die Eheleute Schrader, Maries Großeltern. Es würde allen guttun, die ganzen Ereignisse zusammen aufzuarbeiten. Marie hatte sich schon mehrmals mit den beiden privat getroffen, und beim letzten Mal hatte sie auch ihre Mutter mitgenommen. Auch wenn sich Gretchen Glücklich nach Auskunft von Marie schwer mit den russischen Kochkünsten von Frau Schrader tat.

Helen schmunzelte, als sie die Treppe hinunterlief. Allen hatte sie Familienzeit verordnet. Und sich selbst? Dieser Fall hatte auch sie viel persönlicher getroffen, als ihr lieb war. Sie war mit ihren eigenen Problemen und Komplexen konfrontiert worden. Auf vielerlei Weise. Eine Kindheit ohne Vater und Danes Tod, den sie nicht hatte kommen sehen. Wenn ihr das mit Marie wieder passiert wäre … Sie verbot sich den Gedanken daran. Es war anders, und es war gut gegangen.

Nein, sich selbst hatte sie etwas anderes verordnet. Sie würde sich ihren Dämonen stellen. Wie sich das anhörte. Wenn er wüsste, dass sie ihn mit einem Dämon verglich. Obwohl, waren Raben nicht die Begleiter von Hexen und Zauberern, von Göttern? Wie Odin? Na, auf einen Göttersockel wollte sie ihn nicht heben. Von einem Extrem ins andere. Sie blies die Gedanken fort. Nahm stattdessen ihr Handy.

»Ja.« Seine Stimme klang genervt.

»Hallo, Rabe. Wollte nur sagen, dass ich jetzt unterwegs bin. Ich hoffe, du wartest nicht schon?«

»Nein. Bin noch in der Redaktion.«

»Oh.« *Jetzt sag schon was. Nur ein blödes Oh. Das ist nicht dein Ernst. Wie ein Schulmädchen.*

Er schien es genauso zu empfinden. »Keine Sorge. Bin fast pünktlich da. Tippe gerade noch die letzten Zeilen des Artikels.«

»Okay. Dann bis gleich. Wollte nicht stören.«

»Du störst nicht, Helen. Bestell mir schon mal einen Jameson. Du trinkst doch heute einen mit?«

Sie gab sich einen Ruck. Sie hatte sich so sehr vorgenommen, ihre Zurückhaltung abzulegen. »Ja. Heute wird gefeiert.«

»Das hört sich nach meinem Geschmack an. Bis gleich.«

Der Ecktisch in der oberen Etage des *Pendels*, an dem sie Rabe vor fast einem dreiviertel Jahr das erste Mal getroffen hatte, war frei, und Helen steuerte ihn an. Keiner saß zu dieser Zeit des Jahres draußen, sodass die Kneipe recht voll war. Wie schon bei ihrem ersten Treffen war Helen mit ihrem grauen Kostüm und der weißen Bluse nicht passend angezogen. Diesmal setzte sie sich auf die Bank, sodass sie Rabe sehen würde, sobald er kam. Sie schmiegte sich in die weichen Lederpolster der Bank und versuchte, sich locker zu machen. Bei der duzenden Bedienung bestellte sie zwei Jameson. Der Whisky würde zusätzlich helfen. Gar nicht so schlecht, dass sie die Erste war und auf Rabe wartete. Nach einem kurzen Moment schon waren die Getränke da, und Helen schwenkte das Glas, roch und nahm mit geschlossenen Augen einen ersten Schluck. Sie spürte dem weichen Saft nach, wie er durch ihre Kehle und die Speiseröhre rann und sie von innen erwärmte. Gleichzeitig entspannten sich ihre Muskeln, und sie lehnte sich wohlig in das weiche Polster zurück.

»Du bist wahrlich ein Connaisseur.«

Helen riss die Augen auf. Rabe! Er lachte über das ganze Gesicht, sein zerzaustes dunkles Haar fiel ihm schnippisch über das eine Auge. Odin kam ihr wieder in den Sinn, und sie musste ebenfalls lachen.

»Ich wollte dich nicht erschrecken.«

»Schon gut. Hast du nicht. Obwohl ich es wirklich nicht leiden kann, wenn man mich beim Genießen unterbricht. Setz dich doch.« Sie deutete auf den Sessel ihr gegenüber.

Doch Rabe griff nach seinem Glas und kam um den Tisch herum und setzte sich neben sie auf die Bank.

»Danke, sehr gerne. Und danke fürs Bestellen.« Er hielt ihr den Whisky-Schwenker entgegen. »Würdest du mit mir noch mal anstoßen? Und mach es bitte genauso noch einmal wie gerade.«

»Bitte?«

»Mit geschlossenen Augen den Whisky genießen. Du warst herrlich entrückt und entspannt. Wie die Königin Katze, die sich die Sonne auf den Pelz scheinen lässt und von ihrer Schönheit und Macht weiß.«

»Ich bitte dich! Ich bin genau das Gegenteil davon.«

»Gerade in diesem Moment warst du es nicht.«

»So ein Unsinn. Sláinte.« Helen hielt ihm das Glas entgegen und nahm einen weiteren Schluck. Sie dachte nicht daran, die Augen zu schließen.

»Schade.« Rabe trank ebenfalls, lehnte sich zurück und schwieg.

Helen biss sich auf die Lippen. Das hatte ja bisher prima funktioniert. Sie versuchte, das Gespräch wieder in Gang zu bringen. »Und für welche Schlagzeile hast du dich entschieden?«

Bevor er antwortete, stellte er das Glas zurück auf den Tisch, rückte etwas von ihr ab und drehte sich zu ihr. »Nun gut. Die Arbeit also zuerst.«

Sie nickte.

»Urteil im Schrader-Fall. Dreieinhalb Jahre für den Mörder von Natalie.«

»Hm.« Helen stellte ebenfalls ihr Glas ab. »Das stimmt aber rein rechtlich nicht. Das Urteil lautet ja auf fahrlässige Tötung, nicht einmal auf Totschlag, erst recht kein Mord. Und Scholz erwähnst du gar nicht.«

»Rein journalistisch gesehen kommt der Mörder aber besser raus als der Totschläger.« Er kreuzte die Arme vor der Brust und grinste sie an.

Helen dämmerte es langsam. »Das ist nicht die Schlagzeile, die du genommen hast, oder?«

Er hob die Hände. »Ich bekenne mich schuldig.«

»Also, wie ist die Schlagzeile?«

»Urteil im Schrader-Fall. Keine Bewährungsstrafen für Entführer und Adoptivvater.«

»Besser.«

»Dann bin ich ja erleichtert.« Das kam immer noch säuerlich rüber. Und Helen überkam ein schlechtes Gewissen. Er konnte nichts dafür, dass sie so war, wie sie war. Jedes Mal lenkte sie das Gespräch auf die Arbeit, Persönliches hatte sie nie zugelassen. Über ein halbes Jahr arbeiteten sie nun schon eng zusammen, und er wusste gar nichts von ihr. Jede seiner privaten Einladungen hatte sie ausgeschlagen. Immer alles verschoben, immer den Fall, für den sie ihre ganze Aufmerksamkeit brauchte, als Entschuldigung vorgeschoben. Was stimmte, aber auch wieder nicht. Warum gab er sich denn überhaupt noch mit ihr ab? Es war Wochenende, er hatte einen letzten großen Artikel, einen abschließenden Artikel geschrieben, über einen Fall, den er mit ins Rollen gebracht hatte. Er wollte feiern. Und sie zog sich schon wieder zurück. Dabei hatte sie sich so sehr vorgenommen, es diesmal anders werden zu lassen.

»Es tut mir leid. Wir müssen nicht mehr über den Fall reden. Er ist abgeschlossen.«

»Nein, Helen.« Er richtete sich auf. »Mir tut es leid. Ich verstehe ja, dass dich dieser Fall besonders mitgenommen hat und du erst alles loswerden willst.«

Sie schüttelte den Kopf. Das war es ja gar nicht. Doch er sprach weiter. »Wie haben die Eheleute Schrader das Urteil aufgenommen? Wollen sie noch zivilrechtlich vorgehen? Und Marie und ihre Mutter?«

»Mit den Eheleuten Schrader habe ich das noch nicht abschließend besprochen. Vermutlich wollen sie erst mal nichts weiter machen. Und es kann ja auch noch die Berufung geben. Alles, was sie wollten, war, herauszufinden, was mit ihrer Tochter passiert ist in all den Jahren. Das war ihnen das Wichtigste.«

»Und Marie?«

»Sie genauso. Sie hat genug mit ihrer neuen Situation zu tun. Jetzt, da sie ihre Herkunft kennt. Sie muss damit klarkommen, dass ihr leiblicher Vater ihre leibliche Mutter entführt hat und ihr Adoptivvater sie getötet hat. Das ist schwer genug. Aber mit der Zeit wird sie lernen, damit zu leben. Mit der Zeit und mit vielen Gesprächen. Letztlich wird sie besser mit sich und dem Leben zurechtkommen als zuvor.« Sobald Helen über den Fall sprach, war sie wieder locker. Sosehr sie auch wünschte, dass es anders wäre. Rabe wusste, wie er sie anpacken musste.

»Aber erst einmal heißt es für alle, es ist ein Abschluss da.«

»Ja, vermutlich. Persönlich ist für Familie Schrader und für Marie noch lange nichts abgeschlossen, aber rechtlich wird es das erst einmal gewesen sein. Es sei denn, einer oder beide legen Berufung ein.«

»Glaubst du daran?«

Sie schüttelte den Kopf. »Glücklich, so ist mein Gefühl, wird das Urteil akzeptieren. Bei Scholz bin ich mir nicht sicher, obwohl er nicht nur Natalies Familie ins Unglück gestürzt hat, sondern auch seine andere Familie. Seine Frau hat zwar während des Prozesses zu ihm gehalten, aber sie und seine Kinder sind jetzt auch gebrandmarkt. Der Vater hat ein Doppelleben geführt. Er hat eine Minderjährige entführt und missbraucht, auch wenn er dafür gar nicht angeklagt werden konnte.«

»Vielleicht, wenn nicht KHK ImSandverlaufen vor zwanzig Jahren den Vermisstenfall bearbeitet hätte.«

»Der Name hat sich durchgesetzt, was?«

Sie lachten, was die Stimmung erheblich lockerte, und genehmigten sich einen guten Schluck vom Jameson.

»Die Vermisstenakte ist nie wieder aufgetaucht. Er hat sie wahrscheinlich wirklich geschreddert, oder?«, fragte Rabe.

»Ja, konnte man ihm aber nicht nachweisen. Er hat sich bei seiner Zeugenaussage auf dumm gestellt. Aber hast du von Kathi gehört, ob es interne Konsequenzen gegeben hat?«

»Man hat ihm nahegelegt, sich bald in den Vorruhestand zu verabschieden.«

Helen nickte. Das klemmende Rad im Getriebe austauschen. So ging es auch. »Um noch mal zu Scholz zurückzukommen: Ich möchte nicht wissen, was die Kinder durchmachen, in der Schule und sonst wo. Und die Frau. Immerhin hat er auch sie jahrelang betrogen.«

»Meinst du wirklich, sie hat vorher nie etwas gemerkt?«

»Sein Beruf als Fernfahrer hat da schon einiges möglich gemacht. Aber andererseits sagt man ja, Frauen merken so etwas.« Helen klang selbst nicht überzeugt. »Manchmal lügt man sich einfach was in die Tasche, nur um nicht mit Unangenehmem konfrontiert zu werden.«

»Du klingst, als ob du weißt, wovon du sprichst.« Er schaute ihr in die Augen.

Das war nicht einfach nur dahergesagt. Rabe war ein guter Beobachter, musste er ja sein in seinem Beruf. Aber Helen hatte das Gefühl, dass er gerade bei ihr bis in das dunkelste Innerste blicken konnte, egal welch dicke Mauern sie um sich herum gebaut hatte.

»Du hast nicht zufällig mal mit meiner Mutter gesprochen, oder?«

Er lachte. »Nein. Das Vergnügen hatte ich bisher noch nicht.«

Sie wurde wieder ernst. *Das ist deine Chance, Helen. Vermassele das nicht.* »Habe ich dir je von Dane erzählt?«

Gerade jetzt kam die Bedienung. »Kann ich euch noch einen Whisky bringen? Oder die Karte?«

Es war zum Haareraufen.

Doch Rabe sprang ein. »Nein, danke. Bring uns bitte die Rechnung. Wir nehmen unseren zweiten Whisky woanders.«

Die Bedienung zwinkerte Rabe verstehend zu und dackelte davon.

»Was meinst du, Helen? Für manche Gespräche ist das *Pendel* vielleicht nicht der richtige Ort. Ich habe einen guten Tullamore zu Hause. Wäre dir das recht?«

Sie schluckte. Antwortete nicht. Aber es war ihr recht. Sehr sogar.

»Ich möchte gerne mehr von dir erfahren.«

Endlich fand sie ihre Stimme wieder. »Bist du sicher? Ich bin eine sehr verkorkste Person.«

»Das sind die mit den besten Geschichten.«

Auf dem Weg zu seiner Wohnung durch die Bonner Altstadt nahm er ihre Hand. Und Helen fühlte sich für den Moment wie eines der Studentenpärchen, die sie im *Pendel* zurückgelassen hatten. Jung, ungezwungen und noch unverwundet vom Leben.